KB050477

현대무림

현대무림 7

초판 1쇄 인쇄일 2018년 6월 15일 | **초판 1쇄 발행일** 2018년 6월 20일

지은이 조휘 | **펴낸이** 곽동현 | **담당편집 팀장** 이범수
편집부 홍현주 정요한

펴낸곳 (주)조은세상 | **출판등록** 제 2002-23호
주소 경기도 연천군 미산면 청정로 1355
TEL 편집부 02)587-2966 | FAX 02)587-2922
e-mail bukdu@comics21c.co.kr

조휘 ⓒ 2018
ISBN 979-11-6171-945-0 | ISBN 979-11-6171-609-1(set) | 값 8,000원

※잘못 만들어진 책은 바꿔 드립니다.
※저자와의 협의에 의해 인지는 생략합니다.

현대무림

조휘 현대판타지 장편소설

7

NEO MODERN FANTASY STORY

북두
(도)좋은세상

조휘 현대판타지 장편소설

NEO MODERN FANTASY STORY

CONTENTS

1장. 표리부동(表裏不同)

우건은 전에 특무 1팀 팀장 최무환과 잠시 대결한 적이
있었다.

지금으로부터 1년 전, 은수에게 흑심을 품은 국회의원
박필도란 자가 홍귀방에 사주해 그녀를 납치한 사건이 일
어났다.

우건은 은수를 구하기 위해 홍귀방이 위치한 인천 부둣
가를 찾았다.

한데 홍귀방을 노리는 조직이 한군데 더 있었다.

그 조직은 바로 최무환이 지휘하는 특무 1팀이었다.

특무 1팀은 당시 인신매매, 장물취급과 같은 불법을 저지르던 홍귀방을 감시 중이었다.

우건 역시 특무 1팀이 홍귀방을 감시한다는 사실을 눈치 챘었다.

하지만 은수를 구하는 일이 시급해 특무대가 방해하기 전에 홍귀방을 급습했다.

한데 당시 은수는 홍귀방에 있지 않았다.

나중에 안 일이지만 은수는 박필도에 의해 세에라자드라 는 요트에 갇혀 있었다.

허탕 친 우건이 홍귀방을 빠져나가려 할 때, 자기 임무를 망친 우건에게 분노한 최무환이 부하를 동원해 그를 기습 했다.

우건은 은수를 찾는 일이 급했으므로 최무환을 적당히 상대하다가 외부와 연결된 통로를 무너트려 홍귀방을 빠져 나왔다.

당시 최무환은 복면을 착용한 상태였다.

얼굴을 볼 기회가 없었다.

그리고 최무환의 정확한 신분 역시 알지 못했었다.

그러나 당혜란, 진이연이 대통령 경호실로 자리를 옮길 때, 특무대 이곽연합 주요 고수에 대한 자료를 건네준 덕분 에 최무환의 이름과 특무대 안에서의 지위를 알아낼 수 있 었다.

최무환은 우건과 달랐다.

그는 우건을 한 번에 알아보지 못했다.

우건을 힐끔 본 최무환이 부하에게 지시했다.

"네가 가서 공장 안을 살펴봐라."

"예."

대답한 부하가 공장 안으로 몸을 날렸다.

그가 장님이 아닌 이상에야 사방에 널려 있는 시체를 찾지 못할 리가 없었다.

총에 맞은 시체, 장력에 맞아 죽은 시체 등 살해된 방법은 제각각이었지만 즉사했다는 점에서는 별반 차이가 없었다.

당황한 표정을 숨기지 못하며 밖으로 나온 부하가 공장 안에서 본 광경을 상관인 최무환에게 전음으로 자세히 보고했다.

심각한 얼굴로 부하의 보고를 듣던 최무환이 옷깃 옆에 달린 무전기를 켜서 무언가를 지시했다.

잠시 후, 시끄러운 소리를 내며 정지 비행 중이던 헬리콥터가 서쪽으로 출발했다.

헬리콥터 로터 소리가 완전히 사라질 때까지 기다린 최무환은 부하 세 명에게 우건의 퇴로를 차단하란 지시를 내렸다.

우건은 특무대 대원 세 명이 주변을 에워싸는 모습을 봤지만 신경 쓰지 않았다.

그의 상대는 앞에 있는 최무환이었다.

최무환은 아래위가 붙어 있는, 흔히 점프슈트라 불리는 검은색 작업복 주머니에서 신분증을 꺼내 우건 앞에 내밀었다.

"저희는 경찰청에서 나왔습니다. 방금 전 일어난 살인사건의 현장조사를 위해 진술을 받아야 하는데 시간 괜찮으십니까?"

우건은 대답하기 전에 최무환이 내민 신분증을 먼저 살폈다.

신분증에 경찰청 본청 소속 경감 최무환이라 적혀 있었다.

우건은 고개를 끄덕였다.

"시간은 많으니까 궁금한 사안이 있으면 얼마든지 물어보시오."

최무환은 신분증을 작업복 주머니에 다시 넣었다.

"협조에 감사드립니다. 진술을 받기 전에 신분을 확인할 필요가 있어 그런데 복면을 벗어 주시겠습니까? 그리고 무장한 상태에서 진술을 받긴 좀 그러니까 등에 찬 검을 같이 풀어 주시면 고맙겠습니다. 아시겠지만 이런 게 다 절차라서요."

우건은 최무환을 응시하며 고개를 천천히 저었다.

"둘 다 거부하겠소."

어깨를 으쓱거린 최무환은 짐짓 안타깝다는 표정을 지었다.

"그럼 다른 방법이 없지요. 형사소송법 212조에 의거, 지금부터 당신을 살인을 저지른 현행범으로 영장 없이 긴급 체포하겠습니다. 당신에게는 변호사를 선임할 권리와 체포 적부심을 신청할 권리가 있습니다. 이에 이의 있으십니까?"

우건은 대답할 필요를 느끼지 못했다.

최무환은 그럴 줄 알았다는 듯 자문자답했다.

"이의야 당연히 없으시겠죠."

최무환의 눈짓을 받은 특무대원 세 명이 무기를 꺼내 들었다.

한 명은 경찰이 사용하는 삼단봉을, 한 명은 도신이 미녀의 눈썹처럼 휘어진 만곡도(彎曲刀)를 들었다.

마지막 한 명은 베레타로 보이는 9미리 자동권총으로 우건을 조준했다.

우건은 여전히 물처럼 담담한 눈빛으로 최무환을 응시했다.

"체포되기 전에 물어볼 사안이 몇 가지 있소."

최무환은 그 정도 배려는 해 줄 수 있다는 듯 고개를 끄덕였다.

"궁금한 게 있으면 물어보십시오."

"경찰 특무대가 뒤를 봐주는 대상 중에 하나가 한성그룹이오?"

그 순간, 최무환의 눈빛이 살짝 달라졌다.

우건이 최무환의 소속을 단번에 알아내 당황한 것인지, 아님 특무대가 한성그룹 뒤치다꺼리를 하는 게 들통나 그런 것인지까지는 알지 못했다.

하지만 찔리는 점이 있는 것은 분명해 보였다.

최무환은 바로 내력을 끌어올렸다.

그를 둘러싼 기운이 전보다 강해져 있었다.

"생각보다 많은 걸 아시는군요."

우건은 최무환의 변화에 전혀 개의치 않는 모습이었다.

"헬리콥터를 돌려보낸 것은 당신들이 나를 살해하는 현장을 헬리콥터를 조종하는 경찰이 보지 못하게 하기 위해서였소?"

최무환은 어이가 없다는 표정으로 대답했다.

"우린 경찰입니다. 사람을 죽이지 않습니다. 죄가 있다면 절차에 따라 체포한 다음, 검찰에 넘기는 것이 우리 일입니다."

우건은 피식 웃었다.

"그렇게 가식 떨 필요 없소."

"내가 왜 가식을 떠는 거라 생각하십니까?"

"당신은 다른 사람들이 보는 앞에서는 정인군자처럼 행동하지만, 사람들이 보지 않는 곳에서는 고위 공직자나 기업 회장의 구린 뒤를 닦아 주는 대가로 돈을 챙긴단 말을 들었소."

최무환의 표정이 싸늘하게 굳었다.

옛날 말로 하면 역린(逆鱗), 이곳 말로는 아킬레스건을 우건이 제대로 찌른 듯했다.

최무환은 가식을 벗어던진 듯 짙은 살기를 피워 올렸다.

"누가 너에게 그런 정보를 주었지?"

"정보를 준 사람의 친절한 설명에 따르면 특무대 이곽연합에 속한 자들이 원래 다 구린 구석이 있기는 하지만 당신은 유독 심하다더군. 그래, 임신한 정부(情婦)를 죽여 달라는 영호그룹 회장 박일규(朴日揆)의 지시를 따르는 대가로 얼마를 요구하였소? 10억? 100억? 대체 돈을 얼마나 받아야 사람이 만삭인 여자를 불에 태워 죽일 수가 있는 것이오?"

최무환은 뭔가 깨달은 게 있는 듯 삿대질을 하며 소리쳤다.

"반정회 놈들에게 들었구나! 네놈은 반정회 놈들과 한패였어!"

최무환은 곧 아뿔싸 하는 표정으로 우건을 포위한 부하들을 둘러보았다.

방금 그가 한 말은 죄를 시인한 것이나 마찬가지였다.

영호그룹 회장에게 돈을 받고 만삭인 회장의 정부를 태워 죽였다는 사실을 부하들 앞에서 시인한 것이다.

우건의 좌우측에 있는 부하들은 최무환의 심복이었다.

그들은 최무환이 저지른 짓을 아는 탓에 전혀 당황하지 않았다.

아니, 최무환이 그 일을 저지를 때 한 팔 거들기까지 했다.

이를 테면 그들 역시 공범이나 마찬가지인 것이다.

그러나 우건 뒤에 있는 부하는 달랐다.

만곡도를 든 그는 심복이 아닌 듯했다.

그는 경멸이 가득 담긴 시선으로 상관인 최무환을 쏘아보았다.

뱀처럼 교활한 최무환은 바로 부하에게 전음으로 지시했다.

전음을 엿듣는 무공은 없는 탓에 우건은 그가 부하에게 무슨 지시를 내렸는지까지는 알지 못했다.

그러나 예상은 가능했다.

우건이 등에 비껴 찬 청성검에 손을 가져갈 때였다.

쉬익!

삼단봉을 든 특무대 대원이 만곡도를 든 동료 옆구리에 벼락같은 일격을 가했다.

동료의 갑작스러운 기습에 놀란 대원은 몸이 굳은 듯 옆구리를 삼단봉에 얻어맞아 비틀거렸다.

스르릉!

우건이 청성검을 막 뽑았을 때였다.

베레타를 든 대원이 그대로 권총을 들어 올려 우건을 조준한 다음, 방아쇠를 당겼다.

우건은 섬영보로 피했다.

탕탕탕탕!

탄환 여러 발이 우건이 만든 잔영(殘影)을 관통하며 지나갔다.

섬영보로 피한 우건은 지체 없이 공중으로 날아올랐다.

비응보였다.

대원은 공중으로 솟구친 우건을 추격하며 연신 방아쇠를 당겼다.

우건은 곤륜파(崑崙派)의 전설적인 경신법인 운룡대팔식(雲龍大八式)을 펼치듯이 공중에서 몸을 비틀어 탄환을 피해 냈다.

대원은 베레타 약실에 든 탄환까지 21발을 연속 발사했지만 우건의 옷자락에 구멍을 뚫는 게 한계였다.

탄환은 암기처럼 휘어지지 않았다.

총구를 주시하며 신법을 전개하면 우건과 같은 고수에게는 큰 위협을 주지 못했다.

대원은 탄창 여유분이 있었다.

그러나 우건 앞에서 감히 탄창을 가는 여유를 보여 주진 못했다.

탄창을 가는 시간이 엄청나게 느리진 않지만 우건이 그냥 지켜볼 리 만무한 것이다.

대원은 탄창을 가는 대신, 빈총을 우건에게 암기처럼 던졌다

우건은 천근추로 내려서며 빈총을 피했다.

우건의 두 발이 막 지상에 닿으려는 순간.

부웅!

총을 던진 대원이 주먹으로 우건의 뒤통수를 쳐 왔다.

주먹에 담긴 경력이 날카로운 쇠톱처럼 뒤통수를 갈라 왔다.

쉭!

우건은 돌아서며 곧장 청성검을 앞으로 찔러 갔다.

펑!

주먹에 담긴 경력이 우건의 머리를 스치며 지나갔지만, 호신강기를 펼친 우건은 살짝 비틀대는 선에서 충격을 해소했다.

반면, 주먹을 휘두른 대원은 생역광음이 만든 섬광에 심장을 관통당해 즉사했다.

우건은 뒤로 물러서며 동료에게 기습당한 대원을 찾았다.

만곡도를 든 대원은 원래 실력이 동료에 비해 뛰어난 듯했다.

옆구리에 한 방 맞아 부상을 입은 상태에서 삼단봉을 든 대원과 막상막하의 대결을 펼쳤다.

안심한 우건이 최무환을 찾으려는 순간.

쉬이이익!

눈앞에서 새파란 광채가 긴 꼬리를 매달며 쏘아져 왔다.

우건은 금리도천파의 수법으로 몸을 빙글 돌려 빠져나갔다.

암습이 실패로 돌아간 최무환은 양심의 가책 따윈 자신에게 없다는 듯 다시 장검으로 우건의 가슴을 찔러 왔다.

우건은 철판교의 수법으로 장검을 피했다.

그러나 최무환의 장검은 1미터 50센티미터가 넘었다.

다른 검이라면 여유가 있을 테지만 최무환의 장검은 생각보다 더 깊숙이 들어왔다.

치이익!

윗옷이 찢어지며 근육으로 뒤덮인 우건의 상체가 드러났다.

호신강기 덕분에 살이 베이는 데서 그쳤지만 아찔한 순간이 아닐 수 없었다.

최무환은 장검을 다시 거두는 척하다가 재빨리 보법을 밟으며 접근해 장검을 밑으로 찔러 왔다.

우건은 좀 전에 겪은 낭패가 떠올라 청성검으로 후려쳐 막았다.

청성검이 최무환의 장검을 내려치는 순간.

위이잉!

최무환의 장검이 드릴처럼 맹렬한 속도로 회전해 청성검을 튕겨 냈다.

우건은 검을 당기며 섬영보로 물러섰다.

그러나 조금 늦은 탓에 최무환의 장검이 왼다리를 스치며 지나갔다.

바지가 찢어지며 핏물이 수채화 물감처럼 터져 나왔다.

뒤로 정신없이 물러선 우건이 지혈하기 위해 손을 뻗을 때였다.

파파팟!

최무환이 엄청나게 빠른 속도로 거리를 좁혀 왔다.

마치 전설상의 경지라는 축지성촌(縮地成寸)을 펼친 듯했다.

10미터 밖에 있던 최무환이 눈앞에서 다시 나타난 것 같았다.

지혈을 포기한 우건이 청성검을 세워 방어 자세를 잡을 때였다.

쉬익!

최무환의 장검이 그야말로 빗살처럼 우건의 상체를 찔러왔다.

검봉이 계속 흔들려 어떤 혈도를 노리는지 알지 못했다.

어디를 노리는지 모른다면 검 자체를 막는 방법이 최선이었다.

우건은 일검단해로 최무환의 장검을 내리쳤다.

좀 전에 드릴처럼 회전하는 최무환의 장검에 의해 청성검이 튕겨 나간 기억이 선명한 우건은 전력을 다해 초식을 펼쳤다.

그때였다.

최무환의 장검이 엄청나게 빠른 속도로 후퇴해 우건이 펼친 일검단해는 장검 대신 애꿎은 땅에 기다란 골을 만들었다.

우건은 고개를 들어 최무환을 찾았다.

최무환은 벌써 3미터 뒤로 물러나 있었다.

그야말로 눈을 의심케 하는 속도였다.

우건이 섬영보로 거리를 좁혀 반격하려는 순간, 최무환 역시 같이 거리를 좁혔다.

그러나 최무환의 속도가 더 빨랐다.

섬영보보다 속도가 빠른 보법을 상대하는 순간이었다.

유리한 위치를 선점한 최무환이 장검을 다시 앞으로 찔러갔다.

우건은 이형환위로 장검의 검봉을 피하며 최무환의 옆구리에 선도선무를 찌르려 했다.

그때였다.

최무환의 장검 검봉에 파란 광채가 작은 공처럼 뭉치더니 날카로운 검기(劍氣) 대여섯 가닥이 갑자기 튀어나와 우건의 요혈을 찔러 왔다.

선도선무를 급히 거두어들인 우건은 대해인강, 일검단해, 오검관월(五劍貫月) 세 초식을 연달아 펼쳐 검기세례를 막았다.

캉캉캉캉캉!

검과 검기가 충돌할 때마다 불꽃이 튀었다.

그러나 최무환이 검기를 발출한 거리가 너무 가까웠던 탓에 모든 검기를 다 막아 내지 못했다.

결국 왼 팔뚝과 오른쪽 허리 옆에 검기가 스치듯 지나가며 핏물이 뚝뚝 떨어졌다.

다섯 합이 채 지나가기 전에 우건은 벌써 왼 다리, 왼 팔뚝, 오른쪽 허리 세 곳에 검상을 입어 피를 흘리는 중이었다.

우건은 지금처럼 방어만 하다가는 최무환의 날카로운 검초를 계속 피하는 게 불가능하다는 점을 깨달았다.

검기를 발출하는 데 필요한 내력이 엄청나 최무환 역시 자주 쓰진 못하겠지만, 어쨌든 한 번 더 저런 검초가 펼쳐지면 팔이나 허리가 아닌 가슴이나 목, 머리가 검기에 당할 위험이 있었다.

우건은 섬영보로 오히려 거리를 좁히며 천지검법의 절초를 연이어 펼쳤다.

생역광음부터 유성추월, 선도선무, 성하만상이 연달아 펼쳐졌다.

청성검이 뿜어낸 새파란 검광이 주변 10여 미터 안에 물샐 틈 없는 검광의 그물을 만들었다.

그러나 최무환은 그 특유의 보법으로 순식간에 그물을 벗어났다.

우건으로선 그야말로 쓸데없는 일에 힘을 뺀 셈이었다.

우건의 공세가 주춤하면 최무환이 다시 거리를 좁혀 반격했다.

최무환의 검법은 변화가 거의 없었다.

거의 찌르기 위주였는데 우건이 검으로 부딪쳐 가면 드릴처럼 회전해 청성검을 떼어 냈다.

그리고 회전해 떼어 낼 수 없을 때는 아예 검신합일하여 전권을 순식간에 벗어나 버렸다.

우건과 최무환은 그런 식의 공방을 30여 합 넘게 주고받았다.

최무환의 실력은 우건이 그동안 상대한 강적인 장린, 성대식, 진태보다 떨어졌다.

그러나 최무환이 쓰는 검법과 보법이 워낙 까다로워 단시간에 쓰러트릴 수단이 없었다.

아니, 쓰러트리기는커녕 우건의 몸에 상처만 계속 늘어나는 상황이었다.

치명적인 상처까지는 아니었지만 가랑비에 옷 젖는 줄 모른다는 옛 속담처럼 무시할 수만은 없는 상황이었다.

우건은 부동심을 끌어올려 조급해진 마음을 차분하게 가라앉혔다.

그리고 선령안과 귀혼청 등 그가 가진 모든 초감각(超感覺)을 동원해 최무환이 가진 약점을 찾아내려 애썼다.

최무환의 장검은 1미터 50센티미터가 넘었다.

그리고 축지성촌을 방불케 하는 엄청난 속도의 보법이 있었다.

장검의 길이에 엄청난 속도의 보법을 더하는 순간, 최무환에게 사거리는 의미가 없었다.

5미터를 단숨에 좁혀 공격하거나, 5미터를 단숨에 후퇴해 우건의 반격을 피하는 게 모두 가능했다.

마치 검이 아니라 엄청난 길이의 창이 찔러 오는 듯했다.

우건은 그 창과 비슷하다는 점에 주목했다.

최무환이 검을 창처럼 쓴다면 그 해법 역시 창을 상대할 때와 마찬가지일 것이다.

평소에 창을 쓰는 고수를 상대할 때처럼 그를 상대하면

어렵지 않게 파훼할 수 있을 듯했다.

창의 장점은 명확했다.

우월한 사거리였다.

그러나 모든 사물에는 이면(裏面)이 존재하듯 창 역시 단점이 명확했다.

바로 그 긴 사거리가 상황에 따라 단점으로 작용한단 점이었다.

무기가 길다는 말은 측면에 약점이 존재한다는 말과 동일했다.

짧으면 측면 공격에 빨리 대처할 수 있지만 길면 측면 공격에 대응하기 위해 더 많은 공간과 시간, 노력이 필요했다.

특히 창을 쥔 손에 따라 어느 쪽 측면이 약한지가 결정되는데, 오른손잡이는 오른쪽, 왼손잡이는 왼쪽에 약점이 있었다.

최무환은 오른손잡이였다.

즉, 오른쪽 측면이 약하단 뜻이었다.

우건은 최무환의 공격을 차분하게 기다렸다.

엄청난 도약력으로 거리를 좁힌 최무환이 장검을 찔러왔다.

이번 역시 검봉이 갈대처럼 흔들려 어느 쪽을 공격해 올지 알 수 없었다.

우건은 선령안을 펼쳐 침착하게 대응했다.

마침내 정지한 장검 검봉이 우건의 견정혈을 곧장 찔러 왔다.

우건은 옆으로 허리를 틀어 검초를 피했다.

그러나 피했다고 느낀 순간, 장검의 검봉이 검기를 발출했다.

우건은 청성검을 급히 끌어당겨 요처를 방어했다.

타아아앙!

최무환이 발출한 검기가 우건이 급히 끌어당긴 청성검의 검신을 때렸다.

청성검이 지이잉 울리며 검신이 크게 휘어졌다.

공격이 실패한 최무환은 장검을 살짝 끌어당기다가 다시 찔러 왔다.

이번에는 우건의 허벅지에 위치한 요혈을 노렸다.

그때였다.

최무환이 다시 공격하기 전에 금선탈각의 수법으로 전권을 빠져나온 우건은 최무환의 오른쪽 측면으로 조금 돌아갔다.

장검을 피하며 우측으로 돌아가는 보법이 원체 절묘한 탓에 최무환의 장검은 우건 대신 금선탈각이 남긴 잔영을 찔렀다.

우건 앞에 최무환의 오른쪽 측면이 그대로 드러났다.

거의 무방비와 같았다.

장력을 발출하면 척추를 박살 낼 수 있었다.

"제길!"

최무환은 급히 장검을 휘둘러 우건의 공격을 막아 내려 했지만 앞서 말한 대로 장검이 방향을 바꾸는 데 시간이 걸렸다.

우건은 지체 없이 표풍장을 날렸다.

파파팟!

10여 개의 장영(掌影)이 환영처럼 일어나 최무환의 오른쪽 측면을 덮쳐 갔다.

표풍장의 절초 만천수풍(滿天垂風)이었다.

만천수풍이 만든 장영이 최무환의 오른쪽을 짓이기려는 순간.

왼손으로 장검을 바꿔 쥔 최무환이 오른손을 앞으로 뻗었다.

위이잉!

돌개바람이 이는 듯한 굉음과 함께 강맹한 장력이 폭풍처럼 일어나 만천수풍이 만든 장영 10여 개를 단숨에 집어삼켰다.

만천수풍이 만든 장영은 최무환이 갑자기 쏟아 낸 장력의 상대가 아니었다.

최무환의 장력에 휘말리는 순간, 마치 폭풍 속에 뛰어든 작은 나룻배처럼 순식간에 자취를 감추었다.

최무환의 장력은 만천수풍이 만든 장영을 없애는 선에서 그치지 않았다.

그대로 돌진해 우건의 가슴에 일장을 먹였다.

퍼엉!

가슴에 일장을 맞은 우건은 3미터를 굴러간 후에야 멈춰 섰다.

내상을 입은 듯 복면 밑으로 핏방울이 뚝뚝 떨어졌다.

최무환은 기고만장해 소리쳤다.

"병신 같은 새끼! 일자추운검법(一字秋雲劍法)과 축영신 법(縮影身法)의 약점을 알아낸 게 네놈뿐일 거라 생각했느 냐? 그동안 너처럼 내 오른쪽이 약점이라 생각해 덤빈 병 신새끼들이 많았지만 그놈들은 모두 광풍폭해장법(狂風暴 海掌法)의 먹잇감이 되고 말았다. 지금의 네놈처럼 말이 야."

천천히 일어난 우건은 벌써 다 이겼다는 듯 기고만장한 표정으로 응시하는 최무환을 보며 머리를 살짝 흔들었다.

"벌써 이긴 것처럼 굴다니 너처럼 한심한 놈은 오랜만에 보는군."

최무환은 허리까지 젖혀 가며 웃음을 터트렸다.

"하하. 그 한심한 놈에게 한 방 먹은 심정이 어떠냐?"

우건은 전에 없이 싸늘한 어투로 대답했다.

"내 지금 심정이 어떤지 지금부터 자세히 가르쳐 주지."

말을 마친 우건은 곧장 선공을 취했다.

생역광음과 선도선무, 유성추월이 순차적으로 허공을 갈랐다.

청성검이 만든 푸른색 광채가 폭죽처럼 피어올랐다.

최무환은 좀 전에 본인 입으로 언급한 축영신법으로 우건의 공세를 피했다.

그림자를 압축한다는 축영신법의 의미처럼 순식간에 10여 미터를 벗어나 공세를 무위로 만들었다.

우건의 청성검이 멈추는 순간, 이번에는 최무환이 반격에 나섰다.

일자추운검법의 절초가 연이어 쏟아지며 우건의 전신 요혈을 쉴 새 없이 찔러 들어왔다.

가끔 장검의 검봉이 검기까지 쏟아 내는 통에 우건은 전력을 다해 피해야 했다.

그러나 검기는 애초에 완벽히 막아 내기 어려울 만큼 고절한 수법이었다.

물론, 우건 역시 검기를 사용할 수 있지만 내력이 부족한 탓에 최무환처럼 마구잡이로 펼치지는 못했다.

치이익!

최무환의 장검이 발출한 검기가 우건의 오른 어깨를 스쳤다.

살이 벌어지며 근육이 찢어지는 통에 통증이 상당했지만 부동심을 끌어올린 우건의 눈에서는 고통을 찾아보지 못했다.

고통을 참아 낸 우건은 최무환의 검기가 날아올 때부터 그럴 생각이었다는 듯 몸을 자연스럽게 오른쪽으로 빙글 돌렸다.

그 순간, 방금 전처럼 최무환의 오른쪽이 무방비로 드러났다.

우건은 주저 없이 무방비로 드러난 측면에 장력을 내갈겼다.

"멍청한 새끼!"

이죽거리며 장검을 재차 왼손으로 바꿔 쥔 최무환은 오른손을 앞으로 빠르게 뻗어 광풍폭해장법을 다시 한 번 펼쳐 갔다.

위이잉!

방금 전에 펼쳤을 때보다 훨씬 강한 소음과 함께 강맹한 장력이 거친 파도처럼 일어나 우건이 펼친 장력을 덮쳐 왔다.

그때였다.

크르릉!

아주 멀리 떨어진 곳에 벼락이 내리친 것처럼 은은한 천둥소리가 최무환의 귓가를 간지럽혔다.

정신을 집중한 상태가 아니면 거의 알아채기 힘들 정도로 아주 은은한 소리였다.

그러나 그 위력은 절대 은은하지 않았다.

순수한 벼락의 기운을 응축해 놓은 듯한 찌릿찌릿한 기운이 광풍폭해장법이 만든 거친 파도 같은 장력 한가운데를 갈랐다.

최무환의 눈이 찢어질 듯 커지는 순간.

퍼억!

우건이 날린 장력이 최무환의 옆구리에 큼직한 구멍을 뚫었다.

최무환은 믿을 수 없다는 눈으로 우건을 응시했다.

"이, 이런 장법을 숨기고 있었다니……."

우건은 최무환을 담담한 눈빛으로 바라보다가 전음을 보냈다.

ㅡ끝까지 날 알아보지 못하는 모양이군.

"그, 그 말은 마치 내가 널 알아봐야 한다는 말처럼 들리는군."

ㅡ홍귀방에서 당신들의 행사를 방해한 사람을 기억하시오?

최무환이 멍한 표정을 지었다.

"설, 설마 네, 네가 그때 그……."

그러나 하늘은 그에게 더 이상의 기력을 허락하지 않았다.

최무환은 말을 미처 다 마치지 못한 상태에서 숨이 끊어졌다.

우건은 오른손을 내려다보았다.

방금 전에 펼친 태을진천뢰는 이곳에 와서 펼친 태을진천뢰 중 가장 강한 장력이었다.

태을진천뢰는 경지가 올라갈수록 특유의 뇌성(雷聲)이 점점 줄어들었다.

그리고 대성하면 뇌성이 완전히 사라져 무음장법(無音掌法)처럼 변했다.

한데 방금 전에 펼친 태을진천뢰는 뇌성이 아주 은은하게 들려왔다.

태을진천뢰의 경지가 전보다 높아졌단 뜻이었다.

또, 태을진천뢰의 경지가 올라가면 상대 몸에 장인(掌印)을 남기지 않았다.

방금처럼 장력이 아예 몸을 관통해 버렸다.

거기서 경지가 더 올라가 대성하면, 몸 일부분을 관통하는 게 아니라 몸 일부분을 아예 가루로 만들 수 있었다.

우건은 태을진천뢰의 현재 경지를 8성쯤으로 추정했다.

8성은 우건이 중원무림에서 활동할 때조차 오르지 못한 경지였다.

내력의 발전 속도는 여전히 더디기 짝이 없었지만, 초식에 대한 이해는 시간이 지날수록 점점 좋아지는 상황이었다.

우건의 태을진천뢰 경지를 끌어올려 준 장본인인 최무환은 바닥에 엎어져 더 이상 움직이지 않았다.

심장과 간, 폐가 절반 이상 날아간 사람이 살아 있을 확률은 없는 거나 같았다.

청성검을 등에 맨 검집에 집어넣은 우건은 뒤를 돌아보았다.

만곡도를 든 대원 역시 삼단봉을 든 대원을 매섭게 몰아붙이는 중이었다.

만곡도를 든 대원이 삼단봉을 든 대원에게 먼저 일격을 당하며 싸움이 시작되었지만, 만곡도를 든 대원의 실력이 훨씬 뛰어나 거의 백중세를 이루는 중이었다.

그런 상황에서 철석같이 믿었던 최무환이 우건에게 죽는 모습을 본 대원은 대번에 손발이 어지러워지기 시작했다.

결국, 초식이 꼬이는 바람에 만곡도에 왼팔이 잘려 날아갔다.

대원이 잘린 부위를 지혈하며 만곡도를 든 대원을 노려보았다.

"한솥밥을 먹던 사인데 이렇게까지 해야겠습니까?"

만곡도를 든 대원은 그 말에 가책을 느낀 듯 칼을 거두었다.

"네 말대로 옛 정을 생각하여 여기까지 하겠다. 그만 가 봐라."

대원은 회수한 만곡도를 칼집에 집어넣었다.

팔이 잘린 대원은 만곡도를 든 대원의 눈치를 살피며 뒤로 슬금슬금 물러섰다.

그런 다음 거리를 어느 정도 벌렸다싶은 순간, 몸을 돌리더니 전력을 다해 도망치기 시작했다.

그러나 그는 그들이 부순 철문을 통과하지 못했다.

슈아앙!

뒤에서 쏘아져 온 새파란 검광이 대원의 등을 꿰뚫은 것이다.

"크아아악!"

비검만리로 도망치는 대원을 죽인 우건은 천천히 걸어가 대원 등에 박힌 청성검을 격공섭물로 뽑아냈다.

명검이 으레 그렇듯 푸른빛이 감도는 검신에는 피 한 방울 묻지 않았다.

자기가 보내 준 동료를 죽인 것에 불만이 많은 듯, 만곡도를 사용하던 대원이 우건에게 씩씩대며 달려와 힐난하는 투로 물었다.

"그렇게까지 할 필요가 있었습니까?"

우건은 돌아서서 만곡도를 쓰던 대원을 쳐다보았다.

감정이 느껴지지 않는 눈빛에 움찔한 대원이 고개를 돌렸다.

"제, 제 말은 그게 그러니까 최 팀장, 아니 최무환이 죽은 마당에 그 부하까지 싹 다 죽일 필요가 있었겠느냐 이 말입니다."

우건은 청성검이 바닥을 가리키는 자세로 대원에게 걸어 갔다.

"뭔가 단단히 착각을 한 것 같군."

마른 입술에 침을 바른 대원이 반 발자국 물러서며 물었다.

"제, 제가 착각한 게 있습니까?"

"내가 당신을 아군으로 받아들일 거라 생각한 것이오?"

대원이 당황해 되물었다.

"그들이 절 공격하는 모습을 당신도 똑똑히 보지 않았습니까?"

"그건 단지 어떤 그림의 일부분일 뿐이오. 전체적으로 보면 당신이 나에게 접근하기 위해 술수를 쓴 것일 수도 있소."

대원은 얼른 바닥에 무릎을 꿇었다.

"미, 믿어 주십시오. 전 술수를 쓰지 않았습니다. 저는 최 팀장, 아니 최무환의 심복이 아니었습니다. 이번에 나올 때 최무환의 심복 중 한 명에게 일이 생겨 제가 대신 합류했던 겁니다. 그리고 최무환이 어떤 짓을 저질렀는지 전 전혀 몰랐습니다. 최, 최무환이 마, 만삭인 임산부를 불에 태워 죽였다는 말 역시 그쪽의 설명을 듣고 나서야 알았으니까요."

우건은 그를 잠시 내려다보다가 고개를 들었다.

"특무대가 지원부대를 더 보내기 전에 현장부터 정리해야겠소."

우건은 대원과 함께 공장 안팎에 널려 있는 시신을 처리했다.

대원은 동료의 시신을 처리할 때 양심의 가책을 느끼는 듯 시신의 얼굴을 제대로 보지 못했지만 손을 멈추지는 않았다.

우건은 마지막 남은 최무환의 시신을 뒤져 일자추운검법과 축영신법, 그리고 광풍폭해장의 비급을 찾아내 주머니에 챙겼다.

대원은 우건이 최무환의 비급을 챙기는 모습을 유심히 지켜보았다.

최무환이 남긴 비급에 관심이 많은 듯했다.

최무환의 시신을 삼매진화로 태워 버린 우건은 디코이를 설치해 둔 노트북을 챙겨 대원과 함께 김동과 임재민이 있는 북쪽으로 이동했다.

그러나 김동 등과 바로 합류하진 않았다.

대원이 거짓말을 하는 것처럼 보이지는 않았지만 조심해서 나쁠 일이 없었다.

한적한 곳에 도착한 우건이 걸음을 멈췄다.

우건을 쫓아가던 대원이 움찔해 물러섰다.

"왜, 왜 그러십니까?"

우건은 돌아서며 물었다.

"이름이 무엇이오?"

"남영준(南英俊)입니다."

"소속은?"

"트, 특무대 1팀 3조 조장입니다."

"이곽연합에 속해 있소?"

남영준이 아니라는 듯 고개를 세차게 저었다.

"저, 전 이곽연합이 아닙니다."

"그럼 왜 지금까지 특무대에 남아 있는 거요?"

남영준이 억울한 표정으로 대답했다.

"특무대가 얼마 전에 새로운 대통령의 선출을 기점 삼아 이곽연합과 반정회로 쪼개진 것은 맞지만 그게 다는 아닙니다."

"그럼 뭐가 더 있소?"

"특무대에 이도저도 아닌 사람들이 30퍼센트는 넘을 겁니다."

우건은 미간을 찌푸리며 물었다.

"어떤 자들이오?"

"특무대가 주는 연봉으로 처자식을 먹여 살려야 하는 탓에 이곽연합의 패악질을 꾹 참으며 남아 있는 사람들이 많습니다."

"경호실도 연봉을 줄 거 아니오?"

"반정회를 따라 경호실로 옮겨가지 않은 이유는 대통령이 내민 동아줄이 그리 튼튼해 보이지 않았던 탓이 클 겁니다."

우건은 한숨을 쉬며 물었다.

"그럼 그들은 대통령이 이곽연합에게 질 거라 생각하는 거요?"

"제가 보기엔 그렇습니다."

"그래서 당신이 그 30퍼센트에 낀 사람이란 거요?"

남영준이 지체 없이 고개를 끄덕였다.

"그렇습니다."

남영준의 말이 모두 맞다면 이는 큰 수확이었다.

당혜란은 특무대 30퍼센트 전력에 해당하는 반정회로 청와대 경호실을 재편했다.

즉, 특무대에 남아 있는 전력이 70퍼센트라는 뜻이었다.

전력 차가 3대7이라면 애초에 불가능한 싸움이었다.

한데 남영준의 말에 따르면 특무대에 남은 70퍼센트 중에 30퍼센트는 아직 붙을 곳을 정하지 못한 박쥐 떼였다.

다시 말해 이곽연합의 진짜 전력은 40퍼센트에 불과했다.

3 대 4는 어찌하느냐에 따라 승패가 바뀔 수 있는 전력차였다.

우건은 화제를 전환했다.

"최무환이 이곳에 출동한 이유는 무엇이오?"

"전 대통령 한승권의 딸 한수미(漢秀美)의 남편이 누군지 아십니까? 바로 금해건설(金海建設) 사장 주중호(周中護)입니다. 그리고 주중호의 누나 주선영(周善英)의 남편은 한성그룹 사장 구장훈(具章勳)입니다. 끼리끼리 어울렸던 겁니다."

파면된 대통령 한승권의 금지옥엽 한수미는 이미 유명 인사였다.

정권 비선실세라는 호칭까지 들었는데 아버지 한승권이 당선되는 데 한수미 지분이 상당히 크단 풍문이 돌았다.

한승권은 제천회가 가진 무력으로 재벌 회장들을 협박해 엄청난 돈을 뜯어냈다.

그리고 뜯어낸 돈을 한수미가 벌이는 개인 사업에 투자했다.

그뿐만이 아니었다.

한수미는 아버지 위세를 빌려 정재계에 막대한 영향력을 행사했는데 심지어는 매관매직(賣官賣職)을 일삼았단 증거까지 나왔다.

한수미가 본인이 벌이는 각종 사업에 막대한 자금을 투자한 투자자를 장관이나, 청와대 수석에 추천한 것이다.

그리고 아버지 한승권은 딸이 추천한 인사를 정부 요직에 앉혔다.

상황이 이렇다 보니 한승권과 함께 한수미 역시 바로 검찰에 체포되어 지금 한창 재판을 받는 중이었다.

국정농단의 종범들이 실형을 사는 중이라, 한승권, 한수미 부녀 역시 실형을 면치 못할 거라는 소문이 법조계에 공공연히 돌았다.

망둥이가 뛰는데 꼴뚜기가 가만있을 수 없다는 듯 사위 주중호 역시 국정농단에 한 팔 거들어 본인이 운영하는 금해건설이 정부가 발주한 각종 국책사업을 따내는 데 압력을 가했다.

부인 한수미가 체포된 후 주중호 역시 각종 불법을 저지른 혐의가 포착되어 부부가 사이좋게 구치소에 수감 중이었다.

한데 남영준에 따르면 그 주중호의 누나인 주선영과 이번 사건과 관련이 깊은 한성그룹 사장 구장훈이 부부라는 것이었다.

마치 지배계층이던 고려의 문벌귀족과 조선의 양반이 신분제를 공고히 할 목적으로, 그리고 부의 유출을 막기 위해 끼리끼리 결혼하는 것과 비슷한 양상이라 할 수 있었다.

물론, 차이는 있었다.

고려와 조선시대에는 혈통, 즉 누구 피를 물려받았느냐가 중요하다면 지금 시대는 돈이 모든 것을 지배하는 시대였다.

남영준의 설명이 이어졌다.

"한성그룹은 5년 전에 그룹이 보유한 모든 매체를 총동원해 인척(姻戚)이라 할 수 있는 한승권을 대통령으로 만들었습니다. 그리고 한승권이 대통령에 재임 중일 때는 정부를 비판하는 정치인, 학자, 재야인사를 공격하는 데 앞장을 섰습니다. 물론, 한승권이 탄핵되었을 때와 파면되었을 때는 한승권을 구하기 위해 누구보다 열심히 그를 비호했습니다."

"결론이 뭐요?"

"특무대는 정권 내내 한승권에게 줄을 대기 위해 노력했습니다. 그러나 한승권은 이미 제천회란 든든한 뒷배가 있어 특무대가 끼어들 여지가 전혀 없었습니다. 특무대는 방법을 바꿔 한성그룹 구동철(具冬鐵) 회장과 구장훈 사장에게 접근했습니다. 그들을 통해 한승권에게 줄을 대려 했던 겁니다."

우건은 그제야 특무대가 이곳에 나타난 이유를 알 수 있었다.

잠시 생각을 정리한 우건이 다시 물었다.

"한성그룹은 대체 왜 여고생 자살 사건을 덮으려 하는 거요? 그것도 한성미디어랩에 경찰 특무대까지 동원해서 말이오."

남영준이 고개를 살짝 갸웃하며 자신 없는 목소리로 대답했다.

"전 이곽연합이 아니라서 자세히 사정은 모릅니다만 가끔 들려오는 소문에 따르면 한성그룹 구장훈 사장 딸이 그 자살했다는 여고생과 같은 학교, 같은 반이었다는 것 같습니다."

우건은 눈앞을 가린 안개가 서서히 걷히는 기분이었다.

2장. 인두겁을 쓴 악마

우건은 김동이 만든 디코이를 추적해 공장으로 쳐들어온 사내들이 떠올랐다.

그들은 마치 경찰처럼 움직였다.

그러나 특무대는 아니었다.

특무대보다는 실력이 훨씬 떨어졌다.

"공장에 처음 나타났던 자들은 누구요?"

"한성그룹이 운용하는 보안팀 직원들입니다. 특무대가 노조를 조직하려는 한성그룹 사원들 뒷조사까지 다 해 줄 수는 없으니까 특무대의 도움을 받아 그룹 내에 자체적인 무력조직을 갖춘 겁니다. 물론, 실력은 그다지 뛰어나지 않습니다."

"한성그룹은 자기 회사 보안팀을 별로 신뢰하지 않은 모양이군."

동의한다는 듯 남영준이 고개를 끄덕였다.

"그럴 겁니다. 한성그룹 수뇌부가 요청하지 않았으면 특무대가 경찰 헬기까지 빌려 지원 나오는 일은 없었을 테니까요."

말을 마친 남영준이 방금 전의 일을 떠올린 듯 한숨을 쉬었다.

"최무환이 저를 좋게 본 건지 자기 쪽으로 끌어들이기 위해 저를 데려온 모양인데, 결과적으로 그들은 다 죽고 저만 살아남은 셈이군요. 지금쯤 특무대와 한성그룹 보안팀에서 사람들을 파견해 무슨 일이 일어난 건지 조사하는 중일 겁니다."

남영준의 말이 맞았다.

이곳에 오래 있어 봐야 좋을 게 없었다.

우건은 덮어쓴 복면을 벗었다.

우건의 맨얼굴을 훔쳐본 남영준이 의외라는 표정을 지었다.

그가 상상했던 이미지보다 훨씬 괜찮은 모양이었다.

우건은 그와 함께 김동을 찾아갔다.

김동과 임재민은 이미 필요한 자료를 다 다운받은 듯 장비를 차에 싣는 중이었다.

남영준을 경계하는 김동과 임재민에게 그간의 사정을 전음으로 간략히 설명한 우건은 차에 올라 폐공장을 벗어났다.

돌아가는 길에 진이연에게 연락한 우건은 남영준을 청와대 경호실에 넘겼다.

진이연은 내심 기뻐하며 남영준을 받아들였다.

반정회가 주축을 이룬 청와대 경호실과 이곽연합이 주축을 이룬 특무대는 언제고 한번 크게 붙을 수밖에 없는 운명이었다.

그때, 남영준의 설득을 받은 중도파가 경호실 쪽의 손을 들어 준다면 유리한 고지를 선점할 수 있었다.

만약, 중도파가 경호실 쪽의 손을 들어 주지 않더라도 그들이 중간에서 관망만 하게 할 수 있다면 이득이 틀림없었다.

남영준을 경호실에 넘긴 우건 일행은 쾌영문에 복귀해 한성미디어랩 데이터베이스에서 다운받은 자료를 조사했다.

자료에는 한성그룹이 전 정권을 위해 여론을 조작한 일과 현 정권을 비방하기 위해 댓글부대를 운용한 이력이 나와 있었다.

또, 한성그룹이 본사 차원에서 한승권, 한수미, 주중호 등과 이권을 거래한 정황과 증거 등이 상세하게 나와 있었다.

한성그룹 회장 구동철과 사장 구장훈이 한승권이 그들을 배신할 경우에 대비해 약점을 잡을 목적으로 만들어 둔 것이다.

한데 오히려 지금은 그 대비책이 그들의 발목을 잡았다.

자료를 읽어 본 우건은 김동에게 바로 지시했다.

"이 자료를 청와대 경호실에 보내 주게."

"불법으로 취득한 증거인데 소용이 있겠습니까?"

"법정에선 쓰지 못하지만 다른 방법으론 활용이 가능할 걸세."

"알겠습니다. 바로 보내겠습니다."

김동이 안전한 경로로 자료를 보내는 동안, 우건은 자살한 여고생과 관련한 컴퓨터 파일을 읽었다.

여고생의 이름은 조은채(曺銀彩)였다.

서울 시내 사립 명문고 중 하나인 중원여고(中院女高)에 재학 중이던 그녀는 3학년이던 작년 가을에 본가가 있는 서울 강남구 서초동 아파트 26층 옥상에서 몸을 던져 자살했다.

대략적인 내용 외에 주석처럼 짧은 문장이 몇 개 달려 있었는데 차례대로 'VIP 관심 사안', '최대한 조용히 처리 요망', '보안 필수', '언론 차단', '감시보고서 작성해 제출' 등이었다.

우건은 친구 목록으로 넘어갔다.

여섯 명의 이름이 적혀 있었는데 휴대 전화 번호와 집 주소가 파일 맨 위에 적혀 있었다.

밑에는 컴퓨터와 휴대전화를 해킹해 빼낸 자료에 이어 일상을 촬영한 동영상과 통화를 도청한 파일까지 있었다.

우건은 친구 이름 여섯 개 중 유일하게 붉은색으로 표시된 파일을 클릭해 자세히 읽어 보았다.

오경아(吳景兒)라는 이름을 가진 여고생이었는데 주석에 '피해자 부모와 접촉 시도', '인터넷 커뮤니티에 폭로 시도', '위험군으로 분류' 라는 내용이 적혀 있었다.

그리고 맨 마지막에는 '처리완료' 라는 단어를 끝으로 더 이상의 자료가 업데이트되어 있지 않았다.

다른 친구들은 불과 며칠 전까지 자료가 업데이트되어 있었지만 오경아라는 친구만이 보름 전 업데이트가 마지막이었다.

우건은 파일을 넘겨 조은채의 부모를 감시한 보고서를 읽었다.

부모는 친구보다 훨씬 방대한 양의 보고서가 작성되어 있었다.

거의 일거수일투족을 감시했는데, 가족이 소유한 컴퓨터에는 가족 중 누군가가 컴퓨터를 사용하면 모니터에 뜬 내용 그대로를 실시간으로 받아 볼 수 있는 해킹 툴이 깔려 있었다.

그리고 휴대전화, 자동차 역시 감시 목록에 올라 있었으며 가족이 다른 사람과 만나는 영상과 통화하는 음성이 파일로 저장되어 있었다.

우건의 시선이 진행상황으로 내려갔다.

진행상황에는 '강원도 지방지 기자와 접촉시도 중', '시급한 처리 요망', '처리 완료'라는 내용이 시간대별로 적혀 있었다.

적혀 있는 날짜와 시간이 우건이 터널 사고를 겪은 날짜, 시간과 일치했다.

즉, 한성그룹이 조은채의 부모를 살해한 것이다.

감시파일을 정독한 우건은 김동에게 조은채의 친구인 오경아에 대해 조사해 보라는 지시를 내렸다.

다음 날, 김동은 수연의원에 찾아와 학원을 마친 오경아가 집으로 귀가하던 중에 뺑소니를 당해 사망했단 뉴스를 우건에게 보여 주었다.

김동이 고개를 절레절레 저었다.

"이 오경아란 여고생은 친구의 자살에 숨겨져 있는 비밀을 폭로하려다가 감시 중이던 한성그룹에게 발각되어 살해당한 게 틀림없습니다. 딸의 자살과 관련한 문제로 강원도 지방지 기자와 접촉하려다가 살해당한 조은채의 부모처럼요. 한성그룹 이놈들은 진짜 인두겁을 쓴 악마나 다름없습니다."

옆에서 두 사람의 대화를 조용히 듣던 수연이 물었다.

"우선 조은채란 학생이 자살한 이유를 알아내는 게 중요하지 않을까요? 아니, 지금은 정말 자살한 건지조차 의문이 들지만요."

김동이 오경아를 제외한 조은채의 다른 친구들을 언급했다.

"이 친구들에게 물어볼까요?"

우건은 고개를 저었다.

"또 다른 피해자를 만드는 일은 피해야 해."

수연이 우건에게 물었다.

"사정을 잘 아는 친구나 가족에게 물어보지 않으면, 은채라는 친구에게 무슨 일이 있었는지 알아낼 수단이 없지 않아요?"

우건은 다시 고개를 저었다.

"학교에서 일어난 일은 학교에 물어보는 게 가장 현명할 거야."

수연이 알겠다는 듯 고개를 끄덕였다.

"은채의 담임 선생님에게 물어보겠다는 말이군요."

김동이 의문을 드러냈다.

"담임이라도 아이들 사이에서 일어난 일이면 잘 모르지 않겠습니까? 더욱이 요즘은 교사의 권위가 안 먹히는 시대인데."

수연이 김동의 의견에 반론을 제기했다.

"선생님의 권위가 예전보다 떨어졌긴 하지만 전혀 모르진 않았을 거예요. 그런데 교육청이나 경찰에 신고한 내력이 전혀 없단 말은 한성그룹의 협박을 받아 모르는 척했을 가능성이 있어요. 아니면 본인이 직접 가담했을지도 모르고요."

김동이 몸을 부르르 떨었다.

"끔찍한 가정이군요."

"가끔은 진실이 더 가혹한 법이니까요."

수연의 말을 끝으로 대화는 더 이상 이어지지 않았다.

다음 날, 우건은 중원여고를 찾아갔다.

중원여고는 한 학기 등록금이 1천만 원을 훌쩍 넘는 특목고로 여고 중에서 이른바 명문대라 불리는 대학에 가장 많은 합격생을 배출하는 학교였다.

중원여고 정문이 보이는 지점에 차를 세운 우건 일행은 교사들이 퇴근하기를 기다렸다.

조은채와 오경아의 담임인 하동진(河東進)은 저녁 6시 정각에 모습을 드러냈다.

갓 뽑은 듯한 일본차를 운전해 여고 정문을 빠져나온 하동진은 퇴근 차량이 몰린 도로에 잠시 발이 묶였다가 과천(果川)에 있는 고급 아파트 단지를 찾았다.

다행히 아파트 단지 안으로 들어갈 필요는 없었다.

하동진이 단지 앞에 있는 슈퍼마켓에 들르기 위해 잠시 차를 세운 것이다.

인피면구로 위장한 우건은 하동진이 슈퍼마켓에 들러 물건을 고르는 동안, 만능키로 그의 차 뒷문을 열었다.

김동이 제작한 자동차 만능키는 최신형 외제차의 보안설비를 무용지물로 만들었다.

볼수록 감탄만 나오는 실력이었다.

무사히 뒷좌석 밑에 숨은 우건은 하동진이 돌아오길 기다렸다.

김은과 김동이 탄 승합차는 30여 미터 뒤에서 따라올 준비를 마친 상태였다.

잠시 후, 까만 봉지를 손에 든 하동진이 차에 돌아와 걸려 있던 핸드브레이크를 바로 풀었다.

뒤에 다른 사람이 숨어 있다는 사실을 전혀 모르는 눈치였다.

차가 막 속력을 내기 시작했을 무렵.

스윽!

슬며시 상체를 세운 우건은 하동진의 목을 단숨에 틀어쥐었다.

하동진은 깜짝 놀라 소리쳤다.

"누, 누구요?"

"중원여고 3학년 3반 담임 하동진 맞소?"

하동진이 룸미러로 우건의 행색을 살피며 물었다.

"내, 내가 하동진이 맞긴 한데 나, 나에게 왜 이러는 겁니까?"

우건은 하동진의 목을 잡은 손에 힘을 살짝 가했다.

"내 말대로 하면 무사히 집으로 돌아갈 수 있을 거요. 하지만 내 말대로 하지 않으면 아침에 본 가족 모습이 당신이 살아서 보는 마지막 모습일 것이오. 내 말 이해했소?"

하동진은 본인에게 이런 일이 일어났다는 사실이 좀처럼 믿기지 않는단 표정이었다.

사람들은 보통 다른 사람에게 닥친 불행을 보며 안타까워하기 마련이었다.

그리고 숫자는 많지 않지만 속으로 고소해하는 사람들 또한 분명히 있었다.

그러나 다른 사람에게 닥친 불행이 자신에게도 닥쳐올 거란 생각을 하는 사람은 많지 않았다.

직접 당하기 전까지는.

하동진이 대시보드에 올려 둔 지갑을 눈짓으로 가리켰다.

"도, 돈을 원하는 거라면 지갑에 현금이 적지 않게 들어 있습니다. 제, 제발 돈을 가져가시고 모, 목숨만은 살려 주십시오."

우건은 별다른 대꾸 없이 손으로 왼쪽을 가리켰다.

"좌회전하시오."

초조한 눈빛으로 룸미러와 전방을 번갈아 보던 하동진은 결국 우건이 시키는 대로 좌회전을 하였다.

우건이 하동진을 위협해 데려간 장소는 인적이 거의 없는 공사장 인근이었다.

차 시동을 끄게 한 우건이 물었다.

"조은채와 오경아가 당신이 맡은 반에 있었소?"

하동진이 움찔해 물었다.

"그, 그걸 어떻게⋯⋯."

"질문에 대답하시오."

"그, 그렇습니다. 둘 다 제 반이었습니다."

"조은채가 정말 학업 스트레스 때문에 자살한 것이오?"

"겨, 경찰입니까? 아, 아님 으, 은채 부모가 이러라 시킨 겁니까?"

하동진은 계속 고개를 돌려 우건의 눈을 보려 했다.

그러나 우건은 목을 잡은 손에 힘을 더 가할 뿐이었다.

숨을 쉬지 못한 하동진의 얼굴이 금세 보라색으로 바뀌었다.

우건은 다시 경고했다.

"지금부터는 질문에 질문으로 대답하지 마시오. 알겠소?"

하동진은 급히 고개를 끄덕였다.

우건은 막았던 하동진의 기도를 살짝 풀어 주었다.

컥컥대며 숨을 크게 들이마신 하동진이 얼른 대답했다.

"마, 맞습니다. 겨, 경찰과 교육청이 발표한 것처럼 은채는 부모의 과도한 간섭과 성적 향상 요구 때문에 자살한 겁니다."

우건은 화를 가라앉히며 다시 물었다.

"당신 반에 부모가 한성그룹과 관련 있는 학생이 있소?"

질문을 듣기 무섭게 하동진의 눈동자가 정신없이 움직였다.

우건은 대답을 망설이는 하동진에게 압박을 가했다.

"내가 사전조사 없이 당신을 무작정 찾아왔을 거라 생각하시오?"

움찔한 하동진이 얼른 대답했다.

"이, 있습니다."

"이름이 무엇이오?"

"구, 구민아(具珉雅) 양입니다."

"아버지가 한성그룹 사장 구장훈이오?"

"그, 그럴 겁니다."

우건은 핸들을 쥔 하동진의 왼팔을 뒤로 당겨 맥문을 잡았다.

"지금부터가 중요하오. 내가 묻는 말에 솔직히 대답하지 않으면 감당하기 힘든 고통을 겪을 것이오. 내 말 명심하시오."

알아들었다는 듯 하동진이 침을 삼키며 대답했다.

"아, 알겠습니다."

"조은채가 정말 학업 스트레스로 자살한 것이오?"

히터를 끈 차는 에어컨을 켠 것처럼 서늘했다.

그러나 계절을 거스른 듯 하동진의 이마에는 땀이 송골 송골 맺혀 있었다.

하동진 역시 우건이 이번에 한 질문은 정말 잘 생각해서 대답해야 한단 사실을 본능적으로 깨우친 게 분명했다.

하동진은 마침내 결정을 내린 듯 속사포처럼 말을 쏟아 냈다.

"나, 나와는 무관한 일입니다. 믿어 주십시오. 주, 죽은 은채, 아니 은채 양이 구민아 패거리에게 1학년 시절부터 괴롭힘 당한 건 맞지만 난 계속 은채 양을 괴롭히지 말라 주의를 주었습니다. 하지만 구민아처럼 잘나가는 애가 선생에 불과한 제 말을 들을 리 있겠습니까? 제 주의에는 콧 방귀도 뀌지 않은 채 수능 볼 때까지 계속 은채 양을 괴롭 혔습니다."

"1학년 시절부터 수능 볼 때까지면 햇수로 3년 아니오?"

"그, 그렇습니다."

"그동안 경찰이나 교육청에 신고해야겠단 생각은 들지 않았소?"

하동진은 고개를 저었다.

"새, 생각해 보지 않은 건 아니지만 구민아 패거리 뒤에는 한성그룹과 같은 든든한 빽이 있었습니다. 신고해도 피해를 보는 건 결국 은채 양이었을 겁니다. 그게 이 바닥의 생리니까요. 그래서 은채 양을 보호하기 위해 경찰이나 교육청을 개입시키지 않은 겁니다. 하늘에 맹세코 모두 사실입니다."

우건은 살심을 억누르기 위해 부동심을 끌어올렸다.

"은채 양이 아파트 옥상에서 뛰어내린 날에 대해 말해 보시오."

"그, 그날은 기억나지 않습니다."

"그럼 기억이 돌아오게 해 줘야겠군."

무음무영지로 하동진의 아혈과 마혈을 점혈한 우건은 그의 맥문에 내력을 집어넣어 분근착골(分筋錯骨)을 시행했다.

끔찍한 고통이 엄습해 왔지만 아혈을 점혈당한 하동진은 비명조차 지르지 못했다.

또, 마혈까지 점혈당해 몸 역시 움직이지 못했다.

그저 분근착골이 주는 고통을 순순히 받아들이는 수밖에 없었다.

하동진의 몸에서 땀이 비 오듯이 쏟아졌다.

그리고 실핏줄이 터진 눈은 혈안(血眼)을 보는 듯했다.

분근착골을 멈춘 우건은 아혈과 마혈을 동시에 풀어 주었다.

"이제 기억이 났소?"

하동진은 정신이 반쯤 나간 표정으로 대답했다.

"나, 났습니다."

"말해 보시오. 그날 무슨 일이 있었는지."

"구, 구민아 패거리는 자기네 마음에 들지 않는 애들을 사진부가 쓰는 동아리방에 데려가 온갖 방법으로 괴롭혔습니다. 은채와 겨, 경아 등이 대표적인 피해자였습니다. 은채가 뛰어내린 날은 수시 합격자 발표가 있는 날이었는데 은채는 원하는 대로 서울대에 합격했지만 구민아 패거리는 내신, 수능 둘 다 별로여서 외국으로 도피 유학을 떠나야 하는 상황이었습니다. 그 일로 화가 났는지 구민아 패거리는 은채를 또 사진부 동아리방에 데려가 괴롭혔습니다. 그런데 그날따라 괴롭히는 정도가 유독 심해 은채에게 안 좋은 일이 생겼습니다. 당황한 구민아 패거리는 집에 연락을 취했습니다. 얼마 후, 집에서 보낸 사람들이 학교까지 찾아와 은채를 업고 나가는 모습을 멀찍이서 봤습니다. 그리고 그날 저녁에 은채가 뛰어내렸단 말을 다른 학생에게 들었습니다."

"경찰에 신고할 생각은 하지 않았소?"

하동진이 떨리는 목소리로 대답했다.

"으, 은채를 업고 간 사람들이 이번 일을 경찰이나 교육청에 신고하면 다신 교편을 잡지 못하게 할 거라며 협박했습니다."

"당신 반 학생인 경아 양의 죽음에 대해서는 어찌 생각하시오?"

"교, 교통사고라 들었습니다."

"그렇게 자위하면 죄책감이 덜해지오?"

"나 역시 협박을 당한 피해자입니다. 정말입니다. 믿어주십시오."

"은채 양 부모가 얼마 전에 터널 사고로 사망했다는 것은 아시오?"

몰랐다는 듯 하동진의 입술이 파르르 떨렸다.

"저, 정말입니까?"

"그렇소. 은채 부모 역시 오경아란 학생처럼 교통사고로 죽었소. 교통사고야 하루에도 몇 번씩 일어나는 것이니 그리 이상한 일은 아니지만 은채 양의 죽음과 관련한 주변인만 골라서 교통사고로 죽어 가는 게 정말 우연의 일치라 생각하시오?"

"저, 전 정말 모르는 일입니다."

우건은 뒷주머니에서 종이를 꺼내 하동진 얼굴 앞에 흔들었다.

"은채 양이 뛰어내린 날로부터 정확히 이틀 후에 당신은 지금 타고 있는 이 일본차를 풀 옵션으로 구매했더군. 더구나 1억 5천이란 거금을 전액 현금으로 지불해서 말이오."

우건이 흔든 종이는 하동진 이름이 적힌 차량 인수증이

었는데 대금 1억 5천만 원을 현금으로 지불한 내용이 적혀 있었다.

김동은 우건의 지시를 받아 하동진의 뒷조사를 하다가 하동진이 구입한 차량을 판 딜러에게서 이 인수증을 찾아 냈다.

"무, 무슨 생각을 하는지 알겠지만 이, 이 차는 제 돈으로 산 차입니다. 서, 선생질을 한다고 다 가난한 것은 아니니까요."

"가난한지 아닌지 알아보는 방법이 있지."

우건은 하동진의 맥문에 다시 내력을 밀어 넣었다.

깜짝 놀란 하동진은 다급하게 소리쳤다.

"마, 맞습니다! 놈들에게 받은 돈으로 이 차를 산 게 맞습니다. 그러나 그들이 저를 공범으로 만들기 위해 강제로 제 손에 돈을 쥐여 준 겁니다. 제가 원해서 받은 돈이 아닙니다."

"놈들이 돈을 쥐여 줄 때, 사용처까지 친절하게 가르쳐 주었소?"

"그, 그건 아니지만……."

우건은 차량 인수증 뒷면에 볼펜을 얹어 하동진에게 내밀었다.

"선생이니까 그동안 애들이 쓴 반성문을 많이 봐 왔을 거요. 지금부터 종이에 죽은 은채와 경아, 그리고 은채 부모를 생각하며 반성문을 쓰시오. 진심을 담아 쓰는 게 좋을 거요."

하동진은 하늘에서 구명줄이 내려온 사람처럼 기뻐하며 시키는 대로 차량 인수증 뒷면에 반성문을 빼곡하게 적어 나갔다.

"다, 다 썼습니다."

"이리 주시오."

다 적은 반성문을 대충 읽다가 접어서 주머니에 집어넣은 우건은 하동진의 마혈과 아혈을 연달아 점혈했다.

하동진은 겁을 먹은 눈으로 우건이 하는 행동을 지켜볼 따름이었다.

우건은 차에서 내리기 전에 마지막으로 말했다.

"그깟 반성문 몇 자로 빠져나가는 건 철부지 어린애일 때나 통하는 법이오. 당신은 철부지 어린애가 아니니까 반성문을 몇 백 장 써도 저지른 죄업에서 벗어날 수 없을 것이오."

우건은 삼매진화로 뒷좌석 시트에 불을 붙이며 차에서 내렸다.

화르륵!

곧 거센 불길이 하동진이 탄 자동차를 휘감았다.

잠시 후, 우건은 그를 데리러 온 김은과 합류해 현장을 떠났다.

김은이 새카맣게 탄 하동진의 차를 사이드미러로 보며 물었다.

"이제 어디로 가시겠습니까?"

"중원여고로 가지."

"알겠습니다."

우건과 하동진이 자동차 안에서 나누는 대화를 이어셋으로 전부 들은 김은은 별다른 질문 없이 차를 중원여고로 몰았다.

중원여고 담 옆에 차를 세운 김은과 김동은 먼저 담을 넘어 학교 안으로 들어갔다.

중원여고가 부자 학교임을 증명하듯 잔디가 깔린 마당과 체육관, 수영장, 그리고 수업을 진행하는 학교 건물 여러 채가 웅장한 성채처럼 어둠에 잠겨 있었다.

잠시 후, 이어셋을 통해 김동의 목소리가 들려왔다.

－학교 통제실에 잠입해 감시 카메라를 해킹했습니다.

"알겠네."

차에서 내린 우건은 학교 담을 넘어 중앙 본관건물에 위치한 교무실을 찾았다.

구조가 복잡하지 않아 바로 찾아냈다.

순찰 도는 경비원이 몇 있기는 하지만 우건과 같은 고수에게는 큰 문제가 안 되었다.

교무실 문을 조용히 연 우건은 하동진이 사용하는 책상을 찾았다.

학생주임인 하동진은 햇볕이 드는 창가 한구석을 독차지
해 사용하는 중이었다.

우건은 찾은 책상 위에 방금 전에 하동진이 직접 작성한
반성문을 올려 두었다.

하동진이 작성할 때는 반성문이었지만 지금은 마치 자살
하기 전에 남긴 유서처럼 보일 터였다.

의혹은 약간 남을지라도 얼마 동안은 하동진이 양심의
가책을 이기지 못해 자살한 상황처럼 보이게 하는 데 충분
했다.

교무실을 나오던 우건은 계단 앞에서 걸음을 멈추었다.

"사진부 동아리방이 어딘가?"

-중앙건물 4층 오른쪽 복도 맨 끝 방입니다.

"동아리방을 좀 살펴볼 테니까 두 사람은 차에 돌아가
있게."

-알겠습니다.

무전을 마친 우건은 4층 오른쪽 복도 맨 끝 방으로 향했
다.

동아리방은 두꺼운 자물쇠로 잠겨 있었다.

우건은 김동이 준 만능열쇠 중 아날로그용 열쇠를 꺼내
자물쇠를 풀었다.

복도를 한차례 살핀 우건은 동아리방에 들어가 안을 둘

러보았다.

가장 먼저 독한 소독약 냄새가 확 풍겨 왔다.

최근에 독한 성분이 든 약품으로 동아리방 전체를 청소한 듯했다.

집기는 많지 않았다.

학교에서 흔히 보는 책상과 의자 몇 개가 다였다.

그러나 동아리방을 청소하기 전에는 다른 집기가 더 있었던 게 분명했다.

벽과 바닥에 햇볕을 받지 못해 색이 덜 바랜 곳이 몇 군데 눈에 띄었던 것이다.

즉, 그 자리에 지금은 없는 물건이 얼마 전까진 있었단 뜻이었다.

어떤 장소의 집기를 치우는 이유는 두 가지 중 하나였다.

하나는 낡거나 고장 나 어쩔 수 없이 치워야하는 경우였다.

그리고 다른 하나는 치울 수밖에 없는 이유가 생겨 치워버린 경우였다.

우건은 후자일 거라 생각했다.

동아리방에는 동아리에 속한 학생을 유추할 수 있는 물건이 전혀 없었다.

사진동아리에 흔히 있을 법한 함께 찍은 사진이나 사진을 찍는 데 쓰는 도구가 전혀 보이지 않았다.

물론, 구민아 패거리가 은채를 괴롭힌 흔적 역시 찾아볼 수 없었다.

하동진이 죽기 전에 한 고백에 따르면 은채는 고3 수험생 수시 발표가 있던 날, 구민아 패거리에게 잡혀 이 사진부 동아리방으로 끌려왔다.

끌려온 다음에는 평소보다 훨씬 심한 괴롭힘을 당했다.

구민아 패거리가 학교에 따로 사람을 불러 수습해야 할 정도로 심하게 괴롭혔을 것이다.

하동진이 목격한 은채의 마지막 모습은 구민아 패거리가 부른 사람들에게 업혀 학교를 나가는 모습이었다.

그리고 그날 저녁, 은채는 아파트 옥상에서 뛰어내려 목숨을 끊었다.

아니, 지금은 자살이 아닐 가능성이 더 농후해진 상황이었다.

김동 말대로 금수보다 못한 놈들이 활개를 치는 중이었다.

동아리방을 둘러본 우건은 방을 나가려다가 걸음을 멈추었다.

동아리방 안에 우건의 심기를 건드리는 무언가가 있었다.

우건은 그게 무엇인지 알아보기 위해 바로 선령안을 펼쳤다.

우건의 신경을 건드린 것의 정체는 바로 문에서 가장 먼 방향에 있는 벽이었다.

좀 더 정확히 말하면 벽 중에 가로 30센티미터, 세로 20센티미터 크기의 직사각형 부분이었다.

3, 4년에 전체적으로 도색을 다시 한 듯 보이는 회색빛 벽에는 액자나 사진이 걸려 있었던 것으로 보이는 부분 외에 색이 다른 곳을 찾기 힘들었다.

한데 우건이 찾아낸 부분은 달랐다.

그곳은 기름을 살짝 바른 것처럼 반질반질 거렸다.

이는 사람의 손때가 탔다는 뜻이었다.

우건은 그곳으로 걸어가 손때가 유독 많이 탄 부분을 건드렸다.

벽 일부가 사물함 문처럼 열리며 비어 있는 공간이 드러났다.

주변의 벽과 공간을 숨기기 위해 만들어 놓은 문 사이 공간은 위화감이 전혀 없어 만일 우건에게 선령안이 없었다면 발견하기 힘들었을 정도로 교묘한 장치였다.

공간 안에는 박스가 들어 있었다.

우건은 격공섭물로 박스를 밖으로 꺼냈다.

박스 안에는 사진첩 하나와 메모리카드 10여 개가 들어 있었다.

우건은 사진첩을 빠르게 훑어보았다.

예상한 대로였다.

사진첩에는 여고생 몇 명이 은채와 경아와 같은 피해자를 집단으로 괴롭히는 장면을 촬영한 사진이 가득 들어 있었다.

장비가 없어 메모리카드 내용을 바로 확인하진 못했지만 사진첩의 사진과 별반 다르지 않을 거란 느낌이 강하게 들었다.

사진첩과 메모리카드는 구민아 패거리에게 전리품과 같았다.

살인마가 자기에게 살해당한 희생자를 모욕하기 위해, 그리고 살해하던 순간의 쾌락을 떠올리며 계속 즐기기 위해 희생자의 신체 일부나 소지품을 소지하는 것처럼, 구민아 패거리는 사진과 영상을 남겨 자신들만의 전리품으로 삼았다.

우건은 이런 자들의 습성을 잘 알았다.

예전이라고 사이코패스나 연쇄살인범이 없던 게 아니었다.

문명이 발달하지 못한 탓에 기록으로 남지 않았을 뿐이었다.

우건은 조선에서 한 번, 요동에서 두 번, 중원에서 한 번 해서 총 네 번에 걸쳐 재미로 사람을 살해하는 악마를 추적했었다.

그리고 네 번 모두 악마를 제거하는 데 성공했었다.

물론, 그가 상대한 악마들은 모두 고강한 무공을 소유하여 우건과 같은 절정고수가 아니면 제거가 불가능한 자들이었다.

우건이 1달 넘게 추적해 없앤 연쇄살인마 중 하나는 희생자의 해골로 만든 관에서 잠을 갔다.

그리고 또 다른 한 명은 희생자의 신체나 장신구를 수집하는 기벽(嗜癖)이 있었다.

구민아 패거리 역시 우건이 없앤 연쇄살인마처럼 전리품을 남겨 그들에게 피해를 입은 피해자들을 계속 모욕한 것이다.

중원여고를 나온 우건은 김은과 김동이 기다리는 차에 돌아가 사진부 동아리방에서 찾은 사진첩과 메모리카드를 건넸다.

"돌아가는 대로 이걸 분석하게."

다음 날, 김동이 노트북과 함께 수연의원을 찾았다.

수연이 눈에 다크서클이 내려온 김동을 보며 걱정스레 물었다.

"요즘 사형이 김동 씨에게 일을 너무 많이 시키는 거 아니에요? 눈 밑이 퀭한 게 며칠 동안 잠을 못 잔 사람처럼 보여요."

김동은 가져온 노트북을 테이블 위에 올리며 고개를 저었다.

"잠을 못 잔 건 맞지만 일을 많이 해서 그런 것은 아닙니다."

"그럼 무슨 이유로 잠을 못 잔 건데요?"

김동은 어제 우건이 분석하라며 맡긴 사진첩과 메모리카드에 대해 먼저 설명했다.

그리고는 질렸다는 표정을 지었다.

"저는 요즘 애들이 이런 줄 몰랐습니다. 더욱이 여자애들까지 이럴 줄은 더더욱 몰랐습니다. 물론, 제가 학교 다닐 때도 학교 폭력 같은 게 심하기는 했지만 선이란 게 존재했는데, 제가 어제 본 사진과 영상은 선을 넘은 게 분명합니다."

김동은 직접 보라는 듯 노트북 엔터키를 눌렀다.

수연은 노트북 화면 위로 슬라이드처럼 지나가는 사진첩의 사진들을 보며 충격을 많이 받은 듯 손으로 입을 가렸다.

사진의 내용은 끔찍하기 짝이 없었다.

교복을 잔뜩 줄여 입은, 그리고 얼굴에 화장을 짙게 해 마치 대학생처럼 보이는 여고생들이 다른 여고생을 괴롭히는 내용이 주를 이루었다.

옷을 벗기고 침을 뱉고 머리카락을 자르는 것은 약과였다.

가장 심한 사진들은 잔뜩 괴롭힘을 당한 피해자들이 겁을 먹거나 마치 정신 나간 사람처럼 멍한 얼굴로 앉아 있는 모습의 사진이었다.

단순히 그런 사진이면 가장 심하다고 하지 않았을 것이다.

문제는 피해자 옆에 앉은 가해자들이 손으로 V자를 그리며 웃거나, 피해자를 조롱하는 듯한 포즈로 사진을 찍었다는 점이었다.

가해자들은 피해자를 끝까지 모욕했던 것이다.

"맙소사……."

수연은 충격을 받은 듯 말을 제대로 잊지 못했다.

그러나 수연 옆에 서 있는 우건은 표정의 변화가 없었다.

"메모리카드에 든 영상은 확인했나?"

김동이 한숨을 푹 쉬며 대답했다.

"예. 영상은 사진보다 훨씬 끔찍했습니다. 가해자들이 피해자를 괴롭히고 조롱하는 내용이 주를 이루었는데, 마지막에 찍은 영상은 유독 심해서 보다가 헛구역질을 할 뻔했습니다."

김동은 메모리카드에 있던 영상을 재생해 보여 주었다.

수연은 차마 볼 수 없었는지 고개를 돌렸다.

김동 말대로 마지막에 찍은 영상은 수위가 아주 높았다.

은채로 보이는 여고생이 가해자들에 의해 옷이 벗겨진 상태에서 온몸에 피멍이 들 정도로 심한 구타를 당했다.

또, 가해자들은 웃고 떠들다가 은채의 몸에 담뱃불을 지져 댔다.

가장 심한 내용은 그 뒤에 있었다.

가해자들은 컴퍼스, 자, 분필 같은 물건으로 은채를 성적으로 고문했다.

김동은 차마 볼 수 없었는지 고개를 돌렸다.

고개를 돌리다가 그 장면을 본 수연은 화장실로 뛰어갔다.

우건은 미간을 찌푸렸다.

"좀 더 뒤로 돌려 보게."

"예."

대답한 김동이 영상을 빠르게 재생했다.

잠시 후, 영상의 마지막 장면이 재생되었다.

가해자들이 잠시 한눈을 판 사이에 은채가 옆에 있던 커터 칼로 자기 팔목을 그었다.

곧 피가 쏟아져 나왔고 영상은 거기서 끝났다.

노트북을 덮은 우건은 화장실에서 나오는 수연에게 물었다.

"괜찮아?"

수연은 여전히 속이 울렁거리는 듯 창백한 얼굴로 대답했다.

"전혀 괜찮지 않아요."

수연은 노트북을 보며 이해가 안 간다는 표정을 지었다.

"가해자들은 저런 중요한 증거를 왜 남겨 두었을까요?"

우건은 잠시 생각한 후에 대답했다.

"상황이 너무 급해 일단 사람들이 모르는 곳에 숨겨 두었다가 나중에 그 사실을 잊어먹었거나, 그게 아니라면 자신들이 저지른 일을 경찰이 수사하지 않을 거란 확신이 있었겠지."

"정말 그런 이유라면 참으로 황당하기 짝이 없군요."

우건은 수연을 보며 차분한 어조로 말했다.

"오늘밤에는 사매 혼자 수련해야 할 것 같아."

"오늘은 아예 안 들어올 거예요?"

우건은 담담한 얼굴로 대답했다.

"그럴 확률이 높아."

수연은 다 이해한다는 듯 우건의 팔을 살짝 잡았다가 놓았다.

수연의원을 나온 우건은 김은, 김동과 함께 차 두 대에 나눠 탄 다음, 은채가 뛰어내린 아파트 옥상을 방문했다.

아파트 옥상 역시 누군가가 미리 청소해 놓은 듯했다.

은채가 남겼을 법한 발자국이나 핏자국 등이 전혀 보이지 않았다.

우건은 은채가 부모와 함께 살던 아파트를 찾았다.

정리를 하지 않은 듯 짐은 그대로 있었다.

그러나 우건은 은채 가족 이외의 사람이 아파트에 들어와 물건을 뒤진 흔적을 어렵지 않게 찾아낼 수 있었다.

은채와 경아, 그리고 은채의 부모를 죽인 자들이 아파트 안을 뒤진 것이 분명했다.

우건은 김동에게 은채 컴퓨터를 해킹해 보라 지시했다.

컴퓨터는 하드드라이브가 완전히 포맷된 상태였지만 김동은 어렵지 않게 은채가 웹에 남긴 글 몇 개를 찾아낼 수 있었다.

은채가 웹에 남긴 글은 대게 비슷했다.

은채는 마치 군대에 끌려간 군인들처럼 고등학교를 졸업할 날만을 손꼽아 기다렸다.

고등학교를 졸업하면 지옥과 같은 현실에서 빠져나올 수 있을 거라 믿은 듯했다.

그리고 학비가 비싼 학교에 보내기 위해 열심히 일하는 부모님을 절대 실망시킬 수 없다는 내용이 글에 유서처럼 적혀 있었다.

3장. 차가운 분노

    은채가 살던 아파트를 나온 우건은 차에 돌아가 리스트를 건네받았다.

    김동이 동아리방에 있던 영상, 사진을 중원여고 기록과 비교해 찾아낸 가해자의 정보가 담긴 리스트였다.

    리스트 맨 위에 있는 이름은 심연주(沈延朱)였다.

    중원여고 3학년으로 입시에 실패해 유학을 준비 중인 상태였다.

    부친은 한정당 국회의원이었고 모친은 국립대 종신교수였다.

    리스트의 내용을 몽땅 외운 우건이 김동에게 지시했다.

"자네는 목록에 있는 다른 가해자의 위치를 조사해 알려
주게."

"알겠습니다."

대답한 김동은 차에서 내려 김은이 모는 차로 옮겨 갔다.

길거리에 흔한 검은색 국산 자동차에 혼자 남은 우건은
심연주의 주소로 차를 몰았다.

심연주는 부모와 한남동에 살았다.

주소지와 일치하는 빌라에 도착한 우건은 그 주위를 한
바퀴 돌았다.

고급 빌라가 모여 있는 데여서 출입증이 필요했다.

차를 적당한 곳에 세운 우건은 복면을 쓴 다음, 단지 안
으로 들어갔다.

심연주의 가족은 3층 빌라를 통째로 사용하는 중이었다.

거실로 이어진 창문을 부수려던 우건은 기척을 급히 죽
였다.

불이 꺼진 거실 소파에 검은색 정장을 입은 사내 네 명이
앉아 있었다.

그리고 현관과 2층 계단 앞에도 지키는 사람들이 존재했다.

평범한 경호원은 아니었다.

그들 모두 칼과 검 같은 무기를 소지했고 눈에서는 새파
란 광망이 번득였다.

하지만 예상을 벗어난 상황은 결코 아니었다.

우건 일행은 한성미디어랩을 해킹했다.

그리고 해킹을 조사하러 온 한성그룹 보안팀과 특무대 1팀 팀원들을 제거했다.

또 뇌물을 받고 학교 폭력을 묵인한 하동진을 죽였고, 학교 폭력을 방관한 하동진의 자백이 담긴 유서를 교무실에 남겼다.

한성그룹이나 특무대가 먼저 나서서 가해자들을 지켜 주겠다고 한 것인지, 그게 아니라면 가해자 쪽에서 먼저 요청을 한 건지는 아직 알 수 없었다.

그러나 어쨌든 누군가가 가해자를 보호하고 있을 확률이 매우 높았던 것은 사실이었다.

펑!

파금장을 날려 유리창을 부순 우건은 거실 안으로 뛰어들었다.

소파에 앉아 있던 사내들이 벌떡 일어나 우건 쪽을 보았다.

우건은 지체 없이 청성검을 뽑아 앞으로 찔러 갔다.

새파란 검광이 거실에 내려앉은 어둠을 전광석화처럼 갈랐다.

"크아악!"

소파에 앉아 있던 사내가 엉거주춤한 자세로 일어서다가 가슴 반이 잘려 날아갔다.

우건은 잠자리가 수면을 박차며 날아오르는 모습을 착안해 만든 청정점수(蜻蜓點水)의 수법을 사용해 속도를 더 높였다.

소파에 앉아 있던 두 번째 사내가 왼쪽 허리에 찬 검집에서 검을 뽑아 드는 모습이 보였다.

우건은 쓰러질 것처럼 불안정한 자세로 제자리를 한 바퀴 돌았다.

두 번째 사내가 찔러온 검이 옆을 헛치며 지나갔다.

자세를 다시 잡은 우건은 곧장 선도선무를 펼쳐 갔다.

부챗살처럼 퍼져 나간 검광이 검을 든 사내의 머리를 잘라 냈다.

주인을 잃은 머리가 허공을 빙글빙글 도는 순간, 우건은 옆으로 섬영보를 펼쳤다.

반대편 소파에 앉은 세 번째 사내가 날린 장력이 우건 대신 주인 없는 소파에 구멍을 뚫었다.

우건은 돌아서며 일검단해를 찔러 갔다.

위잉!

빨랫줄처럼 늘어난 검광이 장력을 날린 세 번째 사내의 정수리에 떨어졌다.

사내는 몸이 수직으로 양분되어 쓰러졌다.

우건은 비응보로 뛰어올랐다.

그 순간, 방금 전까지 우건이 있던 자리에 수백 킬로그램은

족히 나갈 듯한 대리석 테이블이 붕하는 살벌한 소리를 내며 지나갔다.

우건에게 대리석 테이블을 던진 네 번째 사내가 칼을 앞세운 채 솟구쳐 올라왔다.

회색에 가까운 도광 10여 가닥이 괴물의 촉수(觸手)처럼 우건의 하체를 베어 왔다.

우건은 금리도천파의 수법으로 공세를 피하며 청성검을 곧장 찔러 갔다.

천지검법의 절초 생역광음이 펼쳐진 것이다.

"으아악!"

비명을 지른 네 번째 사내가 왼손으로 자기 목을 틀어쥐었다.

상처를 틀어막은 손가락 사이로 핏방울이 뚝뚝 떨어졌다.

획!

공중에서 자세를 바꾼 우건은 선풍무류각의 연환각 수법으로 네 번째 사내의 얼굴을 걷어찼다.

그 순간, 목에 생역광음을 맞은 사내의 머리가 몸통에서 완전히 떨어져 나왔다.

그때였다.

"멈춰라!"

2층을 지키던 사내 세 명이 1층으로 뛰어내려왔다.

오히려 섬영보로 거리를 좁힌 우건은 광호기경으로 그중 한 명의 목을 틀어쥐었다.

속절없이 목을 잡힌 사내가 주먹으로 우건의 가슴을 치려는 순간, 우건은 지체 없이 목을 꺾어 버렸다.

우건은 축 늘어진 사내를 다른 적에게 던졌다.

사내 두 명이 동료의 시신을 피하기 위해 급히 양쪽으로 거리를 벌렸다.

그때, 둘 사이에 파고든 우건이 왼손으론 표풍장을, 오른손의 청성검으로는 오검관월을 각각 뿌려 갔다.

파파팟!

표풍장이 만든 수십 개의 장영이 왼쪽에 위치한 사내를 휘감았다.

그 즉시, 사내는 예리한 수술용 메스로 온몸의 살을 헤집어 놓은 것처럼 혈인(血人)으로 변해 바닥에 쓰러졌다.

그리고 청성검으로 펼친 오검관월은 오른쪽에 있는 사내의 몸에 다섯 개의 예리한 구멍을 뚫은 다음 모습을 감추었다.

우건이 거실에 위치한 유리창을 파금장으로 부수며 뛰어들어 1층과 2층을 지키는 경호원 일곱 명을 차디찬 시체로 만드는 데 걸린 시간은 이곳 시간으로 20초가 채 넘지 않았다.

그때, 네 명이 모습을 더 드러냈다.

대리석 테이블이 벽과 충돌해 박살 나는 소리와 사람이 죽기 전에 쏟아 낸 처절한 비명을 듣고 잠에서 깨지 않을 사람은 세상에 존재하지 않았다.

2층 오른쪽 방에서 나타난 사람은 잠옷을 걸친 50대 중년 부부였다.

안경을 쓴 남편은 손에 사냥총을 들고 있었다.

그리고 부인은 그런 남편 뒤에 서서 오들오들 떨고 있었다.

안경을 쓴 남편은 한정당 현직 국회의원인 심도진(沈都進)이었고, 오들오들 떠는 부인은 국립대 교수 오향자(吳香子)였다.

2층 왼쪽 방에는 머리카락을 노랗게 물들인 20대 초반 여자가 서 있었다.

여자는 1층에 펼쳐진 참혹한 모습에 비명을 마구 질러 대며 주저앉더니 이내 바닥에 먹은 것을 토해 냈다.

그녀가 바로 구민아 패거리 중 하나인 심연주였다.

"연주야!"

오향자가 심연주의 이름을 부르며 그쪽으로 달려갔다.

우건은 귀혼청을 펼쳤다.

경찰이나 이웃주민이 다가오는 소리는 아직 들리지 않았다.

우건은 심연주의 가족으로 보이는 세 명을 신경 쓰지 않았다.

우건이 신경 쓰는 사람은 새로 나타난 네 명 중 유일하게 무공을 익힌 마지막 사내였다.

30대 후반으로 보이는 그는 1미터 30센티미터쯤 되는 쇠막대 두 개를 들고 있었다.

눈빛이 살쾡이처럼 표독스러운 자였는데 얼굴 왼편에 기다란 검상(劍傷)까지 나 있어 인상이 여간 흉악한 게 아니었다.

철컹!

그는 손에 쥔 쇠막대 두 개를 연결해 창으로 만들었다.

실제로 양 끝에 특수한 금속으로 만든 듯 보이는 창날이 있었다.

2층에서 1층으로 뛰어내린 사내는 수중의 창을 곧장 찔러 왔다.

쉬익!

창극(槍戟)이 우건의 심장을 곧장 노려 왔다.

우건은 섬영보로 피하며 생역광음으로 사내의 옆구리를 찔렀다.

그때, 허공을 친 줄 알았던 창대가 갈대처럼 휘어지며 우건의 목 옆을 찔러 왔다.

애초에 심장을 노린 공격은 허초였다.

우건은 생역광음을 펼치던 청성검을 끌어당겨 대해인강으로 막았다.

검과 창이 부딪치며 불똥이 튀었다.

우건은 창이 튕겨 나가는 모습을 보며 사내의 빈틈에 장력을 발출했다.

파금장이었다.

사내는 창극으로 원을 만들어 파금장을 막아 냈다.

특수한 합금으로 만든 듯 보이는 창극은 파금장에 손상을 입지 않았다.

현대과학이 만들어 낸 물질이 음양오행(陰陽五行) 중 금(金)의 기운을 띈 모든 물질을 파괴한다는 파금장을 버틴 것이다.

창창창!

우건은 사내와 눈 깜짝할 사이에 10여 합을 주고받았다.

우건이 그를 상대하기 전에 쓰러트린 일곱 명보단 실력이 뛰어났지만 뇌리에 남을 만큼 인상적인 실력까지는 아니었다.

우건은 재빨리 따라붙어 일검단해를 펼쳤다.

슈아앙!

청성검의 검광이 길게 늘어지며 사내의 정수리를 갈라 갔다.

한데 사내의 반응이 예상 외였다.

사내는 마치 이런 공격을 기다린 듯했다.

그는 일검단해를 보기 무섭게 재빨리 물러서며 창대를

두 손으로 잡아 막았다.

카앙!

청성검이 창대 가운데를 정면으로 때렸다.

창대는 마치 탄성을 가진 고무 같았다.

한껏 시위를 당긴 활처럼 휘어진 창대가 청성검이 가하는 압력을 결국 견뎌 냈다.

탄성이 뛰어나다는 말은 복원력 역시 뛰어나다는 뜻이었다.

휘어진 창대가 원래 형태로 돌아가기 위해 다시 펴지는 순간.

휙!

청성검이 창대의 반탄력에 의해 튕겨 나갔다.

우건은 통제에 실패한 청성검을 급히 끌어당겼지만, 그 사이 상체 주요 부위가 거의 무방비로 드러날 수밖에 없었다.

그때였다.

철컹!

사내가 창대를 다시 두 개로 분리했다.

그리고는 양손에 쥔 두 개의 창대로 우건의 얼굴과 복부를 거의 동시에 찔러 왔다.

사내를 처음 보았을 때 느꼈던 인상처럼 교활한, 그리고 상대의 허를 찌르는 기막힌 수법이었다.

아마 그가 익힌 창법(槍法) 중에서 비장의 절초라 부를 수 있는 수법일 것이다.

사내는 우건이 내려치는 초식을 사용할 때까지 기다렸다.

그리고 우건이 일검단해를 펼치는 순간, 뒤로 물러서며 창대를 들어 올려 청성검을 막아 냈다.

청성검이 창대의 탄력에 막혀 위로 튕겨 올라갈 때, 창대를 두 개로 분리한 사내가 빈틈이 드러난 우건의 얼굴과 배를 동시에 찔러 온 것이다.

마치 잘 짜인 한 편의 시나리오를 보는 듯했다.

그러나 실전은 언제나 시나리오대로 흘러가지 않는 법이었다.

우건은 통제를 벗어나려는 청성검을 그대로 놓아 버렸다.

원래 우주를 관통하는 물리법칙 중 하나인 관성을 제어하기 위해서는 상당한 물리력이 필요했다.

무인에게 물리력이란 곧 내력 소모를 의미했다.

우건은 쓸데없는 일에 내력을 소모하는 대신, 청성검이 손을 벗어나게 그냥 두었다.

청성검을 놓아 버린 우건은 오른손으로 비원휘비를 펼쳐 얼굴을 찔러 오는 창극을 옆으로 밀어냈다.

그리고 왼손으로는 상비흡주를 펼쳐 배를 찔러 오는 창극을 덥석 움켜쥐었다.

성공할 거라 믿었던 절초가 막히는 순간, 사내의 얼굴이 흙빛으로 변했다.

우건은 사내에게 여유를 줄 생각이 전혀 없었다.

바로 오른 다리를 위로 곧장 쳐올렸다.

콰직!

선풍무류각의 철혈각이 사내의 사타구니 사이에 틀어박혔다.

"으아아악!"

사내는 남자가 느낄 수 있는 가장 극심한 고통 앞에 무너져 내렸다.

우건은 쓰러지는 사내의 얼굴을 잡아채 비틀었다.

우두둑!

목뼈가 부서진 사내는 그대로 혀를 빼물며 즉사했다.

사내를 죽인 우건은 고개를 들어 천장을 보았다.

손을 빠져나간 청성검이 허공을 부유하다가 중력에 의해 다시 밑으로 낙하하는 중이었다.

우건은 격공섭물로 청성검을 끌어당겨 다시 손에 쥔 다음, 2층 난간으로 몸을 날렸다.

퍼엉!

2층 난간에 서 있던 심도진이 우건을 향해 산탄총을 발사했다.

우건은 공중에서 마치 누가 허리에 줄을 묶어 끌어당긴

것처럼 옆으로 3미터를 이동해 산탄총이 쏟아 낸 산탄을 피했다.

우건은 난간을 잡으며 2층으로 올라가 심도진 앞에 섰다.

심도진은 떨리는 손으로 산탄총의 총구를 다시 겨누려 했다.

쉬잉!

청성검이 허공을 가르는 순간.

산탄총과 산탄총을 든 손이 한꺼번에 잘려 바닥에 떨어졌다.

"꺄아아악!"

그 모습을 본 오향자가 비명을 질렀다.

심도진이 피가 쏟아지는 절단부위를 틀어막으며 물었다.

"너, 너 내, 내가 누군지는 알고 이러는 거야?"

"한정당 국회의원이라더군."

"현직 국회의원을 살해하면 무조건 사형이야!"

"당신 눈엔 내가 그런 협박에 겁을 집어먹을 사람처럼 보이오?"

우건의 담담한 말투에 심도진의 태도가 급변했다.

우건과 같은 사람은 협박이 통하지 않는다는 것을 안 것이다.

심도진은 재선에 성공한 정치인이었다.

즉, 다른 사람의 분위기를 읽거나 비위를 맞추는 데 도가
튼 부류라는 뜻이었다.

물론, 그들이 비위를 맞추는 대상은 유권자나 지역구 주
민이 아니라, 그들보다 더 큰 재력과 권력을 가진 이들이었
다.

여기서는 더 강한 힘을 지닌 우건이었다.

심도진은 사정조로 물었다.

"우, 우리가 대체 무슨 엄청난 죄를 저질렀다고 이러는
겁니까?"

우건은 1층에 널려 있는 시체들을 가리켰다.

"죄가 없는 사람이 무장 경호원을 여덟 명이나 불렀단
말이오?"

"경호원을 쓰는 건 일상적인 조치의 일환일 뿐입니다.
누군가에게 위협을 당해서 경호원을 부른 게 아니란 말입
니다."

우건은 고개를 저었다.

"애초에 당신 가족 중 한 명이라도 이번 일을 바로잡고
자 노력했다면, 이런 일은 일어나지 않았을 것이오. 그러나
당신들은 그러지 않았소. 그저 은폐하는 데 급급했을 따름
이오."

심도진의 표정이 다시 급변했다.

그는 목에 핏대까지 세우며 소리쳤다.

"네가 뭔데 감히 내 가족을 판단해! 네가 검사야? 아님, 판사야? 설마 같잖게도 너 자신을 신으로 착각하는 건 아니겠지?"

우건은 다시 고개를 저었다.

"난 아무것도 아닌 사람이오."

심도진이 지혈을 포기한 듯하나 남은 팔로 삿대질을 하였다.

"그럼 넌 대체 뭐야? 대체 뭔데 이러는 거야? 그 죽은 은채란 년과 관련 있나? 아님 은채란 년의 부모와 아는 사이야?"

"그들과는 일면식도 없소."

"그럼 돈을 받고 이러는 거야? 돈이라면 나도 웬만큼은 있어! 네가 원하는 대로 줄 테니까 이만하고 돌아가는 게 어때?"

"난 돈이 필요 없소."

"그럼 대체 왜 이러는 거냐고?"

"당신 같은 자들 때문에 화가 났기 때문이오."

우건은 청성검을 심도진의 심장에 찔러 넣었다.

그 모습을 본 오향자는 그대로 졸도했다.

오향자가 어디까지 관여했는지 모르는 터라, 몸을 돌린 우건은 복도 반대편으로 향했다.

반대편에는 심연주가 멍한 얼굴로 서 있었다.

우건은 그녀를 보며 물었다.

"마지막으로 할 말 있나?"

멍한 표정이던 심연주가 갑자기 배를 잡고 미친 듯이 웃었다.

"하여튼 조은채 그 개년 때문에 이렇게 될 줄 알았어. 그년이 스스로 팔을 그었을 때부터 기분이 아주 좆같았거든. 혼자 착한 척이란 척은 다 하는 그년이 죽어서 얼마나 기쁜……"

우건은 말없이 듣다가 금선지로 심연주의 심장에 구멍을 뚫었다.

심연주가 은채에게 한 행동에 비하면 너무나 편한 죽음이었지만 그녀를 상대하는 데 많은 시간을 할애할 수는 없었다.

처절한 복수의 밤은 이제 막 시작되었을 뿐이었다.

우건이 심도진의 빌라를 나왔을 때, 경찰차의 사이렌 소리가 들려왔다.

우건은 일월보로 신형을 감춰 현장을 빠져나왔다.

차에 탄 우건은 복면을 벗으며 김동에게 전화를 걸었다.

"다른 가해자의 소재는 확인했나?"

-그렇지 않아도 막 전화를 드리려던 참이었습니다.

"무슨 일인가?"

-목록에 있는 윤정인(尹鄭仁)이 김포공항에서 부친과 함께

괌으로 가는 개인 전용기의 이륙 허가를 기다리는 중입니다.

"개인 전용기? 집이 그 정도로 부잔가?"

-윤정인의 증조부인 윤지평(尹支平)은 일제강점기 때 유명한 친일파였습니다. 윤지평은 친일하는 대가로 엄청난 재산을 끌어모았습니다. 그런데 독립할 때 친일부역자 청산을 제대로 하지 않은 탓에 윤지평이 가진 막대한 재산을 후손들이 모두 상속할 수 있었습니다. 거기다 윤지평의 아들이며 윤정인의 조부에 해당되는 윤동훈(尹東勳)은 일본제품을 수입하는 사업으로 재산을 엄청나게 불렸고 윤동훈의 아들인 윤치경(尹治慶)은 전 정권에서 주미대사로 있었습니다.

"결국, 집에 돈이 많다는 소리군."

-그렇습니다.

"윤정인이 부친과 함께 괌으로 가려는 건가?"

-이번 일에서 한발 떨어져 있으려는 것 같습니다. 전 정권에서 주미대사로 있었으니까 괌에 도와줄 사람이 있을 겁니다.

"알았네."

전화를 끊은 우건은 곧장 김포공항으로 출발했다.

전용기가 이륙 허가를 받아 떠나 버리면 말짱 도루묵이었다.

서둘러 공항에 도착한 우건은 복면을 쓴 다음 차에서 내렸다.

늦은 시간이지만 공항은 이, 착륙하는 비행기로 정신없었다.

공항은 원래 보안등급이 아주 높은 공공시설이었다.

전쟁이 벌어지면 적이 가장 먼저 공격하는 장소 중에 하나가 바로 공항이었다.

적국의 테러리스트가 테러를 저지를 가능성 역시 아주 높아 감시 카메라가 곳곳에 깔려 있었다.

또 실탄이 장전된 자동화기로 무장한 무장경관이 24시간 내내 공항을 순찰했으며, 비행장 한편에는 비행기 납치 사건과 같은 긴급한 상황을 대비하기 위해 특공대를 주둔시켰다.

그러나 이런 대처는 모두 일반적인 상황을 전제로 한 대비책이었다.

우건과 같은 고수에게 공항 보안시설은 위협을 주지 못했다.

활주로를 보호하는 담을 단숨에 넘은 우건은 공항의 밤을 밝히는 수십 개의 조명 사이를 지나 개인전용기가 주로 이용하는 활주로를 찾았다.

김동이 김포공항 구조를 알려 주어 활주로 위에서 방황하는 일은 없었다.

우건은 활주로로 착륙하는 민항기를 보며 잠시 걸음을 멈췄다.

무게가 얼마인지 짐작조차 쉽지 않은 민항기의 거대한 동체가 유도등(誘導燈)을 향해 머리를 고정한 다음, 고도를 서서히 낮추었다.

그사이 민항기 밑에서는 동체에 비해 턱없이 약해 보이는 바퀴가 튀어나와 착륙할 준비를 갖추었다.

쿠웅!

고도를 낮추던 민항기는 바퀴가 활주로에 닿는 순간, 동체가 크게 출렁거렸다.

거대한 동체에 비해 턱없이 약해 보이는 바퀴가 착륙할 때의 충격을 버티지 못할 것처럼 보였지만, 의외로 바퀴는 거뜬히 자신에게 쏠린 모든 하중을 견뎌 냈다.

고오오오!

민항기가 우건 옆에 위치한 긴 활주로를 쏜살같이 지나가며 귀를 찢는 소음과 엄청난 후폭풍을 미친 듯이 쏟아 냈다.

우건은 천근추로 비행기가 쏟아 내는 바람의 압력을 견뎌 냈다.

끼이이익!

2, 3킬로미터는 넘을 듯한 긴 활주로를 달리는 동안, 브레이크를 밟아 속도를 서서히 늦춘 민항기가 마침내 멈춰 섰다.

솜씨 좋은 조종사가 어렵다는 야간 착륙을 무사히 마친 것이다.

우건은 고개를 절레절레 저었다.

확실히 비행기 안에 승객으로 있을 때와 비행기가 활주로에 착륙하는 모습을 가까이서 지켜보는 것은 느낌이 달랐다.

밖에서 보는 모습이 훨씬 더 경이로운 느낌을 주었다.

우건은 최민섭의 딸 최아영을 구하기 위해 오사카로 이동했을 때 비행기를 탄 경험이 있었다.

태어나서 처음 하는 비행이었지만 당시에는 별다른 느낌이 없었다.

그때는 최아영을 구할 방법을 궁리하느라 다른 데 관심을 쏟을 여유가 없었다.

우건은 고무가 탈 때 나는 역한 냄새와 비행기가 착륙할 때 남긴 잔잔한 열기(熱氣)를 느끼며 지금 사람들이 이룩해낸 현대문명의 기술수준에 다시 한 번 놀라움을 금치 못했다.

이곳 사람들은 몇 만 톤에 이르는 배를 바다에 띄웠다.

그리고 몇 백 톤에 이르는 비행기를 공중에 띄웠다.

심지어는 며칠 동안 바다 속으로만 다니는 잠수함이 있을 지경이었다.

무엇보다 가장 놀라운 과학적 진보는 인간이 달에 갔다왔다는 점이었다.

그리고 지금은 화성을 향해 한 발 한 발 나아가는 중이란 점이었다.

달에 토끼나 선녀가 살 거라는 믿음을 가진 사람들과 함께 살았던, 그리고 일식(日蝕)이나 월식(月食)을 불길한 징조로 생각하는 사람들과 함께 살았던 우건에게는 그야말로 천지가 개벽하는 수준의 발전이었다.

우건이 몸담았던 무림이란 세계는 세월이 흐르면서 빠르게 쇠퇴했다.

고대에서부터 전해 내려오던 수많은 비전이 잊혀지고 분실되고 절전(絕傳)되면서, 무림이란 세계는 소설이나 영화 속에서만 존재하는 환상 속의 세계가 되어 버렸다.

물론 형(形)이라 할 수 있는 초식은 지금까지 남아 있는 듯했지만 내력이 없는 형은 별 의미가 없는 춤사위와 다름없었다.

그사이 인간은 자기 몸에 대한 흥미를 잃어버렸다.

과학적인, 그리고 의학적인 면에서는 전과 비교할 수 없을 정도로 많은 비밀을 풀어냈을지 모르지만, 과학기술로 측정할 수 없는 인간의 잠재력에 대한 탐구는 이제 하지 않는 듯했다.

인간은 인간이 가진 잠재력을 연구, 개발하는 데 드는 시간에 비행기와 컴퓨터, 인공지능을 만들어 냈다.

과거에는 인간 본연의 모습에서 진리를 알아내려 했다면, 지금은 과학과 기술로 지금 우리가 살고 있는 세계를 알아 나가는 중이었다.

비행기가 착륙하는 모습을 보며 잠시 쓸데없는 감상에 젖었던 우건은 이내 원래 자리로 돌아와 어둠에 잠긴 활주로를 빠르게 질주했다.

곧 전세기와 전용기가 쓰는 활주로가 모습을 나타냈다.

다른 활주로에 비해 길이가 조금 짧았는데 이는 전세기와 전용기가 민항기에 비해 작기 때문이었다.

우건은 고개를 오른쪽으로 돌렸다.

오른쪽에 불을 환하게 밝힌 격납고가 있었다.

그리고 격납고 안에는 10여 명이 탈 수 있는 전용기 한 대가 이륙 허가를 기다리는 중이었다.

다행히 늦지 않게 도착한 듯했다.

우건은 격납고 안으로 들어가며 주위를 둘러보았다.

격납고 끝에 검은색 자동차 한 대가 세워져 있었다.

선팅을 짙게 한 탓에 자세히 보이지는 않았지만 경호원으로 보이는 운전기사와 일반인으로 보이는 사람 두 명이 초조한 표정으로 앉아 있었다.

그리고 격납고 여기저기에 검은색 정장을 걸친 경호원 10여 명이 적의 침입을 경계하며 서 있었다.

경호원은 전부 무공을 익힌 무인이었다.

일월보로 신형을 감춘 우건은 마치 물이 스며들듯 격납고 안으로 미끄러져 들어갔다.

격납고 입구를 지키는 경호원들은 그들 뒤를 돌아 들어

가는 우건의 모습을 전혀 포착하지 못했다.

그들의 시선은 유도등이 켜진 활주로에 박혀 있었다.

우건은 검은색 자동차 쪽으로 서서히 접근해 갔다.

자동차 옆에는 덩치가 큰 경호원 두 명이 차문을 막듯 서 있었다.

우건은 일월보를 품과 동시에 청성검을 뽑아 찔러 갔다.

쉬익!

생역광음이 만든 검광이 격납고 조명이 만든 불빛을 가르는 순간, 첫 번째 경호원의 미간에 동전만 한 구멍이 뚫렸다.

기습을 눈치 챈 두 번째 적이 옆으로 피하며 소매를 흔들었다.

쉭!

표창(鏢槍) 하나가 날카로운 파공음을 내며 심장으로 쏘아져 왔다.

우건은 표창을 피하지 않았다.

그 대신 공수탈백인의 수법으로 날아오는 표창을 잡아 적에게 다시 돌려보냈다.

푹!

목에 표창이 박힌 적이 차에 기대 쓰러졌다.

자동차를 지키는 적 두 명을 처리한 우건이 돌아섰을 때였다.

"적이 격납고 안으로 들어왔다!"

"놈이 차에 접근하지 못하게 막아라!"

격납고 입구와 비행기 주변을 감시하던 적들이 재빨리 포위해 들어왔다.

우건은 사정을 봐줄 생각이 없었다.

왼손으로 거리가 가장 가까운 적에게 무음무영지를 발출했다.

칼을 힘껏 내리치던 적이 멈칫하더니 더 이상 움직이지 않았다.

우건은 생역광음을 발출해 마혈이 제압된 적의 심장에 구멍을 뚫었다.

신음을 토한 적이 쓰러진 방향으로 몸을 날린 우건은 포위망이 갖추어지기 전에 선도선무와 유성추월을 연달아 펼쳤다.

갑작스러운 공세에 당황해 후퇴하던 적 두 명이 검광에 온몸이 난자당해 쓰러졌다.

우건은 계속 같은 방향으로 움직이며 일검단해와 오검관월을 차례로 펼쳤다.

"으아악!"

"크윽."

비명과 신음 소리가 뒤엉키는 순간, 적 세 명이 목과 심장을 움켜쥐며 쓰러졌다.

먼지 하나 없이 깨끗하던 격납고 바닥에 피와 살점, 내장 조각이 쏟아지며 비릿한 혈향이 진동했다.

우건은 상체를 낮추며 섬전과 같은 돌려차기를 하였다.

선풍무류각의 절초인 연환각이었다.

콰직!

뒤에서 접근하던 적 하나가 갑작스레 날아든 각법에 가슴을 맞아 3미터를 날아갔다.

날아가면서 피를 토하는 모습을 봐선 가슴에 있는 뼈가 부러지며 심장과 폐를 찌른 듯했다.

원래 발차기는 동작이 큰 데다, 본인의 균형을 스스로 무너트린다는 점에서 득보다 실이 많은 수법이었다.

그러나 우건이 익힌 선풍무류각은 태을문이 천 년 동안 갈고 닦은 각법이었다.

단순한 발차기와는 차원이 아예 다른 수법인 것이다.

선풍무류각은 우선 속도가 엄청나게 빨랐다.

그리고 상대가 전혀 예측하지 못한, 이를 테면 사각(死角)에서 갑작스레 날아드는 통에 웬만한 고수가 아니면 피하기가 힘들었다.

우건은 살수(殺手)를 펼치면 펼칠수록 더 냉정해져 갔다.

이미 체화(體化)를 마친 부동심이 자연스레 발현된 덕분이었다.

살인을 즐기는 자들은 피를 보면, 그리고 적이 내지르는 비명 소리를 들으면 더 흥분하지만 우건은 그와는 정반대였다.

오히려 무림인보다는 적을 암살하는 자객을 더 닮은 듯했다.

우건의 이러한 행동은 종종 사부 천선자와의 의견 충돌을 불러오곤 하였다.

천선자는 아무리 심성이 악한 악인일지라도 자비와 관용을 베풀면 좋은 사람으로 만들 수 있다는 믿음을 가진 이상주의자였다.

그러나 우건의 생각은 달랐다.

우건은 악인은 악인일 뿐, 절대 교화되는 일이 없다고 믿는 염세주의자(厭世主義者) 혹은 현실주의자에 가까웠다.

이런 사고방식의 차이는 그 접근법 역시 다를 수밖에 없었다.

천선자는 죄를 지은 자들을 계도(啓導)하려는 쪽이었고, 우건은 다시는 죄를 범하지 못하도록 아예 숨통을 끊는 쪽이었다.

우건은 강호를 행도할 때, 애걸복걸하는 악인을 살려 주었다가 그가 수십 명을 더 죽인 다음에야 잡히는 모습을 보고 그런 생각에 더 확신을 가졌다.

동정과 연민은 평범한 사람들을 위해 필요한 것이지, 악인에게 필요한 것은 아니었다.

섣부른 동정과 연민은 더 큰 화를 불러올 따름이었다.

우건은 옆구리를 쳐 오는 적의 팔을 광호기경으로 붙잡았다.

팔을 잡힌 적이 반대쪽 팔로 우건의 가슴을 쳐 왔다.

우건은 적의 공격을 막지 않았다.

그 대신, 잡은 팔을 끌어당기며 청성검을 곧장 위로 찔러갔다.

청성검의 날카로운 검봉이 적의 목을 두부처럼 뚫고 들어가 뒤통수로 빠져나갔다.

우건은 적의 목에 박힌 청성검을 뽑아내며 살짝 거리를 벌렸다.

목이 거의 잘려 나간 적이 엄청난 양의 피를 뿜어내며 쓰러졌다.

우건은 10여 구의 시신이 널려 있는 격납고 바닥을 잠시 바라보다가 움직일 기미가 없는 자동차 쪽으로 걸어갔다.

우건이 자동차 앞에 거의 이르렀을 때였다.

드르륵!

자동차 뒷문이 열리며 40대로 보이는 사내가 차에서 내렸다.

중년 사내는 하얀색 티셔츠에 물이 빠진 검은색 청바지를 입었는데, 잘 발달된 근육이 얇은 옷 위로 확연히 드러났다.

두 주먹 외에 소지한 무기는 없었다.

아마 권장지각 중 하나를 전력으로 단련한 고수인 듯했다.

또 눈에는 눈동자가 보이지 않을 정도로 짙은 선글라스를 착용했는데, 그 바람에 그가 지금 무슨 생각을 하는지 알 수 있는 방법이 없었다.

지금까지 상대하던 자들과는 분위기부터 차원이 달랐다.

이자는 고수였다.

그리고 은연중에 관부(官府)의 냄새가 풍겼다.

관부가 키운 고수는 일반적인 고수들과 느낌이 사뭇 달랐다.

우건은 담담한 어조로 물었다.

"특무대에서 나왔소?"

중년 사내는 고개를 끄덕이는 행동으로 대답을 대신했다.

우건은 다시 물었다.

"팀장이나 조장은 아닌 듯한데, 혹시 제로팀 소속이오?"

제로팀은 특무대가 보유한 가장 강한 전력으로 일반 팀과는 다른 형태로 이루어져 있으며 임무 역시 일반적이지 않았다.

잠시 멈칫한 중년 사내가 다시 고개를 끄덕였다.

제로팀 소속이 맞다는 의미일 것이다.

우건은 내력을 끌어올리며 물었다.

"말하는 것을 좋아하지 않는 성미 같으니까 마지막으로 물어보겠소. 당신은 당신이 지키려는 자들이 저지른 짓을 아시오?"

중년 사내의 이마에 주름이 살짝 만들어졌다.

모른다는 뜻처럼 보였다.

잠시 서 있던 사내가 갑자기 오른 주먹을 앞으로 크게 뻗었다.

위잉!

무직한 권풍(拳風)이 망치처럼 얼굴을 때려 왔다.

우건은 섬영보로 피하며 청성검을 사내의 허벅지에 찔러 갔다.

중년 사내는 무릎을 살짝 굽혔다가 펴는 동작으로 우건의 생역광음을 가볍게 피해 냈다.

보법 역시 수준급이었다.

언젠가 진이연이 제로팀 소속 고수 열 명은 그녀보다 좀 더 강하다는 말을 해 준 적 있었는데 그 말이 사실인 모양이었다.

사내는 양 주먹을 번갈아 휘둘렀는데 때로는 강하게, 때로는 약하게 강도를 자유자재로 조절하는 모습이 인상적이었다.

우건은 천지검법으로 사내의 권법을 상대했다.

생역광음과 선도선무, 유성추월, 오검관월이 연달아 펼쳐졌다.

검광과 권풍이 칡넝쿨처럼 서로 얽히며 백중세를 이루었다.

우건이 권풍을 피해 물러서는 순간.

휘익!

중년 사내의 오른 다리가 갑자기 튀어나와 우건의 허리를 걷어찼다.

우건은 급히 검을 쥐지 않은 왼손으로 비원휘비를 펼쳐 막아 갔다.

우건의 왼손과 중년 사내의 오른 다리가 충돌하며 각자 반걸음씩 뒤로 후퇴했다.

내력 역시 백중세였다.

오른 다리를 접은 중년 사내는 그대로 우건의 품에 어깨를 앞세워 뛰어들었다.

좀처럼 보기 힘든 수법이었다.

우건은 즉시 중년 사내의 어깨에 파금장을 날렸다.

중년 사내는 우건의 장력에 담긴 심상치 않은 기운을 감지한 듯 천근추의 수법으로 자세를 낮추더니 두 발로 우건의 다리를 쓸어 왔다.

절묘한 수법인지라, 막을 방법이 없었다.

우건은 급히 비응보의 수법으로 뛰어오르며 성하만상을 펼쳤다.

수십 개의 검광이 중년 사내의 전신을 사정없이 갈라 갔다.

중년 사내는 뒤로 물러서며 두 팔과 두 다리를 모두 이용해 검광을 막았다.

그러나 검광은 그 수가 한두 개가 아니었다.

탕탕탕탕탕!

한동안 고막을 찌르는 쇳소리가 계속해서 울려 퍼졌다.

우건이 선령안을 펼쳐 검광에 갇힌 사내를 찾으려 할 때였다.

성하만상을 돌파한 사내가 우건을 향해 곧장 뛰어오르며 양 주먹을 번개같이 휘둘렀다.

그 즉시, 수십 개의 권영(拳影)이 강기다발처럼 우건의 가슴을 짓쳐들어왔다.

우건은 선도선무를 펼쳐 강기다발처럼 쏟아지는 권영을 일일이 막아 냈다.

권영을 막는 데는 성공했지만 그 반탄력까지 막지는 못했다.

우건은 누가 뒤에서 갑자기 잡아당긴 사람처럼 홱 튕겨나갔다.

철근과 콘크리트로 만든 단단한 격납고 벽에 부딪치기 직전, 비룡번신으로 몸을 뒤집은 우건은 두 다리를 뒤로 뻗었다.

콰직!

두 다리가 격납고 벽을 30센티미터 가까이 뚫고 들어갔다.

우건은 두 다리로 번갈아 철혈각을 펼쳐 콘크리트 벽에서 빠져나왔다.

그때였다.

따라붙은 사내가 무릎으로 가슴을 찍어 왔다.

우건은 천근추로 피하며 일검단해로 반격했다.

길게 늘어진 검광이 사내를 두 동강 내려는 순간, 뒤로 재주를 넘듯 피한 사내가 지상으로 내려오며 온몸을 이용해 공격해 왔다.

팔과 다리는 기본이었다.

어깨와 무릎, 팔꿈치를 모두 사용했다.

심지어는 머리로 박치기까지 시도했다.

중년 사내는 마치 온몸이 무기인 듯했다.

가까스로 피해 내곤 있었지만 어디서 어떤 방식으로, 그리고 몸의 어떤 부분을 이용해 공격해 올지 알 수 없어 답답했다.

우건은 전세를 역전시키기 위해 반격할 기회를 찾았다.

그러나 적당한 기회를 찾아내기가 쉽지 않았다.

그 이유는 중년 사내가 숨 돌릴 틈 없이 공격을 연계해 오기 때문이었다.

우건은 미간을 살짝 찌푸렸다.

중년 사내가 펼치는 무공을 어디서 본 듯한 기억이 났다.

한데 정확히 어디서 보았는지 기억이 나지 않아 답답했다.

명상을 하면 알아낼 수 있을 테지만 지금은 그럴 시간이 없었다.

한데 이상한 점은 그게 다가 아니었다.

중년 사내는 호흡을 전혀 하지 않았다.

싸움을 시작한 처음부터 지금까지 무호흡으로 공격과 방어를 쉴 틈 없이 해 왔다.

중년 사내 역시 무리하는 것이 틀림없었다.

처음 봤을 때보다 확연히 튀어나온 힘줄과 핏줄이 증거였다.

적이 무리하면 지쳐 나가떨어질 때까지 기다리는 게 맞았다.

우건은 천지검법을 펼치기 위해 거리를 계속 벌렸다.

그리고 중년 사내는 육박전을 벌이기 위해 거리를 계속 좁혀 왔다.

두 사람 사이의 거리에 따라 우위를 가져가는 쪽이 달랐다.

가까울 때는 중년 사내가, 멀 때는 우건이 좀 더 유리했다.

캉!

우건이 찌른 청성검을 팔뚝으로 막아 낸 사내는 오른 주먹으로 우건의 얼굴을 가격했다.

우건은 급히 고개를 틀어 피했다.

치이익!

주먹을 감싼 경력이 우건의 복면을 거의 찢을 뻔했다.

우건을 스친 사내의 주먹이 콘크리트로 만든 벽에 구멍을 뚫었다.

급히 섬영보로 빠져나온 우건은 격납고 벽에 깊숙이 박힌 사내의 주먹을 보고 나서야 무언가 이상하단 것을 깨달았다.

중년 사내가 불도저처럼 밀어붙이는 통에 당시에는 느끼지 못했는데 지금 보니 우건과 중년 사내는 격납고 반대편에 와 있었다.

즉 격납고 안 자동차와 가장 먼 장소에 있는 것이다.

불길한 느낌을 받은 우건이 자동차로 다시 돌아가려는 순간, 차에 달린 모든 문이 홱 열렸다.

그리고 안에서 나이 든 남자와 젊은 여자로 보이는 두 명이 경호원 세 명의 호위를 받아 가며 황급히 뛰어나와 개인 전용기 탑승구로 달려갔다.

4장. 테러리스트

우건은 그제야 중년 사내가 무리하면서까지 자신을 이곳으로 몰아붙인 이유를 깨달았다.

중년 사내가 우건을 막는 사이, 차에 있던 다른 경호원이 윤정인과 그녀의 부친을 비행기로 옮기려는 것이었다.

우건의 시선이 비행기로 향했다.

이륙 허가를 받은 건지, 그게 아니라면 관제탑의 허가를 받지 못했지만 상황이 급박해 먼저 이륙부터 하려는 건지는 알 수 없었지만 비행기 엔진이 돌아가는 중임은 분명했다.

즉, 윤정인이 타기만 하면 바로 출발할 수 있다는 의미였다.

이는 우건에게 나쁜 소식이었다.

우건의 계획은 윤정인이 비행기에 타기 전에 처리하는 것이었다.

비행기에 탄 다음에는 사실상 손 쓸 방법이 없었다.

비행기 안에는 조종사와 승무원이 있었다.

죄가 없는 그들까지 말려들게 할 순 없는 일이었다.

그리고 비행기에 문제가 생기면 그 여파로 인해 여러 사람이 다칠 게 분명했다.

기름이 널려 있는 공항에서는 그리 어려운 일이 아니었다.

우건은 곧장 윤정인을 향해 몸을 날렸다.

중년 사내는 그런 우건을 막기 위해 뒤따라 몸을 날렸다.

단순히 몸만 따라간 게 아니었다.

위이잉!

중년 사내가 휘두른 주먹이 망치처럼 우건의 등을 때려 갔다.

우건은 중년 사내의 전력을 다한 공격을 기다렸다는 듯 즉각 돌아섰다.

그리고는 왼손바닥을 활짝 펼쳐 중년 사내의 주먹을 잡아 갔다.

무표정에 가깝던 중년 사내의 얼굴에 처음으로 감정다운 감정이 드러났다.

그것은 바로 다급함이었다.

우건이 펼친 손바닥이 갑자기 엄청 강력한 자석처럼 중년 사내의 주먹을 끌어당긴 것이다.

뒤늦게 위험을 감지한 중년 사내가 주먹을 회수하려 했지만 주먹과 손바닥 사이의 거리는 줄어들 대로 줄어들어 이제 10센티미터가 넘지 않았다.

자석은 S극과 N극의 거리가 가까울수록 당기는 힘이 비약적으로 강해지기 마련이었다.

우건의 손바닥이 중년 사내의 주먹을 끌어당기는 상황 또한 다르지 않았다.

10센티미터 거리에선 우건의 손바닥이 당기는 힘을 버텨낼 재간이 없었다.

결국, 중년 사내의 주먹과 우건의 손바닥이 강하게 충돌했다.

그러나 강하게 부딪친 거에 비해 소리는 별로 크지 않았다.

마치 소리마저 우건의 손바닥이 모두 흡수해 버린 듯했다.

우건은 손가락을 오므려 중년 사내의 주먹을 단단히 붙잡았다.

중년 사내는 당연히 전력을 다해 주먹을 빼내려 했지만 우건의 손은 요지부동이었다.

포기한 중년 사내는 다른 방법을 시도했다.

왼 주먹으로 우건의 얼굴을 강하게 치려 한 것이다.

얼굴을 정통으로 맞지 않으려면 중년 사내의 손을 놔야 했다.

그러나 우건의 이번 한 수는 상대의 공격을 저지하는 데서 끝나는 평범한 수법이 결코 아니었다.

우건이 잡은 중년 사내의 주먹이 빨래에 남은 물기를 쥐어짤 때처럼 비틀렸다.

주먹은 말 그대로 시작에 불과했다.

곧 중년 사내의 팔목, 팔꿈치, 오른쪽 어깨가 차례대로 비틀렸다.

급기야는 중년 사내의 상반신 전체가 비틀려 돌아갔다.

그때였다.

퍽!

중년 사내가 뻗은 왼 주먹이 우건의 얼굴을 때렸다.

그러나 모기에 물린 것보다 충격이 덜했다.

상반신 전체가 비틀린 탓에 왼 주먹에 제대로 내력을 싣지 못했던 것이다.

이윽고 중년 사내의 왼팔까지 비틀려 돌아갔다.

중년 사내의 얼굴이 기괴하게 일그러졌다.

그러나 비명이나 신음 소리는 없었다.

우건은 중년 사내의 참을성에 솔직히 감탄했다.

우건이 만약 중년 사내의 상황에 처했다면 아무리 부동심을 완성했어도 최소한 신음 소리정도는 냈을 것이다.

그만큼 우건의 이번 수법은 엄청난 극통을 동반했다.

우건은 그제야 중년 사내의 주먹을 놔주었다.

허물어지듯 쓰러진 중년 사내는 고통을 견디기 위해 온몸에 잔뜩 힘을 주었다.

힘을 얼마나 주었는지 손가락이 살을 파고들 지경이었다.

우건이 이번에 사용한 수법은 태을문 33종 절예 중 하나인 천사대(天斜袋)였다.

처음에는 기사멸조를 행한 반도나 사람을 해하는 악인에게 자백을 받기 위해 만든 형벌이었다.

천사대의 강도를 아주 약하게 줄인 게 분근착골(分筋錯骨)일 정도로 한번 걸리면 온몸의 살과 근육, 혈맥이 제멋대로 뒤틀려 당하는 사람에게 태어나 처음 겪는 극통을 선사했다.

물론, 이런 점 때문에 천사대는 태을문 문도에게 외면받았다.

초식의 고절함과 내력 운용의 오묘함은 태을문 33종 절예 가운데서도 타의 추종을 불허할 정도로 뛰어나지만, 타인을 고문하는 수법이란 딱지가 붙은 다음에는 잘 쓰지 않았다.

도를 수련하는 도문에는 어울리지 않는 수법인 것이다.

그러나 다른 사람들이 본인을 어찌 평가하는지에 관심을 두지 않는 우건은 적절한 시점에 천사대를 사용해 강적인 중년 사내를 단숨에 무력화시켰다.

우건다운 한 수인 것이다.

우건은 괴로워하는 중년 사내를 끝장낼 기회가 충분히 있었다.

그러나 이미 전력을 상실한 중년 사내를 마저 처리하는 일보다 더 중요한 일이 생긴 상태였다.

바로 윤정인이 탑승한 개인비행기가 격납고를 천천히 빠져나가는 중이었던 것이다.

일단 우건이 세운 첫 번째 계획은 수포로 돌아간 셈이었다.

우건은 애꿎은 조종사나 승무원이 피해를 입는 일이 없도록 윤정인이 비행기에 탑승하기 전에 처리할 계획을 세워 두었다.

한데 중년 사내에게 막혀 뜻을 이루지 못했다.

이제는 좀 더 위험을 동반하는 두 번째 계획으로 옮겨 갈 차례였다.

바로 이륙에 들어간 비행기를 급습하는 위험천만한 계획이었다.

우건은 결정하는 데 많은 시간을 소비하지 않았다.

그리고 그 결정을 행동으로 옮기는 데는 더 주저하지 없었다.

마치 격납고 밖에 그들이 그토록 원하는 자유가 있다는 듯 걸프스트림 제트비행기는 빠르게 속도를 높여 가는 중이었다.

다행히 비행기는 헬리콥터가 아니었다.

승객을 태운 헬리콥터는 바로 날아오를 수 있지만 비행기는 이륙하는 데 시간과 공간이 필요했다.

우건에게는 다행이 아닐 수가 없었다.

섬영보로 비행기 옆에 따라붙은 우건은 비응보를 펼쳐 날아올랐다.

비행기 왼쪽 날개가 곧 시야에 들어왔다.

공중에서 비룡번신으로 자세를 바꾼 우건은 먹잇감을 발견한 송골매가 저공비행을 하는 것처럼 비행기 날개 위로 쏘아져 갔다.

매는 피치 못할 사정이 없다면 땅에 두 다리를 내려놓을 일이 거의 없었다.

그러나 우건은 송골매가 아니었다.

우건은 비행기 날개 위에 닿기 무섭게 천근추로 앞으로 튀어나가려는 관성을 제어했다.

천근추를 펼친 충격으로 비행기가 잠시 흔들리기는 했지만 전복할 정도로 크지는 않았다.

이동 중에 있는 비행기 날개에 가볍게 올라선 우건은 동체 방향으로 달려간 다음, 탑승구가 있는 쪽으로 몸을 휙 날렸다.

탑승구 옆에 거미처럼 달라붙은 우건은 처음에 굳게 닫힌 문을 완력으로 열어 보려 했다.

그러나 탑승구는 일반 문과 달라 완력으로 열기 어려웠다.

비행기 동체에 손상을 주지 않고 열 방법이 있을 테지만 시간이 걸린다는 단점이 있었다.

우건은 탑승구 경첩이 있는 위치에 파금장을 발출했다.

펑! 펑! 펑!

파금장을 10여 번 연속 날렸을 때였다.

마침내 문틈이 조금씩 벌어지기 시작했다.

우건은 벌어진 문틈에 손을 집어넣어 문을 통째로 뜯어 냈다.

그리고는 뜯어낸 문이 비행기 날개를 건드리지 않도록 멀찍이 던져 버렸다.

그사이, 비행기는 격납고를 나와 활주로로 진입했다.

우건은 고개를 돌려 활주로를 보았다.

어둠이 내려앉은 활주로에 유도등이 점점이 박혀 있었다.

비행기가 이륙을 위해 속도를 내기 시작하면 그땐 정말 막을 방법이 없었다.

우건이 서둘러 뛰어들 채비를 갖출 때였다.

검은색 선글라스를 쓴 경호원이 구멍이 뚫린 탑승구 밖으로 고개를 내밀었다.

우건은 맹룡조옥으로 경호원의 목을 잡아 비행기 밖으로 던져 버렸다.

그리고는 청성검을 앞세워 뛰어들었다.

객실 안에서 기다리던 경호원이 칼을 찔러 왔다.

캉!

우건은 비원휘비로 막으며 청성검을 찔러 갔다.

푹!

청성검의 검봉이 경호원의 심장을 정확히 관통했다.

청성검을 뽑은 우건은 뒤로 돌아서며 무음무영지를 발출했다.

뒤에서 권총을 겨누던 경호원의 미간에 구멍이 뚫렸다.

우건은 죽은 경호원을 밀치며 객실 가장 안쪽으로 들어갔다.

50대로 보이는 말끔한 차림의 중년 사내가 우건 앞을 막아섰다.

"너 내가 누군지 알고 이러는 거야?"

"당신이 윤치경이오?"

우건이 자기 이름을 안다는 사실이 그에게 용기를 준 듯했다.

윤치경이 당당한 어조로 소리쳤다.

"내 이름을 안다면 내가 누군지도 알겠군!"

우건은 담담한 목소리로 대꾸했다.

"조부가 친일인명사전에 올라가 있는 부역자의 손자라 더군. 그리고 파면된 한승권 밑에서 주미대사로 재임한 적 이 있었고."

윤치경은 오십 평생을 살아오는 동안 자기 앞에서 부역 자란 단어를 쓰는 사람을 만나 본 적이 없는 게 틀림없어 보였다.

바로 목에 핏대까지 세워 가며 삿대질을 하였다.

"지금이 어느 시대인데 연좌제(緣坐制)를 들먹이는 건 가? 당신처럼 친일파니 뭐니 하며 구시대적인 발상을 하는 사람이 도처에 널려 있으니까 이 나라가 제대로 발전을 못 하는 거야!"

"나 역시 연좌제를 끔찍이 싫어하는 사람이오."

자신의 말이 먹힌 것으로 생각한 듯 윤치경이 씩 웃었다.

"우린 왠지 말이 통할 것 같군. 그렇지 않은가?"

우건은 고개를 저었다.

"내가 당신을 찾아온 이유는 당신 조상이 같은 민족을 배반했기 때문이 아니오. 내가 오늘 이 자리에 나타난 이 유는 당신 딸이 같은 반 급우를 죽음으로 몰고 간 죄를 단 죄하기 위해서요. 그리고 당신 딸이 저지른 짓을 은폐하기 위해, 당신이 한성그룹, 경찰 특무대 등과 협조해 당신 딸이 저지른 짓을 폭로하려던 또 다른 급우와 죽은 학생의 부모를 고의적으로 살해한 일의 죗값을 치르게 하기 위해서요."

흠칫한 윤치경이 반걸음 물러서며 황급히 변명했다.

"우, 우리 애 역시 같은 반 친구의 갑작스러운 자살로 인해 충격을 많이 받았소. 그, 그래서 심신을 추스를 목적으로 해외에 잠시 나가있으려던 거요. 다른 뜻은 없었소. 믿어 주시오. 그리고 한성그룹과 특무대는 우리 가족과 전혀 관계없는 곳이오. 더욱이 우리 애가 저지른 짓을 폭로하려 했다는 친구나 자살한 학생의 부모는 생전 처음 듣는 이야기요."

우건은 발뺌하는 윤치경 앞에 김동이 한성미디어랩 데이터베이스에서 해킹한 자료를 던져 주었다.

자료에는 윤치경이 한성그룹 보안팀, 특무대 간부 등과 연락한 기록이 나와 있었다.

심지어 녹음한 통화 내용까지 모두 다 적혀 있었다.

윤치경의 얼굴이 대번에 일그러졌다.

"이런 머저리 같은 새끼들! 내가 문서로 남기는 짓은 하지 말라고 그렇게 충고했는데, 내 말을 영 들어 처먹어야 말이지!"

씩씩거리던 윤치경이 자료를 구겨 바닥에 던졌다.

"네가 아는지 모르겠지만 한국은 엄연히 법치국가야. 죄를 지었으면 법전에 나와 있는 한도 내에서 처벌받게 되어 있다고. 나나 우리 애가 저지른 죄가 정확히 뭔지는 모르겠지만, 살인이든 살인교사든 다 인정할 테니까 넌 이제 여기서 빠지는 게 어때? 어차피 네가 탑승구를 박살 내는 바람에 비행은 중지될 거야. 우린 비행기에서 내리는 대로 경찰서에 자진 출두해 성실히 조사받을 테니까 걱정하지 말고."

우건은 고개를 저었다.

"난 이곳의 법을 따르지 않소."

"그럼 대체 어느 나라 법을 따르는데?"

"무림의 법도를 따르오."

"무림의 법도? 그게 무슨 개 풀 뜯어 먹는 소리야?"

"이에는 이, 눈에는 눈. 그게 무림의 법도요."

"무슨 병신 같은 소리를 하고 자빠졌……."

우건은 청성검으로 윤치경의 심장을 찔렀다.

윤치경을 죽인 우건은 객실을 가리는 데 쓰는 커튼을 걷었다.

커튼 뒤에는 윤정인으로 보이는 젊은 여자가 서 있었다.

"나, 난 아직 미성년자 신분이에요! 그리고 나약한 여자고요! 설마 그, 그런 날 죽이지는 않겠죠? 제발 그렇다고 해줘요!"

우건은 말없이 무음무영지를 발출해 윤정인의 사혈을 짚

었다.

바닥에 쓰러진 윤정인은 숨이 끊어지는 순간까지도 그녀에게 닥친 현실을 믿을 수 없다는 듯 두 눈을 부릅뜬 상태였다.

우건은 객실을 돌아 나와 그가 방금 전에 부숴 버린 탑승구 밖으로 뛰어내렸다.

우건이 탑승구를 통째로 부숴 버린 탓에 비행이 중지될거라는 윤치경의 말은 사실로 드러났다.

조종을 맡은 기장이 비행을 중지한 것이다.

우건이 객실 안에서 살육을 벌이는 동안, 기장과 부기장, 그리고 승무원은 조종실에 들어가 죽은 사람처럼 엎드려있었다.

우건은 귀혼청을 펼쳤다.

누가 신고를 한 듯 사이렌 소리가 점점 크게 들려왔다.

공항을 떠나려던 우건은 천사대에 당해 괴로워하던 특무대 제로팀 소속 중년 사내가 갑자기 떠올라 격납고로 돌아갔다.

제로팀이 속해 있는 이곽연합은 현재 청와대 경호실로자리를 옮긴 전 특무대 반정회와 반목하는 사이였다.

그리고 그 말은 청와대와 관련이 깊은 우건 역시 언젠가는 이곽연합과 싸워야 할 가능성이 높다는 것을 의미했다.

그때를 대비해 상대편의 고수 하나를 완벽히 제거해 둘

심산이었다.

우건은 천사대의 위력을 신뢰했다.

아무리 강한 고수라도 천사대에 당한 상태에서는 바로 몸을 추슬러 도망치지 못했다.

우건의 예상은 정확히 맞아떨어졌다.

중년 사내는 여전히 격납고 안에 있었다.

우건이 중년 사내를 마지막으로 봤을 때와 달라진 점을 찾으라면 바닥에 누워 고통스러워하던 그가 지금은 벽에 기대앉아 있다는 점이었다.

우건은 중년 사내에게 걸어갔다.

"곧 사람들이 몰려올 거요."

중년 사내는 여전히 말이 없었다.

그저 선글라스를 쓴 눈으로 우건을 응시할 따름이었다.

우건은 그에게 물었다.

"그 전에 하고 싶은 말이 있소?"

중년 사내는 다른 사람과 말을 섞는 일이 영 어색한 듯했다.

입술을 몇 번 달싹이다가 입을 다무는 행동을 반복했다.

"없는 것으로 알겠소."

우건은 청성검을 들어 올려 중년 사내의 심장을 겨눴다.

그리고는 지체 없이 중년 사내의 심장을 향해 청성검을 찔러 갔다.

그때였다.

중년 사내 입에서 마치 어린아이가 장난을 치기 위해 쇠못으로 유리를 긁을 때 나는 거친 음성이 들려왔다.

"태, 태을문 문도입니까?"

중년 사내의 목소리는 듣기에 좋은 음성은 아니었다.

팔뚝에 소름이 돋을 정도로 눈살이 찌푸려지는 목소리였던 것이다.

그러나 우건은 중년 사내의 목소리에 관심이 없었다.

그가 관심 있는 것은 중년 사내가 한 질문의 내용이었다.

우건은 급히 검의 방향을 바꿔 중년 사내 대신 벽을 찔러갔다.

검을 다루는 우건의 경지가 절정에 올라 있지 않았다면 청성검은 격남고 벽 대신에 중년 사내 심장에 박혀 있을 것이다.

검을 회수한 우건은 방금 든 의문의 해답을 찾으려 노력했다.

중년 사내는 어떻게 우건이 태을문 문도임을 알아본 것일까? 당혜란과 진이연 쪽에서 특무대에 흘러들어간 것일까? 아님 원공후가 받은 여제자 최아영이 입을 잘못 놀린 탓일까?

그러나 이런 생각은 우건의 추측일 따름이었다.

진실을 알아내는 유일한 방법은 중년 사내에게 직접 물

어보는 것이었다.

중년 사내가 우건의 정체를 아는 이유를 알아내려면 시간이 필요했다.

그런 이유로 격납고 안에서는 심문할 수 없었다.

소방차와 경찰차가 내는 사이렌 소리가 점점 가까워지고 있었다.

우건은 마혈을 제압한 중년 사내를 어깨에 둘러멨다.

그때, 사이렌 소리가 격납고 앞에서 들려왔다.

이젠 정말 시간이 없었다.

우건은 일월보로 김포공항 국제선을 빠져나왔다.

주차해둔 차에 도착한 우건은 중년 사내부터 차 트렁크에 실으며 주변을 둘러보았다.

다행히 한적한 곳이라 행인은 보이지 않았다.

운전석에 오른 우건은 차를 남쪽으로 몰았다.

전 정권에서 주미대사를 역임한 윤치경과 그의 딸 윤정인의 참혹한 죽음, 그리고 경호원으로 보이는 10여 명의 시신과 탑승구가 박살 난 개인전용기는 미디어의 관심을 끌기 충분할 것이다.

현장에 오래 머물러서 좋을 일이 전혀 없었다.

우건은 경찰이 범인 색출을 위해 펼친 차단선을 빠져나와 김포 남부의 한적한 국도에 진입했다.

국도 주변에는 몇 가구가 모여 사는 작은 마을이 널려 있었다.

적당한 마을을 찾아 차를 감춘 우건은 주인이 버린 농가에 중년 사내를 데려갔다.

농가는 버려진 지 3, 4년이 지난 듯했다.

방에 먼지가 수북했다.

중년 사내를 안방에 데려다 놓은 우건은 다시 마당에 나와 미행하는 사람이 있는지 주의 깊게 관찰했다.

다행히 우건의 경계심을 자극하는 수상한 자들은 보이지 않았다.

우건이 퍼트린 기파에 걸려든 거라곤 동네를 떠돌아다니는 개 몇 마리와 일찍 잠이 든 노인 몇 명이 전부였다.

안심한 우건은 농가에 돌아와 중년 사내를 깨웠다.

"내가 태을문 문도란 사실을 어떻게 알았소?"

중년 사내는 전처럼 금속성이 잔뜩 섞인 목소리로 대답했다.

"저를 제압한 수법을 통해 알았습니다."

우건은 미간을 찌푸리며 다시 물었다.

"당신이 어떻게 천사대를 안단 말이오?"

"그 무공의 이름이 천사대였습니까?"

"내 질문에 대답하시오. 당신이 어떻게 천사대를 아는 것이오?"

움찔한 중년 사내가 얼른 대답했다.

"무공을 가르쳐 준 조직에 태을문에 대한 책이 있었습니다. 그 책에 천사대와 같은 위력을 내는 무공이 적혀 있었습니다."

우건은 이해가 가지 않는다는 표정으로 물었다.

"특무대에 태을문 무공을 설명한 책이 있다는 말이오?"

중년 사내가 고개를 저었다.

"저는 엄밀히 말하면 특무대 소속은 아닙니다."

"그럼 어디 소속이오?"

"혹시 구룡문이란 이름을 들어 본 적 있으십니까?"

우건은 불현듯 부산에서 만난 적이 있는 무정도(無情刀) 고월(高月)의 얼굴이 떠올랐다.

고월은 우건이 부산을 장악한 범천단과 싸울 때 만난 고수였다.

우건은 범천단 혈사방 방주 성대혁 소유 요트에서 그를 처음 만났는데, 요트를 지키던 적들 중에 그가 가장 강해 우건이 그를 직접 상대했다.

한데 싸우는 와중에 이상한 점을 하나 발견했다.

고월이 태을문 진산절예인 십자도법을 흉내 내며 싸운 것이다.

우건은 즉시 진짜 십자도법으로 그를 상대했다.

고월은 그리 우둔한 자가 아니었다.

그는 바로 우건이 태을문 후예임을 알아챘다.

우건의 정체를 알아낸 그는 전음으로 자신의 진짜 정체를 밝혔는데, 그의 진짜 정체는 다름 아닌 제천회를 감시하기 위해 구룡문이 잠입시킨 첩자였다.

자신의 진짜 정체를 밝힌 고월은 우건에게 패해 도망치는 것처럼 연출해 현장을 떠났다.

그리고 떠날 때, 우건의 휴대전화 번호를 알아낸 다음에 다시 연락하겠단 말을 남겼다.

물론 그 후에 고월은 연락을 보내오지 않았다.

한데 그 구룡문을 특무대 제로팀 소속이라는 중년 사내의 입에서 다시 듣게 된 것이다.

우건은 현대무림이 그가 생각하는 것처럼 그리 단순하지만은 않단 느낌이 들기 시작했다.

우건은 고개를 끄덕였다.

"이름은 들어 본 적이 있소."

중년 사내가 한숨을 쉬며 대답했다.

"전 구룡문이 특무대에 잠입시킨 첩자입니다."

이 중년 사내가 하는 말이 모두 사실이라면 그 역시 고월처럼 구룡문이 다른 문파나 조직에 잠입시킨 첩자란 뜻이었다.

우건은 급히 물었다.

"그렇다면 천사대를 설명한 책이 구룡문에 있었다는 말이오?"

"그렇습니다. 구룡문이 보관하던 고서(古書)에서 읽었습니다."

우건은 구룡문의 정체가 점점 더 궁금해졌다.

고월은 태을문 십자도법을 비슷하게 흉내 냈다.

그리고 이 중년 사내는 태을문 문도가 아니면 알기 어려운 천사대를 구룡문에 있는 책에서 읽었다는 주장을 펼쳤다.

구룡문의 정체는 모르지만 태을문과 관련이 있는 것은 틀림없는 듯했다.

"구룡문은 대체 어떠한 조직이오? 대체 어떤 조직이기에 사람들이 잘 모르는 태을문에 대해 그리 자세하게 아는 것이오?"

사내가 희미한 기억을 떠올리려 애쓰는 듯한 표정을 지었다.

"제가 구룡문에서 읽은 책의 서두(序頭)에 따르면 그 책을 지은 분은 태을문 28대 장문인 송준경(宋俊慶)이었습니다. 구룡문 문도들이 그 책을 신성하게 여기는 걸 보면……."

"잠깐!"

우건은 충격을 받았다.

태을문 28대는 바로 우건이 속한 항렬이었다.

사부 천선자와 사숙 천명자(天命子)가 태을문 27대 제자이니까 당연히 천선자의 제자인 그는 28대 제자에 해당했다.

한데 그의 항렬에 송준경이란 사형제는 존재하지 않았다.

우건은 황급히 물었다.

"정말 그 책에 송준경이 태을문 28대 장문인이라 적혀 있었소?"

중년 사내가 확신에 찬 얼굴로 대답했다.

"그렇습니다."

그 순간, 우건의 머리가 미친 듯이 돌아가기 시작했다.

가능성은 크게 두 가지였다.

첫 번째는 우건이 이곳에 넘어온 후에 천선자가 송준경이란 이름의 제자를 새로 받아 그에게 도맥을 잇게 한 경우였다.

두 번째는 중년 사내가 봤다는 책이 거짓일 경우였다.

태을문은 유래가 깊은 도가 문파였다.

유교적인 관습을 따르는 문파나 민간에서는 대제자와 장자가 재산을 상속받는 일이 이상한 일이 아니지만, 태을문은 제자 중에 선근(仙根)이 가장 뛰어난 제자에게 도맥을 잇게 했다.

입문한 순서나 무공의 고강함은 전혀 상관없었다.

우건은 그런 이유로 차기 장문인을 정하는 경쟁에서 일찌감치 탈락했다.

대제자인 조광이 반골(反骨) 기질이 유독 강해 탈락한 것처럼 우건은 천생 살기(殺氣)가 강해 탈락했다.

이제자인 한엽 역시 경쟁에서 탈락하긴 마찬가지였다.

한엽은 성격이 음습했다.

재능만 보면 타의 추종을 불허했지만, 정에 얽매이는 성격이라 차기 장문인을 결정하는 경쟁에서 조광, 우건보다 먼저 고배의 쓴맛을 봐야 했다.

우건은 사매 설린이나 막내 송아가 28대 장문인이 될 거라 예상했다.

태을문은 남녀에 구애받지 않아 28대를 내려오는 동안 세 차례나 여자 장문인이 태을문 전체를 이끌었다.

한데 설린이나 송아 대신 송준경이란 새로운 사형제가 등장한 것이다.

그 순간, 뭔가 이상하다는 느낌이 들기 시작했다.

우건이 중원으로 떠나기 전에 본 천선자는 몇 년 전에 입은 내상이 다시 도져 제자를 받을 형편이 아니었던 것이다.

한참을 고민한 우건은 그제야 자신의 실수를 깨달았다.

우건은 이름 그 자체에 너무 집중한 나머지 평범한 사실을 잊어버린 것이다.

송아(宋兒)의 아(兒)는 나이 어린 제자를 부르는 호칭이었다.

송아 역시 부모님에게 물려받은 이름이 있을 테니까 장성한 후에는 그 이름으로 불렸을 것이다.

그런 점에서 송아가 송준경이란 사실을 유추하기는 그리 어렵지 않았다.

오히려 그 사실을 너무 늦게 깨달아 어이가 없을 지경이었다.

중년 사내가 구룡문에 있는 책에서 봤다는 책의 내용이 사실이라면 태을문 28대 장문인은 송아였다.

사매가 장문인을 맡지 못한 게 조금 아쉽기는 하지만 어렸을 때 본 송아를 생각하면 그리 잘못된 인선 같지는 않았다.

적어도 한엽이 장문인을 맡는 상황보다는 나을 테니까.

우건은 중년 사내에게 진작 했어야 하는 질문을 던졌다.

"이름이 무엇이오?"

"최욱(崔旵)이라 합니다."

"이제 구룡문의 유래에 대해 말해 보시오."

최욱이 이제는 조금 익숙해진 목소리로 설명했다.

"구룡문은 역사가 그리 깊지 않습니다. 지금으로부터 약 50여 년 전쯤에 중원 제천회 대청에 있다가 어떤 이상한 현상에 의해 이곳에 넘어온 고수들 중에 검귀(劍鬼) 소우(蘇雨), 패천도(敗天刀) 강익(姜翼), 무령신녀(舞靈神女) 천혜옥(千惠玉)이란 분들이 있었습니다. 이 세 분은 중원 제천회에 있을 때부터 친분이 있어 이곳에서 의기투합했습니다."

최욱의 설명에 따르면 검귀 소우, 패천도 강익, 무령신녀 천혜옥 세 명은 거의 동시에 현대무림으로 넘어온 듯했다.

세 사람은 중원에 있을 때부터 교분이 두터웠던 덕분에 바로 의기투합해 잃어버린 내력을 회복하는 일에 전력했다.

세 사람은 지리산(智異山) 깊은 산중에 움막을 지어 놓고 내력을 회복했는데, 그들이 지은 움막 옆에 그들처럼 입산수도(入山修道)하는 젊은이가 한 명 있었다.

그가 바로 송대길(宋大吉)이었다.

송대길은 소우, 강익, 천혜옥의 신태가 비범함을 보고 곧장 찾아가 제자로 받아 달라 간곡히 청했다.

내력을 회복하기 전까지는 한국을 떠날 수 없었던 세 사람은 이곳 말도 배울 겸 적적함도 달랠 겸해서 송대길을 제자로 받아들였다.

한데 송대길 역시 내력이 범상치 않았다.

송대길은 가문 대대로 전해 내려오는 낡은 비급을 몇 권 갖고 있었는데 바로 태을문 무공이 적힌 비급이었다.

세 사람은 송대길이 내민 비급을 보고 깜짝 놀랄 수밖에 없었다.

그럴 수밖에 없는 것이 소우, 강익, 천혜옥 세 명은 모두 중원무림에서 천하오십대고수에 들 만큼 뛰어난 실력자였다.

그리고 우건이 조광을 제거하기 위해 제천회 천조당(天

助堂)에 혼자 쳐들어왔을 때, 그를 직접 상대해 본 사람들이었다.

태을문 무공을 직접 상대해 본 그들은 그 위력을 누구보다 잘 알았다.

우건이 조광을 죽이는 일에 주력하지 않았다면 그들 세 명은 제천회 천조당 안에서 이미 죽었을지 몰랐다.

한데 심심풀이 삼아 받아들인 제자가 태을문의 후인이었던 것이다.

크게 놀란 그들은 태을문 비급을 열심히 연구했다.

그러나 곧 실망할 수밖에 없었다.

태을문 비급이 완벽하지 않았다.

실력이 떨어지는 태을문 문도가 기억나는 내용만 대충적어 놓은 비급이었던 것이다.

무엇보다 무공을 펼치는 데 반드시 필요한 심법이 없었다.

즉, 초식만 적혀 있는 비급이었다.

세 사람은 송대길이 가진 태을문 비급에 그들이 평생 익힌 심법을 더하는 연구를 했지만 결과는 그리 신통치 않았다.

우건이 보았던 고월의 가짜 십자도법 역시 송대길의 비급에 있던 십자도법에 강익의 심법을 더해 만든 결과물이었다.

태을문 비급을 연구하던 어느 날, 세 사람은 우건 역시 태을양의미진진에 갇혀 있었다는 사실이 생각났다.

그리고 그 말은 우건 역시 그들처럼 현대무림으로 넘어올 가능성이 높다는 뜻이었다.

세 사람은 우건이 넘어오길 기다리며 구룡문이란 문파를 만들었다.

비급을 연구하는 동안, 고아 몇 명을 더 제자로 받아 송대길을 포함한 세 사람의 제자가 아홉으로 늘어났기 때문에 구룡문이란 이름을 지었던 것이다.

소우, 당익, 천혜옥은 문파 제자들에게 삼성(三聖)으로 추앙받았기에 정확한 명칭은 삼성구룡문(三聖九龍門)이 맞았다.

소우 등은 우건이 도착하면 바로 뜻을 펼칠 수 있게 한국의 정, 재계를 장악해 두길 원했다.

그러나 한국은 이미 제천회와 특무대가 장악한 상태였다.

파고들 여지가 별로 없었다.

그들은 하는 수 없이 재야에서 은밀히 세력을 키우기로 결정했다.

그리고 때가 되면 잠재적인 경쟁자라 할 수 있는 제천회와 특무대를 단번에 무너트릴 수 있도록 두 조직에 첩자들을 대거 들여보냈다.

제천회와 특무대는 당시 서로를 이기기 위해 세력을 불

리는 데 여념이 없었으므로, 그들이 잠입시킨 첩자 일부는 혈사방 부방주나 특무대 제로팀 팀원으로 승진할 수가 있었다.

고월과 최욱이 그 증거였다.

긴 이야기를 마친 최욱이 조심스런 어조로 물었다.

"정말 그분이 맞습니까?"

"내가 그들이 기다리던 우건이 맞느냐 묻는 거요?"

"그렇습니다."

우건은 솔직하게 시인했다.

"맞소. 내가 우건이오. 그러나 그들이 한 얘기 중에 몇 가지는 사실과 다른 부분이 있소. 우선 그들이 나를 기다린 이유는 나를 무슨 교주나 문주로 추대하려는 것이 아니오."

"그럼 대체 무엇 때문에 기다린 겁니까?"

"나는 제천회 대청에 있을 때 선천지기를 소모한 상태에서 단전까지 박살 났소. 무인이니까 내 말이 무슨 뜻인지 알거요."

최욱이 고개를 끄덕였다.

"무공을 배울 적에 사람이 살아가는 데 꼭 필요한 선천지기를 모두 소진하면 몸이 썩은 고목처럼 변해 죽어 가고 단전이 박살 나면 무공을 다시는 펼칠 수 없다는 말을 들었습니다."

대답한 최욱이 의문이 가득 담긴 시선으로 우건을 보았

다.

그럼 대체 어떻게 무공을 회복했느냐 묻는 듯한 시선이었다.

우건은 쓴웃음을 지었다.

"천우신조였소. 아마 확률로 따지면 수억 분의 일쯤 될 것이오."

"그럼 그들은 무공을 펼치지 못하는 당신을 왜 기다렸던 겁니까?"

우건은 자기 머리를 가리켰다.

"내 머릿속에 든 태을문의 진산절예가 탐났을 거요. 무공을 펼치지 못할 테니까 잡아다 고문하면 내가 다 털어놓을 거라 생각했을 거요. 그들과 같은 고수에겐 식은 죽 먹기겠지."

최욱은 여전히 믿어지지 않는 듯했다.

"세 사람이 당신의 상태를 몰랐을 가능성은 전혀 없는 겁니까?"

우건은 다시 고개를 저었다.

이는 가정이나 추측이 아니었다.

최민섭의 경호를 부탁하기 위해 쾌영문을 찾은 당혜란은 우건을 보기 무섭게 바로 싸움을 걸었다.

그러나 우건은 별로 당황하지 않았다.

공격에 살기가 들어 있지 않았던 것이다.

예정에 없던 비무가 끝난 직후, 당혜란은 그녀가 예의 없이 행동한 이유를 설명했다.

그녀는 제자인 진이연을 통해 우건의 정체를 어렴풋이 파악하기는 했지만 우건이 정말 무공을 회복했는지 확신하지는 못했다.

그녀는 우건이 조광의 태을음양수에 맞아 단전이 박살나는 광경을 목격했었다.

다시 말해 당혜란은 우건이 그녀가 제천회 천조당에서 봤던 태을문 문도가 맞는지, 그리고 태을문의 문도가 맞다면 무공을 회복했는지 알기 위해 갑자기 싸움을 걸었던 것이다.

당혜란은 당시 우건과 꽤 떨어진 장소에 있었다.

반면 구룡문을 만들었다는 소우, 강익, 천혜옥 이 세 명은 선두에서 우건을 직접 상대한 사람들이었다.

즉, 가장 가까운 장소에서 우건을 지켜보았다는 뜻이었다.

그런 세 사람이 무공을 익힐 수 없게 된 우건의 몸 상태를 알지 못할 리 없었다.

우건은 확신에 찬 어조로 최욱의 질문에 대답했다.

"그 세 사람은 내 몸 상태를 누구보다 잘 알고 있었을 것이오."

최욱은 구룡문에 대한 충성심과 우건이 말한 진실 사이

에서 고민하는 듯했다.

문도들 사이에서 삼성이라 추앙받는 세 사람이 거짓말을 했다는 우건의 말에 혼란을 느낀 것이다.

우건은 다른 주제로 넘어갔다.

"그 삼성이라는 자들이 이곳에 넘어와 처음 받은 제자인 송대길은 28대 장문인이었다는 송준경의 후손이 확실한 것이오?"

최욱이 자신 없는 말투로 대답했다.

"잘 모르겠습니다. 하지만 그분이 태을문 장문이 쓴 비급을 물려받았단 말은 후손일 확률이 높다는 뜻이 아니겠습니까?"

최욱은 자신이 낸 의견에 확신을 가지지 못했지만 우건은 왠지 그의 말이 맞을 것 같단 직감이 들었다.

송준경과 송대길은 우선 성이 같았다.

즉, 직계 후손일 가능성이 높았다.

우건은 마지막으로 고월에 대해 물었다.

고월을 만난 과정을 설명한 후에 그를 아는지 물어본 것이다.

최욱은 바로 고개를 저었다.

"구룡문이 잠입시킨 첩자들은 다른 첩자의 신상에 대해 알지 못합니다. 잠입한 조직에 발각당해 잡혔을 경우에 정보가 새어 나가는 일을 미연에 방지할 목적이었던 것

134 현대무림 7

같습니다."

일리 있는 의견이었다.

"그럼 고월이 나에게 연락하지 않은 이유 역시 잘 모르 겠군."

최욱은 그렇다는 듯 고개를 끄덕였다.

우건이 다시 물었다.

"이곽연합에 속해 있소?"

최욱이 한숨을 내쉬었다.

"그렇습니다. 특무대에서 이곽연합의 힘이 가장 강한 탓 에 첩자 노릇을 하려면 이곽연합에 들어가는 수밖에 없었 습니다."

"이곽연합은 중요한 임무에 실패한 대원을 어떻게 처리 하오?"

"한직으로 보내 버리거나, 쥐도 새도 모르게 숙청합니 다."

"내가 풀어 주면 이곽연합으로 돌아갈 생각이오?"

최욱은 잠시 고민하다가 대답했다.

"아닙니다. 풀어 주시면 구룡문으로 다시 돌아갈 생각입 니다."

"구룡문으로?"

"고월의 생사가 궁금한 게 아니었습니까? 만약 고월의 신상에 이상이 생겼으면, 구룡문에 아는 사람이 분명 있을 겁니다."

우건은 뜻밖이라는 표정으로 물었다.

"지금 날 위해 구룡문으로 돌아가겠다는 거요?"

"어찌 되었든 구룡문은 원래 태을문 후예를 영접하기 위해 세워진 문파였습니다. 그리고 전 구룡문의 그런 전통을 아주 좋게 생각합니다. 저에게는 당신을 도울 사명이 있습니다."

고월의 생사가 궁금하던 차였기에 우건은 허락할 수밖에 없었다.

그러나 최욱이 딴 마음을 품으면 일이 복잡해졌다.

"구룡문에 돌아가면 나에 대해 어떻게 얘기할 거요?"

최욱은 우건은 잠시 응시하다가 고개를 저었다.

"철저히 입을 다물겠습니다."

"그 말 믿을 수 있겠소?"

"제 별호를 들으시면 이해하실 수 있을 겁니다."

"별호가 무엇인데 그러시오?"

"무언객(無言客)입니다. 제 목소리를 들어 봐서 아시겠지만 어렸을 때 성대를 크게 다친 후에는 다른 사람들 앞에서 말을 하는 것을 극히 꺼렸습니다. 그래서 사람들이 저에게 무언객이란 별호를 붙여 줬습니다. 제 별호처럼 구룡문이든 특무대든 저에게서 당신에 대해 알아내지 못할 것입니다."

우건이 알려 준 대포폰 전화번호를 외운 무언객 최욱은

우건과 헤어져 구룡문 본문이 위치해 있는 제주도로 발길
을 돌렸다.

5장. 종적(踪迹)

우건은 강원도 터널 사고에서 했던 대로 차를 없앴다.

김포공항 주변에는 감시 카메라가 많아 차를 처리하는
게 안전했다.

마을을 나온 우건은 일보능천으로 10여 킬로미터를 북상
했다.

다행히 얼마 지나지 않아 김은과 김동이 모는 차를 발견
할 수 있었다.

우건은 두 사람과 합류해 복귀를 서둘렀다.

복귀하는 동안, 김동은 노트북으로 상황을 계속 모니터
했다.

"지금 인터넷은 난리가 났습니다. 언론이 다 달라붙어 김포공항에 테러가 발생했다며 속보를 계속 내보내는 중입니다."

우건은 김동을 힐끗 보며 물었다.

"경찰은 뭐라던가?"

김동은 바로 경찰 데이터베이스를 해킹해 내부정보를 빼냈다.

"아직 공식 발표가 나오기 전이지만, 내부적으로는 개인에 의한 원한 범죄로 가닥을 잡은 듯합니다. 윤치경과 윤정인이 같은 자리에서 죽었으니까요. 그리고 윤치경이 전 정권에서 주미대사와 같은 요직을 맡았다는 점 때문에 일각에선 북한이 암살한 게 아닌가 하는 소문이 은밀히 도는 모양입니다."

"범인에 대한 수사는 진척이 있나?"

김동은 고개를 절레절레 저었다.

"감을 전혀 못 잡는 중입니다. 공항에 설치한 감시 카메라, 격납고 안에 있던 감시 카메라, 격납고 안에 주차되어 있던 차량의 블랙박스, 비행기에 있던 감시 카메라는 주공의 모습을 제대로 포착하지 못했습니다. 초동수사에 애를 먹은 경찰이 교통카메라까지 뒤졌는데 성과가 별로 없는 듯합니다."

"경찰이 증인의 진술은 확보했나?"

"대부분 멀리서 목격한 거라 증언의 신뢰가 아주 떨어지는 편입니다. 현장과 가장 가까운 곳에 있던 증인은 윤치경의 비행기에 있던 기장과 부기장, 그리고 여승무원 세 명인데, 세 명 모두 사건이 일어났을 때 조종실에 숨어 있던 터라 현장을 제대로 보지 못했다고 진술했습니다."

차가 쾌영문에 거의 도착했을 때였다.

노트북 모니터를 확인하던 김동이 고개를 들었다.

"경찰이 방금 전에 한남동 빌라 사건을 접수한 것 같습니다. 한정당 현직 국회의원 심도진과 그의 딸 심연주가 경호원과 함께 자택에서 살해당했다는 속보가 뜨기 시작했습니다."

쾌영문에 도착한 우건은 김동을 시켜 한남동 빌라 사건과 김포공항 사건을 계속 모니터했다.

현직 국회의원과 전 주미대사가 살해된 사건은 한국을 혼란의 도가니로 몰아넣었다.

지금까지 이런 거물이 하룻밤에 연속으로 살해당한 역사가 없었다.

아니, 이런 사건 자체가 없었다는 편이 맞았다.

곧 인터넷을 중심으로 별의별 소문이 다 나돌았다.

청와대가 걸림돌이 되는 야당과 전 정권의 주요 인사들을 제거하라 지시했다는 둥, 북한이 대남공작원을 파견해 주요 요인을 암살 중이라는 둥, 대부분 근거 없는 소문이었다.

그러나 몇 시간 후엔 촉이 좋은 기자 몇 명 덕분에 여론이 급변했다.

기자 몇 명이 심연주와 윤정인의 관계에 주목한 것이다.

심연주와 윤정인 모두 중원여고 졸업반이었다.

그리고 공교롭게도 같은 반이었으며 같은 사진부동아리에서 활동했다.

냄새를 맡은 기자들은 중원여고를 들쑤셨다.

다음 날 오후에는 중원여고 학생과 교사에게서 심연주와 윤정인이 같은 반 급우를 괴롭혀 자살하게 만들었다는 폭로가 흘러나와 다시 한 번 충격을 안겨 주었다.

기자들은 즉각 심연주와 윤정인이 관여한 것으로 보이는 조은채 양 자살 사건에 관심을 보이기 시작했다.

그리고 얼마 지나지 않아 경찰, 언론, 교육청 할 거 없이 모든 기관이 조은채 양 자살 사건을 덮으려 했단 사실이 밝혀져 온 나라가 발칵 뒤집혔다.

여론의 뭇매를 받은 경찰과 검찰, 그리고 서울시교육청은 즉시 한남동 빌라 사건, 김포공항 사건과 별개로 조은채 양 자살 사건을 조사하는 팀을 꾸리겠단 발표를 하기에 이르렀다.

우건은 그사이 은채를 죽음으로 몰고 가는 데 가장 큰 원인을 제공한 구민아를 찾아 나섰다.

구민아는 한성그룹 회장 구동철의 손녀였다.

그리고 한성그룹 사장 구장훈의 무남독녀였다.

한성그룹과 특무대가 그동안 맺은 끈끈한 관계를 생각해 보았을 때, 구민아를 처리하는 일은 앞서 심연주와 윤정인을 처리할 때보다 훨씬 힘들 것이 자명해 보였다.

더욱이 시간 역시 그의 편이 아니었다.

냄새를 맡은 검찰과 경찰, 그리고 언론이 구민아를 찾아나서기 시작하면 그의 일은 더 어려워질 터였다.

실제로 중원여고 학생과 교사의 연이은 폭로로 인해 조은채 양 자살 사건의 주범이 사실은 한성그룹 3세였다는 소문이 인터넷 커뮤니티마다 올라온 상황이었다.

소문을 접한 경찰은 바로 수배령을 내려 구민아의 소재를 찾기 시작했다.

조은채 양 자살 사건의 복수를 하는 것으로 보이는 범인으로부터 그녀를 지키고 조은채 양 자살 사건을 다시 조사하기 위해서였다.

구민아를 추적하는 작업은 김동과 임재민이 도맡아 했다.

한성미디어랩을 해킹할 때 필요한 자료를 모두 빼낸 덕분에 단서는 많은 편이었다.

일단 구동철, 구장훈, 구민아 삼대가 거주하는 성북동 본가는 비어 있는 게 확인되었다.

김동은 즉각 감시대상을 확대했다.

한성그룹 회장이 소유한 별장과 골프장, 리조트, 목장, 농장 등이 모두 감시목록에 올랐다.

그러나 모두 허탕이었다.

한성그룹 회장 일가가 소유한 부동산에서는 구민아를 찾아내지 못했다.

가능성은 두 가지였다.

김동이 찾지 못하는 곳에 숨었거나, 그게 아니라면 외국으로 도망쳤단 뜻이었다.

김동이 두 손 두 발 다 들었다는 듯 고개를 절레절레 저었다.

"전 구민아가 어디에 숨어 있는지 도저히 모르겠습니다."

임재민이 고개를 갸웃거리며 물었다.

"이미 초저녁에 해외로 도망친 거 아닐까요?"

김동은 그 의견에 회의적이라는 듯 고개를 다시 저었다.

"구민아가 해외로 도망쳤으면 이미 국정원과 경찰에서 출입국 수속을 조회해 알아냈을 거야. 그러나 내가 해킹해 본 바에 따르면 국정원과 경찰 역시 전혀 감을 못 잡는 중이야."

임재민은 구민아가 해외로 도망쳤다는 가설을 포기하지 않았다.

"국정원과 경찰이 뇌물을 먹었다면 모르는 척해 주지 않을까요?"

"아니, 그런 것 같지는 않아. 국정원과 경찰은 모든 공항과 항만에 경보를 띄워 놨어. 이건 미리 짜 놓은 시스템으로 작동되는 거라, 한두 명이 관여해서는 절대 덮을 수 없는 거야."

임재민이 다시 물었다.

"그들이 밀항했다면요?"

김동이 임재민의 머리를 쥐어박았다.

"인마, 밀항이 그리 쉬운 줄 아냐? 더구나 우린 휴전국가잖아. 출입국 관리가 다른 나라보다 훨씬 빡셀 수밖에 없다고. 더구나 구민아처럼 최상류층 집 자식이 더러운 화물칸에 숨어서 밀항한다는 건 내 상식에서는 있을 수 없는 얘기야."

두 사람의 대화를 묵묵히 듣던 우건이 김동에게 불쑥 물었다.

"자넨 그들이 아직 한국에 있을 거라 생각하는가?"

김동이 고개를 끄덕였다.

"제 직감은 그렇습니다."

"그럼 감시목록을 지금보다 더 늘려 보게."

"예?"

"한성그룹 회장 일가뿐 아니라, 방계까지 싹 다 조사해 보라는 말일세. 그리고 한성그룹이 그룹 차원에서 소유한 부동산 역시 같이 조사해 보게. 그럼 뭔가 나오는 것이 있을 거야."

김동이 고개를 살짝 저었다.

"그럼 감시목록이 너무 방대해지지 않을까요? 저와 임 사제 두 명이서 그걸 다 커버하기는 솔직히 어려울 것 같습니다."

"경찰을 이용하게."

김동이 눈을 크게 뜨며 물었다.

"경찰을요?"

"그래. 경찰이 자네 일을 대신 하게 만드는 거지. 자넨 혼자지만 한국에 있는 경찰은 수만 명이 아닌가. 그들을 움직이면 자네는 여기서 손가락 몇 개로 일을 처리할 수 있겠지."

총명한 김동은 우건이 의도하는 바를 바로 이해했다.

김동과 임재민은 그날 바로 경찰 전산망을 해킹했다.

해킹에 성공한 다음에는 전국에 있는 한성그룹 부동산을 전부 수색하라는 가짜 명령서를 경찰 전산망에 슬쩍 끼워 두었다.

가짜 명령서를 받은 경찰들은 관할구역을 돌며 한성그룹 소유의 부동산을 뒤지기 시작했다.

서울 강남부터 전라도 신안(新安)에 이르기까지 수십 군데가 넘는 장소를 수색했다.

효과는 그 다음 날 바로 나타났다.

김동은 해킹한 전산망을 이용해 지방경찰이 올린 보고서를 가로챘는데, 그중 하나가 그의 신경을 잔뜩 건드린 것이다.

신이 난 김동이 달려와 사진 한 장을 내밀었다.

"이걸 좀 보십시오."

우건은 김동이 건넨 사진을 살펴보았다.

충남 태안(泰安)에 있는 가의도(賈誼島)란 섬의 위성지도였는데, 마을 서쪽에 있는 건물에 빨간 동그라미가 쳐져 있었다.

우건이 사진을 돌려주며 물었다.

"이 섬이 왜?"

"가의도에는 한성그룹이 고위 임원의 휴가를 위해 지어놓은 해안 별장이 하나 있습니다. 그런데 제가 경찰 전산망에 몰래 끼워 넣은 가짜 명령서에 속아 이 별장을 조사한 경찰이 올린 보고서에 따르면 해안 별장을 지키는 경호원들의 제지로 안을 수색할 수 없었다고 합니다. 별장 안으로 들어오고 싶으면 수색영장부터 먼저 제시하란 거지요. 가의도를 맡은 경찰은 당연히 수색영장이 없어 안에 들어가보지 못했는데 그냥 포기하기에는 뭔가 아쉬웠던 모양입니다. 가의도에 있는 어촌마을에 들러 마을사람들에게 수소문해 본 결과, 불과 며칠 전에 커다란 배가 수상해 보이는 손님 20여 명을 해안 별장에 내려 주더라는 겁니다. 손님 대부분이 건장한 체격을 지닌 남자였는데, 풍기는 분위기가 아주 살벌해서 쉬러온 거냐고 물어볼 엄두조차 나지 않았답니다."

우건은 바로 지시를 내렸다.

"김은과 김철 두 명에게 가의도를 찾아 경찰이 올린 보고서 내용이 맞는지 먼저 확인해 보게 하게. 맞다면 특무대가 파견한 고수가 있을 테니까 너무 가까이 접근하진 말라 하게. 그리고 만약 경찰이 작성한 보고서 내용이 모두 맞다면 내게 연락한 다음, 가의도로 가는 배를 대절해 놓으라 하게."

"알겠습니다."

김동은 쾌영문에 돌아가 우건의 지시를 전했다.

그날 저녁, 원공후의 허락을 받은 김은과 김철은 태안 가의도로 내려갔다.

원공후는 태안으로 출발하는 제자들에게 조심하라 신신당부했다.

전에 제자인 홍대곤을 이런 식으로 잃은 적이 있어 원공후로서는 잔소리를 할 수밖에 없었다.

지금으로부터 몇 달 전, 임재민은 부산에 사는 고모와 사촌동생이 동반 자살했다는 비보를 접했다.

원공후는 바로 임재민에게 홍대곤과 김은을 딸려 보내 무슨 일인지 알아보란 지시를 내렸다.

한데 그날 저녁, 부산에 도착한 홍대곤과 김은은 임재민의 고모와 사촌동생의 죽음을 조사하던 중 혈사방 부방주 사안랑 유세건이 펼쳐 놓은 함정에 빠졌다.

함정에 빠진 홍대곤과 김은은 최대한 저항해 보았지만 결과는 그리 좋지 못했다.

홍대곤이 사안랑 유세건의 잔혹한 살수에 죽임을 당한 것이다.

대노한 원공후는 우건과 함께 부산에 내려가 제자를 죽인 혈사방에 복수했다.

그리고 혈사방이 속한 제천회 범천단을 부산에서 완전히 지워 버렸다.

다행히 이번에는 그런 일이 일어나지 않았다.

당시 홍대곤과 김은, 임재민 세 명은 실력이 떨어졌다.

그리고 강호의 귀계(鬼計)를 겪어 본 적이 없어 치명적인 실수를 저질렀다.

그러나 태안 가의도를 찾은 김은과 김철은 전보다 실력이 일취월장했다.

그리고 강호 경험 역시 제법 쌓인 상태였다.

또 그들이 익힌 분영은둔은 강호일절로 불리기에 전혀 손색없어 가의도 해안 별장을 정찰하란 지시를 완벽히 수행했다.

정찰에 성공한 김은은 바로 서울에 있는 김동에게 결과를 전했다.

그리고 김동은 수연의원에 달려와 결과를 보고했다.

"큰형, 아니 대사형 말로는 확실한 것 같답니다."

"가의도로 가는 배편은 준비되었나?"

"예. 튼튼한 놈으로 준비해 놓았답니다."

"그럼 바로 출발하지."

"운전은 제가 하겠습니다."

우건과 김동은 태안으로 내려가기 위해 쾌영문 주차장에 주차해 둔 중형차로 걸어갔다.

한데 뒷좌석에 선객(先客)이 있었다.

원공후가 뒷좌석 하나를 차지하고 있었던 것이다.

원공후가 뒷좌석 창문을 내리며 우건에게 물었다.

"이번에 크게 한판 하신단 말을 들었는데 사실입니까?"

우건은 말없이 고개를 끄덕였다.

원공후가 어깨를 으쓱거렸다.

"그럼 저도 함께 가겠습니다. 백짓장도 맞들면 낫다는데 한 명이라도 더 있는 게 낫지 않겠습니까? 게다가 제자 놈들이 행여 실수라도 해서 주공의 일을 망치면 큰일이 아닙니까?"

말은 그렇게 했지만 얼굴에는 제자들을 걱정하는 사부의 근심이 그대로 나타나 있었다.

그렇게 해서 세 명으로 늘어난 일행은 밤이 찾아온 고속도로를 이용해 태안에 도착했다.

먼저 내려와 태안 시내 모텔에서 기다리던 김은, 김철과 합류한 일행은 다음 날 새벽, 미리 빌려 놓은 보트에 올라 가의도로 출발했다.

바다에 나가려면 해경에 출항신고를 해야 하지만 좋은 일로 가는 게 아닌 탓에 신고를 건너뛰었다.

보트는 김은이 조종했다.

쾌영문에 들어오기 전까지는 자동차운전 외에는 관심이 없던 그였지만, 지금은 보트와 같은 선박 조종은 물론이거니와 헬리콥터, 개인비행기까지 사람이 탈 수 있는 모든 교통수단의 조종법을 배우는 중이었다.

김은의 자동차 운전 실력은 프로 레이싱 드라이버에 버금갔다.

아버지의 갑작스러운 죽음이 아니었다면 지금쯤 해외에 나가 카레이서로 활동했을 가능성이 높을 만큼 재능과 실력이 뛰어났다.

한데 그 재능이 단순히 자동차에만 국한된 게 아닌 모양이었다.

김은은 작은 보트를 마치 아우토반을 달리는 스포츠카처럼 조종해 가의도 근처에 도착했다.

가의도 선착장으로는 가지 않았다.

선착장에 배를 대면 마을 주민이 그들을 볼 가능성이 높아 아예 인적이 드문 해안가를 택했다.

우건은 김동과 김철의 팔을 잡은 상태에서 일보능천을 펼쳐 5미터가 넘는 거리를 단숨에 주파했다.

둘째가라면 서러울 정도로 신법에 자신 있는 원공후조차

감탄을 금치 못했다.

곧 김은을 등에 업은 원공후가 해안에 도착함으로서 일행은 낙오하는 사람 없이 모두 가의도에 발을 딛을 수 있었다.

어제 가의도를 정찰한 김은과 김철이 앞장서서 한성그룹 소유의 해안 별장으로 일행을 안내했다.

나무가 빽빽이 자란 산등성이를 빠르게 넘었을 때였다.

모래사장이 깔린 해안가 위에 근사한 별장 하나가 서 있었다.

별장을 포함한 일대 전체가 한성그룹 소유인 듯 철조망이 둘려져 있었지만 일행에게는 그다지 큰 문제가 아니었다.

신법을 펼쳐 철조망을 넘은 일행은 곧장 별장으로 접근했다.

작전은 따로 없었다.

정면으로 돌파하는 게 작전이라면 작전이었다.

복면으로 얼굴을 가린 일행은 별장 근처를 먼저 정찰했다.

한성그룹 보안팀 소속으로 보이는 10여 명이 총과 칼, 검으로 무장한 상태에서 진입로와 앞, 뒷문을 지키는 상태였다.

일행은 진입로를 따라 빠르게 이동했다.

"적이다!"

"놈들이 왔다!"

곧 일행을 발견한 적들이 소리를 지르며 진입로를 차단했다.

우건은 고개를 돌려 뒤를 보았다.

김동과 김철이 잔뜩 긴장해 있었다.

삼형제의 맏형이며 쾌영문 대제자인 김은은 그간 우건, 원공후를 따라다니며 실전을 겪은 덕분에 눈빛이 평상시와 다름없었지만, 후방지원을 주로 맡은 김동과 김철은 눈동자가 계속 흔들렸다.

우건은 그들의 긴장을 풀어 주기 위해 처음부터 강하게 나갔다.

쉬앙!

청성검을 뽑기 무섭게 섬전과 같은 생역광음을 뿌렸다.

맨 앞에서 달려들던 적 하나가 그대로 가슴이 뚫려 날아갔다.

그때, 측면으로 움직이던 적 하나가 허리춤에서 권총을 뽑았다.

우건이나 원공후는 적이 권총을 조준하는 모습을 지켜보다가 침착하게 피할 수 있었지만 김 씨 삼형제는 아니었다.

우건은 청성검을 앞으로 던졌다.

쏜살같이 날아간 청성검이 권총을 조준한 적의 팔을 어

깻죽지부터 뎅강 잘라 냈다.

적이 비명을 지르며 뒤로 물러섰다.

비검만리로 권총을 든 적의 팔을 잘라 버린 우건은 섬영보로 거리를 좁히며 공중에 뜬 청성검을 격공섭물로 빨아들였다.

청성검은 마치 검집을 찾아 들어가는 것처럼 우건의 손으로 빨려 들어갔다.

우건은 청성검을 잡기 무섭게 고개를 숙였다.

머리 위로 단도, 표창 등이 씽 하는 소리를 내며 지나갔다.

옆으로 한 바퀴 회전한 우건은 청성검을 위로 쳐올렸다.

파파팟!

선도선무가 만든 날카로운 검광이 적 두 명의 가슴과 머리를 훑으며 지나갔다.

그때, 좌우에서 러시아제 돌격소총을 든 적이 나타났다.

총기관리가 엄격한 한국에서 이 정도 화기로 무장했다는 말은 밀수입하는 루트가 있단 뜻이었다.

우건은 방금 죽은 적이 바닥에 떨어트린 칼을 철혈각의 수법으로 걷어찼다.

빗살처럼 날아간 칼이 소총을 든 적의 가슴에 정확히 틀어박혔다.

칼에 실린 힘이 워낙 엄청난 탓에 적은 가슴에 칼이 박힌 상태로 떠올라 3미터를 더 날아갔다.

그러나 소총을 든 적은 하나가 아니었다.

그 사이 두 번째 적이 소총 방아쇠를 당겼다.

탕탕탕탕!

연발로 갈긴 탄환이 우건이 있던 자리를 빗살처럼 갈랐다.

그러나 우건은 이미 그 자리에 없었다.

공중으로 뛰어올라 탄환을 피한 우건은 몸을 뒤집으며 청성검을 밑으로 찔렀다.

파파팟!

유성추월이 만든 검광이 말 그대로 유성처럼 지면에 작렬했다.

"크아아악!"

소총을 든 두 번째 적이 갈가리 찢겨 날아갔다.

10여 초가 채 지나가기 전에 별장 현관과 이어진 진입로에는 적의 피와 탄피, 그리고 매캐한 화약 냄새로 가득했다.

그때였다.

우건을 쫓아오던 원공후가 소리쳤다.

"수류탄이다! 피해!"

그 말에 우건이 막 고개를 들었을 때였다.

적 세 명이 공처럼 생긴 무언가를 던졌다.

우건은 미간을 찌푸렸다.

우건은 수류탄을 피할 수 있었다.

그러나 그가 피하면 뒤에서 따라오던 김 씨 삼형제가 수류탄 파편을 뒤집어쓸 터였다.

우건은 오히려 앞으로 달려가며 청성검 검자루를 두 손으로 꽉 쥐었다.

그리고는 청성검에 내력을 계속 밀어 넣었다.

고오오오!

청성검의 검봉에 맺힌 푸른색 검광이 점점 짙어지다가 어느 순간 폭발하듯 확장되며 파도처럼 우건 앞으로 밀려갔다.

그와 동시에 수류탄 세 개가 우건 앞에 떨어졌다.

콰콰콰쾅!

고막을 찢을 것 같은 엄청난 폭음과 함께 수류탄 파편이 우박처럼 쏟아졌다.

위력이 워낙 강해 우건이 펼친 방어막 하나가 걸레처럼 찢어졌다.

우건은 두 번째 방어막을 펼쳤다.

쿵쿵쿵쿵!

두 번째 방어막 역시 곧 수류탄 파편에 박살 나 흩어졌다.

우건은 세 번째 방어막을 펼치며 뒤로 물러섰다.

수류탄 파편은 두 번째 방어막을 뚫으며 힘을 다 소진한 듯 세 번째 방어막 앞에서는 맥을 추지 못했다.

바로 방어막을 회수한 우건은 그대로 뛰어오르며 청성검을 세 곳으로 찔러 갔다.

"으악!"

"크윽!"

수류탄을 던진 적 세 명이 생역광음에 미간이 뚫려 쓰러졌다.

우건은 지상으로 내려서며 참았던 숨을 길게 내쉬었다.

방금 전에 펼친 방어막은 천지검법의 또 다른 절초 중 하나인 후랑추전(後浪推前)이었다.

내력 소모가 막심한 수법이라 잘 쓰지 않는 초식이었는데 상황이 급해 어쩔 수 없었다.

우건이 보여 준 신위가 워낙 대단했던 탓에 전투는 잠시 소강상태에 접어들었다.

겁을 집어먹은 적은 물러서기 바빴고 원공후와 김 씨 삼형제는 경탄 어린 시선으로 우건을 바라봤다.

그때였다.

전장에 처음 보는 적 네 명이 새로 가세했다.

새로 가세한 적의 실력이 만만치 않은 듯했다.

우건의 신위에 겁을 집어먹은 적들이 내심 안도하는 표정을 지은 것이다.

우건은 그들을 자세히 살펴보았다.

한 명은 머리가 반쯤 벗겨진 50대 사내였는데 작은 얼굴에 매부리코, 찢어진 눈, 메기 같은 입술이 오밀조밀 모여 있었다.

음침한 느낌을 주는 자라 상대하기가 쉽지 않을 듯했다.

그 옆에는 붉은색 운동복과 검은색 축구화를 착용한 스포츠형 머리의 건장한 청년이 서 있었다.

태양혈이 있는 관자놀이 쪽이 혹처럼 튀어나와 있는 것을 보면 외공을 익힌 듯했다.

맨 왼쪽에는 30대 중후반으로 보이는 여자가 서 있었다.

몸이 전체적으로 둥글둥글해 푸근한 인상을 주었는데 붉은색 윗옷 소매가 한복처럼 넓게 퍼져 있어 두 손이 보이지 않았다.

우건의 시선이 가운데 서 있는 마지막 사내에게 향했다.

도를 든 40대 중년 사내였는데 기도가 그야말로 칼날처럼 날카로워 개성이 만만치 않은 다른 세 명의 기운을 압도했다.

중년 사내가 먼저 입을 떼었다.

"김포공항에서 무언객을 해치운 게 너희들인가?"

우건은 대답 대신, 그에게 되물었다.

"특무대 제로팀에서 나왔소?"

중년 사내는 부정하지 않았다.

"난 제로팀 소속 도중도(刀中刀) 양척기(梁斥棄)다. 그리고 내 옆에 있는 이들은 한성그룹 기획조정실 산하의 특수

보안팀을 이끄는 추옹(醜翁) 부형관(夫炯寬), 철담신장(鐵膽神將) 김혁(金赫), 암향여래불(暗香如來佛) 옥소인(玉小仁)이고. 우리가 먼저 정정당당하게 신분을 밝혔으니까 너희들도 무인답게 복면을 벗고 통성명을 하는 것이 어떤가?"

참다못한 원공후가 버럭 소리쳤다.

"정정당당? 개 풀 뜯어 먹는 소리 하고 자빠졌네. 구린 놈들 뒷구녕이나 닦아 주며 사는 놈들 입에서 정정당당 같은 소리가 나오다니 기가 차고 똥이 찬다, 이놈들아! 정정정당당하고 싶으면 가서 구민아라는 년 하고 그년 애비, 그년 할애비 몽땅 다 나오라고 해라! 내가 좀 봐야겠다고 말이다!"

양척기의 표정이 전보다 더 싸늘해졌다.

"입에 걸레를 문 놈이군."

원공후가 목에 핏대까지 세워 가며 소리쳤다.

"난 입에 걸레를 물었지만 네놈은 뒤가 구리지. 가서 사람들에게 물어봐라. 입이 험한 놈이 싫은지, 뒤가 구린 놈이 싫은지. 아마 백이면 백 다 너처럼 뒤가 구린 놈을 싫다고 할 게다. 개폼은 이제 그만 잡고 덤빌 건지, 말 건지나 결정해!"

원공후의 악담은 효과가 바로 나타났다.

스포츠 머리에 태양혈이 불쑥 튀어나온 철담신장 김혁은

원공후가 악담을 퍼붓기 시작할 때부터 얼굴이 붉으락푸르락했다.

그리고 원공후의 악담이 막 끝났을 때는 다신 입을 벌리지 못하게 하겠다는 듯 번개같이 몸을 놀려 원공후를 향해 짓쳐들어왔다.

"멧돼지 새끼가 따로 없구나!"

원공후는 끝까지 약을 올리며 백사보로 김혁의 공격을 가볍게 피했다.

김혁은 절대 놓치지 않겠다는 듯 입술까지 꽉 깨물며 계속 덤볐지만 그의 상대는 원공후가 아니었다.

우건이 김혁의 앞을 막아서며 그의 공격을 옆으로 슬쩍 흘려보냈다.

김혁을 시작으로 한성그룹 기획조정실 산하 특수보안팀을 이끈다는 추옹 부형관, 암향여래불 옥소인 역시 몸을 날렸다.

추옹 부형관은 곧장 원공후를 향해 짓쳐들어왔지만 원공후는 이번에도 백사보로 멀찍이 몸을 피해 부형관을 떼어냈다.

그 대신, 김 씨 삼형제가 부형관을 삼재진(三才陣)으로 포위했다.

김 씨 삼형제는 처음에 부형관이 아니라, 암향여래불 옥소인을 상대하려 했다.

옥소인은 둥글둥글한 인상해 푸근해 보이는 미소를 짓고 있어 삼형제가 보기에 만만했던 모양이었다.

그러나 경험 많은 원공후는 추옹, 김혁, 옥소인 세 명 중에 상대하기 가장 껄끄러운 고수가 옥소인임을 대번에 알아보았다.

김 씨 삼형제에게 옥소인을 상대하라 지시했다가는 쾌영문에 향냄새가 끊이지 않을 것 같았다.

재빨리 제자들에게 부형관을 상대하라는 전음을 보낸 원공후는 옥소인이 본격적으로 손을 쓰기 전에 쾌영산화수로 선공을 가했다.

원공후를 본 옥소인의 미소가 좀 더 짙어졌다.

"특이한 체형을 가지신 분이군요."

옥소인은 신법을 펼쳐 원공후의 쾌영산화수를 가볍게 피해 냈다.

신법이 아주 능란해 마치 물이 흐르듯 자연스러웠다.

선공을 피한 옥소인은 손을 덮은 소맷자락을 가볍게 흔들었다.

쉬익!

날카로운 파공음이 귀청을 찢는 순간, 손톱만한 쇠구슬 10여 개가 산탄총 탄환처럼 퍼져 원공후를 덮쳐 왔다.

그녀의 소맷자락에 정신을 집중했던 원공후는 백사보로 슬쩍 피했다.

쇠구슬 하나가 허벅지를 스쳤지만 옷이 찢어지는 선에서 피해를 최소화했다.

묵애도를 뽑은 원공후는 묵애도법을 펼치기 위해 백사보로 접근을 시도했다.

한데 뭔가 이상했다.

허벅지에 국소마취를 한 것처럼 다리가 뻣뻣해진 것이다.

"젠장, 독을 발라 뒀군."

원공후는 급히 물러서며 왼팔로 독이 퍼지지 못하게 상처 주위를 점혈하려 했다.

그러나 옥소인은 기다렸다는 듯 쇠구슬과 독침, 동전과 같은 암기를 발출하여 점혈할 틈을 주지 않았다.

원공후는 점점 말을 안 듣는 한쪽 다리를 억지로 움직여 옥소인이 펼치는 암기세례를 가까스로 피해 냈다.

처음에는 암기가 빗나가는 거리가 10센티미터였다면 지금은 1, 2센티미터에 불과했다.

빠르게 거리가 줄어들고 있었던 것이다.

그런데다 옥소인이 던지는 모든 암기에는 독이 발라져 있었다.

이미 중독당한 상황에서 독 암기를 하나 더 맞는다면 결과는 뻔했다.

일목구엽심법의 성취가 높아진 덕분에 얼마간은 버틸 수

있을 테지만 몇 분이 지난 후에는 아예 다리를 쓰지 못할 터였다.

원공후에게 남은 유일한 기회는 독이 퍼지기 전에 옥소인을 해치우는 것이었다.

마음을 굳게 먹은 원공후는 비장의 한 수인 일투삼낙을 바로 꺼냈다.

원공후가 소매 속에 숨겨 둔 장치로 쇠구슬을 발사하는 순간.

눈치 빠른 옥소인은 바로 횡으로 움직였다.

그녀 자신이 암기의 고수인 탓에 암기를 피하는 가장 확실한 방법이 옆으로 움직이는 것임을 아는 것이다.

만약 옆으로 피하지 않고 물러나며 피했다면, 연달아 날아드는 암기를 막기 어려웠다.

옥소인은 일투삼낙으로 쏘아 보낸 첫 번째 쇠구슬을 가볍게 피해 냈다.

아니, 피했다고 생각했을 때였다.

쇠구슬이 폭발하며 엄청난 섬광을 뿜어냈다.

섬광에 눈이 먼 옥소인은 순간적으로 시야를 잃어 처음으로 당황하는 모습을 드러냈다.

그러나 여기서 일반 고수와 암기 고수 간의 차이가 드러났다.

일반 고수였다면 제자리에서 최대한 방어하며 시력이

다시 회복되기만을 기다렸을 것이다.

그러나 암기 고수는 발이 멈추는 순간이야말로 위험하다는 것을 아는 탓에 위험을 감수한 상태에서 몸을 끊임없이 움직였다.

그때였다.

원공후가 일투삼낙 수법으로 쏘아 보낸 두 번째 쇠구슬이 다시 폭발했다.

이번에는 섬광이 아니라 작은 쇠구슬이 튀어나왔다.

옥소인은 거리를 꽤 벌렸지만 그중 두 개가 왼 어깨와 허리에 박혀들었다.

미소가 사라진 옥소인의 얼굴에 고통스런 표정이 떠올랐다.

그러나 어쨌든 직격은 피했다는 게 중요했다.

원래는 세 번째 구슬이 일투삼낙의 핵심이었지만 옥소인이 거리를 벌린 덕분에 멀찍이 빗나가 버렸다.

시야가 정상으로 돌아온 옥소인은 급히 눈을 돌려 원공후를 찾아보았다.

한데 원공후가 보이지 않았다.

일투삼낙을 펼친 다음 땅으로 꺼졌는지 하늘로 솟았는지 찾을 수가 없었다.

위기감을 느낀 옥소인은 사방에 미친 듯이 암기를 쏘아 보냈다.

가진 암기를 다 쓰려는 듯 사방으로 암기가 날아갔는데 마치 2차 대전 당시 항공모함이 근접 폭격을 가하기 위해 날아드는 적의 급강하 폭격기를 향해 대공포를 쏘아 대는 것 같았다.

그러나 숨을 공간이 하늘밖에 없는 급강하 폭격기와는 달리, 사람은 숨을 곳이 한 군데 더 존재했다.

바로 땅 밑이었다.

쉬익!

땅 밑에서 솟구친 원공후가 묵애도로 묵애도법의 절초 현월현천(弦月縣天)을 곧장 펼쳐 갔다.

초승달처럼 생긴 묵광(墨光) 세 개가 옥소인의 하체를 베어 갔다.

옥소인은 마치 뒤에서 누가 잡아끈 것처럼 재빨리 물러나 묵광을 피해 냈다.

그러나 현월현천은 시작에 불과했다.

원공후는 백사보로 쫓아가며 거경분수(巨鯨噴水)를 펼쳤다.

묵애도를 감싼 검은색 도광이 레이저처럼 옥소인을 찔러 갔다.

깜작 놀란 옥소인은 다급히 옆으로 보법을 밟아 피했지만 거경분수가 만든 도광은 그녀의 옆구리 살점을 뭉텅이로 떼어 냈다.

옥소인은 급히 왼손을 뻗어 밖으로 빠져나오려는 내장을 집어넣으며 오른손으로 철침을 쏘아 보냈다.

원공후는 피하는 대신, 앞으로 나아가며 묵령거신(墨靈鋸神)을 펼쳤다.

10여 개로 늘어난 도광이 사방에서 거인의 손가락처럼 옥소인을 찍어 눌러 갔다.

옥소인이 쏘아 보낸 철침은 이미 묵령거신이 만든 도광에 잘려 튕겨 나간 후였다.

옥소인은 거인의 손가락에서 빠져나가기 위해 미친 듯이 물러섰다.

그녀가 물러설 때마다 도광이 지면에 작렬하며 흙과 먼지가 사방으로 비산했다.

그때, 공중으로 솟구친 원공후의 신형이 묵애도와 함께 옥소인을 향해 쏘아져 나갔다.

이번에는 피하기 어렵다는 생각이 든 옥소인이 같이 솟구치며 암기를 뿌렸다.

원공후는 지체 없이 묵애도를 힘껏 내리쳤다.

그 순간, 10여 개의 도광이 유성처럼 옥소인에게 쏟아져 갔다.

묵애도법에서 가장 강한 초식인 천붕지열(天崩地裂)이었다.

옥소인이 던진 암기는 천붕지열이 만든 도광과 맞닥뜨

리기 무섭게 모습을 감췄다.

그리고 천붕지열이 만든 도광 두 개가 옥소인의 양 어깨를 동시에 갈라 버렸다.

졸지에 양팔을 모두 잃은 옥소인은 바닥에 떨어지며 몇 바퀴를 굴러갔다.

원공후는 부상당한 옥소인을 쫓아가며 다시 묵애도를 휘둘렀다.

그때였다.

벌떡 일어난 옥소인이 입을 크게 벌렸다.

깜짝 놀란 원공후는 뇌려타곤(懶驢打坤)으로 바닥을 한 바퀴 굴렀다.

옷이 더러워지면 큰일 나는 줄 아는 정파인에게는 볼썽사납게 땅을 구르는 뇌려타곤이 한심한 수법일지 모르지만 원공후는 체면 따위를 생각할 사람이 아니었다.

옥소인이 입으로 쏘아 보낸 독침은 원공후의 머리 위를 아슬아슬한 차이로 빗나갔다.

그만큼 위험천만한 순간이었다.

양팔이 잘려 이젠 암기를 쏘지 못할 거라 생각한 상황에서 입으로 암기를 쏘아 보냈으니 놀랄 수밖에 없었던 것이다.

원공후는 묵애도로 옥소인의 심장에 구멍을 뚫은 후에야 바닥에 주저앉아 거친 숨을 몰아쉬었다.

그러나 숨을 몰아쉬는 것만으로는 해결이 되지 않은 듯 이내 핏덩이를 토했다.

방금 전에 펼친 묵애도법 네 초식은 모두 엄청난 내력이 필요한 초식이었다.

평소에는 그중 한 초식만 써도 내력이 거의 다 소진돼 두 초식을 연계해 펼치기가 아주 힘들었다.

그러나 중독당한 원공후가 시간이 지날수록 더 불리한 상황이었다.

원공후는 지금보다 더 불리해지기 전에 무슨 수를 쓰든 써야 한다고 느꼈다.

최선을 다한 후에 패하는 것은 어쩔 수 없는 일이었다.

그러나 힘이 조금이라도 남은 상태에서 지는 것은 말 그대로 치욕이었다.

그건 원공후처럼 치열한 삶을 사는 사람에게 어울리지 않는 모습이었다.

원공후는 묵애도법 한 초식만으로 강적인 옥소인을 쓰러트릴 수 없을 것 같았다.

원공후는 내상을 각오한 상태에서 묵애도법 중 가장 강한 네 초식을 연달아 펼쳐 가장 까다로운 상대라 할 수 있는 옥소인을 불귀의 객으로 만들었다.

내력의 소모가 큰 일투삼낙과 묵애도법 네 초식을 연달아 펼친 원공후는 내상을 입은 상태에서 체력까지 탈진해 버렸다.

그러나 앉아 있을 수가 없었다.

독이 다른 곳으로 퍼지지 못하도록 점혈한 상태에서 독에 잘 드는 영단을 복용했다.

원래는 잠시 앉아서 운기조식해야 영단이 가진 해독성분을 완전히 흡수할 수 있었지만 주위를 에워싼 다른 적들이 지친 그의 목숨을 호시탐탐 노리는 탓에 그럴 여유가 없었다.

원공후의 시선이 다른 싸움으로 향했다.

그때였다.

퍼엉!

강맹한 장력으로 철담신장 김혁의 가슴을 박살 낸 우건이 그대로 몸을 뽑아 올려 싸움에 참가하지 않은 도중도 양척기를 덮쳐 갔다.

양척기 역시 그냥 지켜만 보고 있지 않았다.

바로 도를 뽑아 응수했다.

곧 검수(劍手)와 도객(刀客)이 치열한 공방을 벌이기 시작했다.

두 고수가 전력을 다해 맞붙은 결과는 그 여파가 어마어마했다.

그쪽으로는 아예 발을 내딛지 못할 지경이었다.

원공후는 잠시 지켜보다가 제자들 쪽으로 걸어갔다.

김 씨 삼형제는 추옹 부형관을 맞아 아슬아슬한 싸움을 지속하는 중이었다.

원공후는 제자들이 다치기 전에 서둘렀다.

6장. 원흉(元兇)

우건이 철담신장 김혁을 첫 상대로 고른 이유는 한 가지였다.

바로 김혁이 가장 쉬운 상대이기 때문이었다.

그렇다고 김혁이 한성그룹 특수보안팀 팀장급 고수 세명 중에 가장 약하냐 물어보면 그건 또 아니었다.

우건이 상대하기에 셋 중 가장 쉽다는 뜻이었다.

원공후나, 김 씨 삼형제가 김혁을 상대했다면 꽤나 고생했을 테지만 외공을 수련한 김혁에게 파금장을 가진 우건은 천적이나 마찬가지였다.

우건은 이번 대결에서 힘을 아낄 필요가 있었다.

그의 진정한 상대는 눈앞에 있는 김혁이 아니었다.

뒤에서 팔짱을 낀 채 오만한 표정으로 지켜보는 도중도 양척기였다.

양척기를 상대하려면 힘을 아껴야 했다.

그리고 힘을 아끼려면 외공을 익힌 김혁이야말로 가장 적당한 상대인 것이다.

우건은 김혁이 펼치는 권법을 피하며 김 씨 삼형제를 관찰했다.

김 씨 삼형제는 사부에게 배운 백사보와 묵애도법, 쾌영산화수, 분영은둔, 금계탁오권, 구룡각을 모두 사용해 강적인 추옹 부형관을 협공하는 중이었다.

부형관은 구절편(九折鞭)이라 불리는 무쇠 채찍을 무기로 사용했다.

구절편은 철편 아홉 개를 끈으로 묶어 제작한 기문병기(奇門兵器)였다.

이런 독특한 기문병기를 처음 상대해 보는 김 씨 삼형제는 금세 손발이 어지러워져 어찌할 바를 몰라 했다.

또 부형관은 음험한 인상만큼이나 손속 역시 음험하기 짝이 없었다.

곳곳에 함정을 파 두어 김 씨 삼형제가 걸려들기를 기다렸다.

우건은 청성검을 깊이 찔러 김혁이 몇 발자국 물러서게

했다.

의도대로 김혁이 뒤로 물러서는 순간, 우건은 바닥에 떨어진 적의 칼을 철혈각으로 걷어찼다.

쏜살같이 날아간 칼이 구절편을 쥔 부형관의 오른팔을 찔러 갔다.

놀란 부형관은 급히 보법을 밟아 우건이 걷어찬 칼을 가까스로 피해 냈다.

우건의 급습이 부형관에게 통하지는 않았지만 성과가 전혀 없지는 아니었다.

그 틈에 흐트러진 전열을 정비하는 데 성공한 김 씨 삼형제는 다시 정신을 집중해 부형관을 상대했다.

우건이 김혁을 상대하는 틈틈이 도움을 준 덕분에 김 씨 삼형제는 용기백배해 부형관을 상대했다.

삼형제 중 가장 총명한 김동은 즉시 구절편을 상대하는 방법을 찾아내 다른 두 형제에게 전음으로 알려 주었다.

어차피 삼형제의 목표는 부형관이 다른 데 신경 쓰지 못하도록 시간을 끄는 데 있었다.

삼형제는 철저히 수비로 일관하며 부형관을 잡고 늘어졌다.

삼형제가 안정을 찾는 모습을 본 우건은 고개를 돌려 원공후를 찾았다.

원공후는 암향여래불 옥소인을 상대하는 중이었다.

독이 발린 옥소인의 암기에 다친 듯 원공후의 신법이 예전 같지 않았다.

그러나 우건은 크게 걱정하지 않았다.

최근 일목구엽심법과 묵애도법이라는 신공절학을 절차탁마한 원공후는 하루가 다르게 강해지는 중이었다.

거기다 원공후는 산전수전 공중전까지 다 겪은 인물이라 물가에 내놓은 어린애처럼 불안한 김 씨 삼형제와는 차원이 달랐다.

역시 예상대로 원공후는 분영은둔과 묵애도법을 이용해 옥소인을 쓰러트렸다.

내력 소모가 막심한 듯 상태는 별로 좋아 보이지 않았지만 어쨌든 둘 중 살아남은 것은 원공후였다.

원공후의 승리를 확인한 우건은 철담신장 김혁에게 집중했다.

김혁으로서는 미치고 팔짝 뛸 노릇이었다.

원공후의 원색적인 도발에 넘어가 기세 좋게 먼저 달려들었을 때는 그야말로 자신감이 하늘을 찌를 지경이었다.

한데 그의 상대라 여겼던 원공후가 내뺌과 동시에 감정이 전혀 느껴지지 않는 목석(木石)같은 놈이 그의 상대로 정해졌다.

김혁은 우건의 눈빛에서 감정을 전혀 느끼지 못해 답답했다.

복면을 착용해 표정 역시 알아볼 수 없기는 마찬가지였
다.

김혁은 우건의 몸을 감싼 서늘한 한기에 살짝 움찔했지
만 그가 20년 가까이 수련한 권법과 외공을 믿기로 했다.

한데 시작부터 좋지 않았다.

놈은 자신의 공격을 가볍게 피했다.

가볍게 피하는 것까지는 그런대로 참을 만했다.

한데 놈이 대결 중에 한눈을 파는 것이 아닌가.

아니, 한눈을 파는 수준을 넘어 추옹 부형관과 맞붙은 세
놈을 도와주기까지 했다.

화가 머리꼭대기까지 치솟아 그야말로 뚜껑이 거의 열리
기 직전이던 김혁은 그가 아는 모든 수단을 동원해 공격했다.

그러나 놈은 매번 섬전과 같은 신법으로 요리조리 빠져
나가 그의 약을 살살 올렸다.

그때였다.

옥소인이 팔이 긴 중늙은이에게 당해 숨이 끊어지는 광
경이 얼핏 눈에 들어왔다.

옥소인에게 상당히 의지하던 김혁은 당황할 수밖에 없었
다.

김혁은 실력이 뛰어난 옥소인이 중늙은이를 어렵지 않게
해치울 수 있으리라 철석같이 믿었다.

옥소인은 그로서도 상대하기가 여간 껄끄럽지 않았다.

한데 오히려 입에 걸레짝을 문 것 같은 중늙은이가 먼저 옥소인을 해치운 것이다.

김혁이 뒤로 물러서는 순간, 지금까지 피하기만 했던 상대가 갑자기 앞으로 뛰어들었다.

마치 동료가 옥소인을 죽인 것에 상당한 자신감을 얻은 듯한 모습이었다.

김혁은 옳다구나 싶어 함정을 준비했다.

당황해 물러서는 척하다가 재빨리 반격하여 적을 단숨에 거꾸러트릴 계획을 세운 것이다.

상황은 김혁의 예상대로 흘러갔다.

놈이 제 죽을 자린지도 모르고 함정 속으로 성급히 뛰어들었다.

김혁은 속으로 쾌재를 부르며 비장의 절초를 펼쳤다.

부웅!

김혁이 내지른 묵직한 주먹이 적의 미간을 그대로 찔러갔다.

그때였다.

놈이 갑자기 엄청난 속도로 몸을 회전시키더니 검을 쥐지 않은 왼손을 앞으로 쭉 뻗었다.

놈이 싸움이 벌어진 후 처음으로 장력을 펼치는가 싶어 살짝 긴장하는 순간, 쇠못처럼 날카로운 장력 한 줄기가 그의 가슴으로 곧장 날아들었다.

자신의 외공을 믿었던 김혁은 손을 거두지 않았다.

가슴에 한 대 맞아 준 다음, 주먹으로 미간을 때려 부술 생각이었다.

한데 적의 장력이 명치에 틀어박히는 순간, 김혁은 정신이 아찔해지며 각고의 노력 끝에 완성한 외공이 모래성처럼 허물어지는 허무한 느낌을 받았다.

그리고 그와 동시에 온몸의 근육이 찢겨 나가는 듯한 극통이 갑자기 엄습했다.

김혁은 살기 위해 물러섰지만 적의 검이 훨씬 더 빨랐다.

그야말로 섬광처럼 날아든 검이 김혁의 미간을 꿰뚫어 버렸다.

김혁의 의식은 거기서 끊어졌다.

파금장과 생역광음으로 김혁을 없앤 우건은 지체 없이 도중도 양척기를 향해 몸을 날리며 유성추월을 펼쳐 갔다.

양척기 역시 칼을 뽑음과 동시에 몸을 솟구치며 초식을 펼쳐 왔다.

카아앙!

검과 도가 부딪치는 순간, 엄청난 돌풍이 사방으로 불어 갔다.

첫 번째 격돌이 있은 직후, 양척기는 전혀 충격을 받지 않았다는 듯 공중에서 가볍게 몸을 뒤집어 지상으로 내려왔다.

반면, 우건은 3미터를 밀려난 후에야 간신히 자세를 다시 잡을 수 있었다.

양척기의 내력이 우건보다 앞선단 뜻이었다.

양척기는 앞서 상대한 무언객 최욱보다 한 수 위의 고수였다.

우건의 생각만은 아니었다.

최욱은 제주도에 있는 구룡문 본문으로 돌아가기 전에 특무대 제로팀의 전력에 대해 자세히 말해 주었는데 도중도 양척기는 열 명으로 이루어진 제로팀 안에서도 세 손가락 안에 꼽히는 절정고수였다.

이전에 상대한 제천회 망인단주 장린, 범천단주 성만식에 비해 전혀 떨어지는 고수가 아니었다.

전이었다면 치열한 접전이 펼쳐졌을 것이다.

그러나 우건 역시 장린, 성만식, 음월당 당주 거령신곤 진태 등과 싸우며 실력이 는 상황이었다.

내력의 성취는 지지부진했지만 그 대신에 초식에 대한 이해는 점점 좋아졌다.

양척기는 풍기는 인상처럼 날카로운 도법을 구사했다.

칼을 비스듬히 휘두르는 순간, 새하얀 도기(刀氣)가 화살처럼 쏘아져 왔다.

우건은 일검단해로 막으며 생역광음을 펼쳤다.

양척기는 칼을 올려쳐 생역광음을 막으며 발로 땅을

찍었다.

쿠웅!

진각(震脚)이었다.

우건은 급히 옆으로 이동하며 청성검을 밑으로 내려 방
어했다.

우건이 있던 자리가 움푹 파이며 흙먼지가 간헐천(間歇
川)의 용수(湧水)처럼 치솟았다.

두 사람의 대결은 삽시간에 절정으로 치달았다.

물러서는 법이 없었다.

상대가 강한 초식으로 공격하면 지체 없이 더 강한 초식
으로 맞부딪쳐 갔다.

캉캉캉캉!

검과 도가 맞부딪칠 때마다 강력한 충격파가 동심원을
그리며 퍼져 갔다.

두 사람이 뿜어내는 기파가 워낙 대단해 공기를 밖으로
밀어냈다.

즉, 일대 전체가 진공상태처럼 변했다.

진공상태에서는 공기가 주는 저항이 사라져 더 빨리, 그
리고 더 강한 공격을 펼칠 수 있었다.

그러나 반대로 숨을 쉬지 못하는 탓에 내력이 더 강한 사
람이 우위를 점할 수 있었다.

호흡을 통해 내력을 순환하지 못하는 상태에선 가진 내력,

즉 단전에 축기(蓄氣)한 내력의 양으로 승패가 판가름 나기 마련이었다.

지금 역시 마찬가지였다.

양척기의 도광이 청성검이 뿌려 내는 검광을 점차 찍어 누르기 시작한 것이다.

우건은 하는 수 없이 뒤로 물러서며 먼저 진공상태를 풀었다.

바둑으로 치면 상대에게 선수(先手)를 빼앗긴 셈이었다.

바둑은 먼저 돌을 놓는 사람이 절대적으로 유리한 탓에 뒤에 놓는 사람에게 다섯 집 반에서 여섯 집 반의 덤을 주었다.

즉, 규정상 먼저 돌을 놓은 흑(黑)쪽이 여섯 집 반을 이겨야 점수 상으로 백(白)과 동률을 이룰 수 있다는 뜻이었다.

서로 무기를 맞댄 상태에서 목숨을 노리는 생사투(生死 鬪) 역시 바둑과 비슷한 점이 많았다.

상대에게 선수를 빼앗기면 밀릴 수밖에 없다는 점이 같았다.

그리고 한 번 밀리기 시작하면 선수를 빼앗아 오기에 쉽지 않다는 점이 같았다.

더욱이 비슷한 수준의 실력을 가진 상대에게는 더 어려웠다.

우건은 급히 옆으로 섬영보를 펼쳤다.

파파팟!

우건이 피한 자리에 양척기가 뿌린 도기가 채찍처럼 떨어졌다.

회심의 공격이 실패했지만 양척기는 전열을 정비할 생각이 없는 듯했다.

보법을 밟아 따라오며 도를 위로 올려쳤다.

우건은 다시 물러서며 대해인강으로 막아 갔다.

캉캉캉!

대해인강이 만든 검광이 양척기의 도를 찍어 눌러 갔다.

그러나 양척기의 도는 대해인강이 만든 검광을 두부처럼 잘라 버렸다.

대해인강으로는 양척기의 도를 막아 내지 못했다.

우건은 더 물러서며 왼손으로 태을진천뢰를 발출했다.

쿠르릉!

은은한 뇌성과 함께 날아든 벽력같은 기운이 양척기의 허리로 곧장 짓쳐 갔다.

미간을 살짝 찌푸린 양척기는 도를 어지럽게 휘둘렀다.

도가 움직일 때마다 새하얀 도기가 실타래처럼 풀려나와 태을진천뢰가 발출한 장력 주위를 휘감았다.

쿵쿵쿵쿵쿵!

양척기는 장력이 가진 힘에 밀려 다섯 발자국 가까이

물러섰지만 결국 태을진천뢰의 강맹한 장력을 흘려보내는 데 성공했다.

태을진천뢰를 막은 양척기는 곧장 도를 휘둘러 반격해 왔다.

이번에야말로 끝장을 내겠다는 듯 전력을 다했다.

양척기가 익힌 멸절쇄혼도법(滅絕碎魂刀法)은 전반부 아홉 초식 후반부 아홉 초식으로 이루어져 있는데, 후반부 아홉 초식 중 마지막 세 초식에 진수가 들어 있다는 평가를 받았다.

양척기는 그 세 초식 중 하나인 만악멸절(萬惡滅絕)을 펼쳤다.

새하얀 도기 10여 가닥이 우건의 요혈을 맹렬히 찔러 왔다.

우건은 생역광음과 대해인강, 일검단해를 연속으로 펼쳤다.

캉캉캉캉!

검과 도기가 부딪칠 때마다 새하얀 불똥이 폭죽처럼 터졌다.

우건은 손목 통증을 참아 가며 내력을 더 끌어올렸다.

그때였다.

갑자기 공중으로 몸을 솟구친 양척기가 두 번째 초식 쇄혼귀무(碎魂歸無)를 펼쳤다.

양척기가 휘두른 도에서 튀어나온 새하얀 도기 10여 가닥이 다시 우건의 요혈을 베어 왔다.

우건은 오검관월, 성하만상, 유성추월을 머리 위로 펼쳐 내 거대한 방어막을 구축했다.

쇄혼귀무가 만든 도기가 방어막과 충돌할 때마다 우건이 디딘 바닥이 푹푹 꺼져 들어갔다.

대부분의 도기가 방어막에 막혀 사라졌지만 좌우로 크게 우회한 두 가닥은 우건의 양어깨를 살짝 스치는 데 성공했다.

호신강기로 버텼지만 옷이 찢어지며 피가 튀는 것을 막지는 못했다.

우건은 섬영보로 10여 미터를 물러선 후에야 지혈할 수 있었다.

그때, 청정점수로 바닥을 스치듯이 접근해 들어온 양척기가 마지막 초식 멸절쇄혼(滅絕碎魂)을 전개했다.

멸절쇄혼은 양척기가 발출할 수 있는 가장 많은 수의 도기를 마치 검강(劍罡)처럼 한곳에 모아 베어 오는 수법이었다.

우건은 피하지 않았다.

오히려 멸절쇄혼을 펼치는 양척기에게 접근하며 거리를 좁혔다.

이는 우건이 무모한 욕심을 부리는 게 아니었다.

사람이 다른 사람의 얼굴을 주먹으로 가격할 때, 가장 큰 타격을 주기 위해서는 팔을 끝까지 뻗어야 했다.

그래야 주먹에 힘이 실렸다.

만약, 팔을 끝까지 다 뻗지 못한 상태에서 주먹을 휘두르면 힘을 싣지 못해 원하는 충격을 주지 못했다.

양척기가 펼친 멸절쇄혼 역시 마찬가지였다.

멸절쇄혼이 가장 큰 위력을 발휘하기 전에 파고들어 그 위력을 줄일 생각이었다.

우건의 의도를 간파한 양척기가 더 빠른 속도로 멸절쇄혼을 펼쳤다.

양척기의 머리 위에서 한 가닥으로 뭉친 새하얀 도기가 그대로 우건의 머리에 떨어졌다.

우건은 청성검을 쥔 손에 힘을 주며 검신을 앞으로 쭉 밀었다.

방금 전에 적이 수류탄을 던졌을 때, 선보인 바 있는 후량추전이었다.

청성검의 검봉에 맺힌 푸른색 검광이 폭발하듯 커지다가 이내 파도처럼 넘실거리며 멸절쇄혼에 맞서 갔다.

콰콰콰콰쾅!

후량추전이 만든 검광의 파도와 멸절쇄혼이 만들어 낸 도기다발이 충돌하는 순간, 엄청난 충격파가 사방으로 퍼져 갔다.

두두두두!

장강의 뒷 물결이 앞 물결을 밀어낸다는 중원의 속담처럼 후량추전이 만든 검광의 파도는 끊임없이 앞으로 밀려갔다.

파파파팟!

반대로 양척기가 만들어 낸 도기다발은 마치 거대한 칼처럼 그런 파도 가운데를 가르며 우건의 머리를 맹렬히 베어 왔다.

초식과 초식의 싸움이었지만 승부는 누가 더 강한 인내심을 가졌는지, 그리고 누가 더 많은 내력을 소유했는지의 여부로 결정이 날 듯했다.

인내심은 우건 쪽이 월등히 앞섰다.

부동심은 촉박한 상황에서 훨씬 더 강한 위력을 발휘했다.

감정의 동요가 없어 승부 그 자체에 집중할 수 있었다.

반대로 내력의 양은 양척기가 월등히 앞섰다.

양척기의 나이를 감안해 보면 그는 최소 30년 이상 심법을 수련했을 터였다.

그리고 고도로 발전한 기술과 의학, 그리고 약학(藥學)의 도움을 받아 내력의 양을 끌어올렸을 터였다.

금룡등천단을 복용했다고는 하지만 내력을 다시 연성하기 시작한 지 이제 2년째에 불과한 우건이 따라잡기는 힘들었다.

파도를 가르려는 도기와 그런 도기를 집어삼키려는 파도의 싸움은 한동안 지속되었다.

그러나 시작이 있으면 당연히 끝 역시 있기 마련이었다.

검광의 파도가 마침내 도기를 조금씩 먹어 치우기 시작했다.

양척기는 믿을 수 없다는 듯 눈을 동그랗게 떴다.

그는 가진 내력을 전부 집어넣었지만 그를 향해 밀려오는 검광의 파도를 저지할 수가 없었다.

양척기가 고개를 돌려 우건을 보았다.

마치 어떻게 이럴 수 있느냐 묻는 듯했다.

그러나 사실 우건 역시 정확히 어떤 이유에 의해 이런 일이 벌어진 건지 알지 못했다.

다만, 천지조화인심공이 만든 정순한 내력이 절대적인 양은 많지만 순도에서 형편없이 떨어지는 양척기의 내력보다 우위에 있다는 것은 알 수 있었다.

이미 달리는 호랑이 위에 올라탄 상태였다.

이런 상황에서 먼저 내력을 거두는 것은 미친 짓이었다.

입술을 깨문 양척기는 선천지기를 내력에 섞기 시작했다.

뒤로 쭉쭉 밀리던 도기가 마침내 검광의 파도를 저지했다.

아니, 저지하는 수준을 넘어 다시 밀고 올라가기 시작했다.

이번에는 반대로 우건이 위험해진 상황이었다.

양척기처럼 상황을 반전시키기 위해서는 선천지기를 끌어올리는 특단의 대책이 필요했다.

그러나 우건은 그럴 생각이 없었다.

그에게는 양척기가 모르는 비장의 한 수가 있었다.

바로 분심공이었다.

우건은 왼손을 검자루에서 뗌과 동시에 손가락을 살짝 튕겼다.

그 즉시, 손가락에 맺혀 있던 새파란 불꽃 하나가 섬전처럼 허공을 갈라, 내력 대결에 여념이 없는 양척기를 찔러 갔다.

바로 태을문 최강 지법이라 불리는 전광석화(電光石火)였다.

내력이 분산되며 후량추전이 만든 검광의 파도가 급격히 줄어들었지만 전광석화 역시 그 이름처럼 양척기에게 날아가 그의 왼팔에 구멍을 뚫는 데 성공했다.

전광석화가 만든 새파란 불꽃이 곧 양척기의 상체를 휘감았다.

"으아아악!"

생살이 타들어 가는 고통에 비명을 지른 양척기는 곧 도를 떨어트리며 자신의 두 손을 내려다보았다.

마치 지옥불 속에 집어넣었다가 뺀 것처럼 손이 새파란

불길에 휩싸여 있었다.

불길은 이내 얼굴과 눈, 머리카락으로 옮겨 붙었다.

한편, 분심공으로 전광석화를 쏘아 보내 양척기를 죽이는 데 성공한 우건 역시 상황이 썩 좋지 못했다.

내력을 전광석화에 나누느라, 후량추전이 만든 검광의 파도가 눈에 띄게 약해진 것이다.

결국 양척기가 죽기 전에 선천지기까지 끌어올려 발출한 멸절쇄혼의 도기가 우건의 목으로 짓쳐들어왔다.

우건은 청성검을 얼굴 앞에 세우며 뒤로 허리를 젖혔다.

콰아앙!

도기가 청성검을 때리며 우건의 몸이 공중으로 붕 떠올랐다.

싸움을 멈춘 사람들의 시선이 일제히 공중을 날아가는 우건에게 못 박혀 움직일 줄 몰랐다.

우건과 양척기가 양패구상(兩敗俱傷)하면 한성그룹 진영 역시 아직 기회가 있었다.

우건이 전열에서 이탈하면 그 다음으로 위협이 되는 적은 원공후였다.

그러나 원공후 역시 암향여래불 옥소인과의 대결에서 내상을 입어 힘이 많이 떨어진 상태였다.

그렇다면 김 씨 삼형제만 남는데, 추옹 부형관과 한성그룹 보안팀 소속 10여 명이 합세할 경우 승리를 가져올 수 있을 듯했다.

반대로 원공후와 김 씨 삼형제는 간절한 마음으로 우건의 부상이 별것 아니기를 바랐다.

그때, 바닥에 떨어진 우건이 대자로 누워 한동안 움직이지 않았다.

눈에 띄는 외상은 없었지만 사실 외상보단 내상이 더 중요했다.

내상을 심하게 입어 급히 치료해야 한다면 당장 퇴각하는 수밖에 없었다.

냉정하게 따지면 은채와 경아, 그리고 은채의 부모가 남긴 혈채(血債)를 갚는 일보다 우건의 목숨이 훨씬 소중한 것이다.

원공후와 김 씨 삼형제가 간절한 표정으로 우건을 바라볼 때였다.

"휴우."

숨을 크게 한 번 내쉰 우건이 청성검으로 바닥을 짚으며 일어났다.

지금은 재로 변해 버린 도중도 양척기가 죽기 전에 선천지기까지 끌어올려 펼친 멸절쇄혼은 가공할 만한 위력이 있었다.

급히 청성검으로 방어했기에 망정이지, 그러지 않았으면 멸절쇄혼이 만들어 낸 도기에 목이 잘렸을 것이다.

우건이 거의 멀쩡한 모습으로 일어서는 순간, 적은 즉시 세 가지 부류로 나뉘었다.

첫 번째는 도망치는 부류였다.

그리고 두 번째는 무기를 버리고 항복하는 부류였다.

마지막은 우유부단한 성격을 가진 자들이었는데 둘 중 어느 쪽도 선택하지 못한 채 사태의 추이를 계속 지켜보려는 부류였다.

"도망치는 놈들부터 없애라!"

원공후의 지시를 받은 김 씨 삼형제가 도망치는 적을 추격해 단숨에 숨통을 끊었다.

그 모습은 우유부단한 성격을 가진 세 번째 부류에게 항복을 강요하기 충분했다.

곧 살아 있는 적은 모두 무기를 버리고 우건 일행 앞에 무릎을 꿇었다.

원공후는 그중 가장 강한 적이라 할 수 있는 추옹 부형관의 단전을 박살 내 다시는 무공을 익히지 못하게 만들었다.

졸개들은 김 씨 삼형제가 맡아 단전을 폐쇄했다.

원공후와 김 씨 삼형제가 전장을 정리하는 동안, 우건은 해안 별장 안으로 몸을 날렸다.

문을 부수며 안으로 뛰어든 우건은 재빨리 기파를 퍼트렸다.

그러나 기파에 걸리는 게 없었다.

우건은 급히 해안과 이어진 별장 선착장으로 달려갔다.

노인 하나와 중년 사내 하나, 그리고 20대 초반으로 보이는 젊은 여자 하나가 막 선착장에 정박해 둔 보트 위에 올라타는 중이었다.

우건은 일보능천으로 빠르게 거리를 좁히며 보트 키를 잡은 중년 사내의 등을 향해 청성검을 쏘아 보냈다.

부웅!

10여 미터를 쏜살처럼 가른 청성검이 중년 사내의 등을 뚫고 들어가서는 키를 박살 내며 보트 선체에 깊숙이 박혔다.

노인과 젊은 여자는 비명을 지르며 중년 사내를 끌어당겼다.

그러나 심장이 관통당한 중년 사내는 이미 즉사한 상태였다.

우건은 그 틈에 보트에 올라타 노인에게 물었다.

"당신이 한성그룹 회장 구동철이오?"

방금 전에 죽은 중년 사내가 아들 구장훈인 듯했다.

구동철로 보이는 노인이 욕을 하며 돌아섰다.

"우리가 누군지 알고 감히⋯⋯."

광호기경으로 구동철의 목을 단숨에 분지른 우건은 마지막 남은 젊은 여자에게 걸어갔다.

젊은 여자는 사진과 영상에서 본 구민아의 용모파기와

일치했다.

　마침내 은채와 경아, 그리고 은채의 부모를 죽인 원흉과 마주한 셈이었다.

　구민아가 겁에 질려 보트 끝으로 뒷걸음질 쳤다.

　"대, 대체 왜 이러는 거예요? 내, 내가 뭘 그렇게 잘못했다고요?"

　"은채와 경아, 그리고 은채의 부모 역시 너처럼 생각하며 죽어 갔겠지. 자신들이 대체 무슨 죄를 지었기에 이토록 참혹하게 죽어야 하는지 말이야. 물론, 그들은 지은 죄가 없었어. 죄가 있다면 재수가 없어서 너 같은 괴물과 엮였단 거겠지."

　다 포기한 듯 구민아가 앙칼진 목소리로 소리쳤다.

　"은채 그년이 대체 당신에게 뭔데 일가족을 몰살하려는 거죠? 그년이 한 번 대 주던가요? 그래서 이런 짓을 하는 건가요?"

　"은채 양과는 일면식도 없어."

　"그럼 대체 우리에게 왜 이러냐는 거냐고!"

　"그냥 불의를 끔찍이 싫어하는 사람이라 해 두지."

　우건은 무음무영지로 구민아의 마혈을 짚었다.

　갑자기 몸을 움직이지 못하게 된 구민아가 악다구니를 썼다.

　"나, 나에게 무슨 짓을 하려는 거야?"

"넌 그동안 쌓은 악업(惡業)이 무거워서 다른 방법이 필요해."

우건은 보트 계기판에 박힌 청성검을 뽑았다.

청성검이 보트에 달린 전자 장비를 고장 낸 듯 연기가 스멀스멀 올라왔다.

우건은 구민아가 써 대는 악다구니를 들으며 삼매진화를 펼쳤다.

그리고는 삼매진화를 펼친 손을 계기판에 휘두르는 순간.

계기판에 불길이 확 치솟았다.

우건은 보트에 달린 비상용 연료통을 떼어 내 계기판에 던졌다.

삼매진화와 연료통에 든 기름이 만나는 순간, 불길이 금세 보트 전체를 휘감았다.

우건은 불길을 피해 비응보로 빠져나왔다.

불길에 휩싸인 보트가 곧 폭음을 내며 폭발했다.

잔해 중 일부는 거의 10미터까지 치솟았다.

선착장에 서서 잠시 그 모습을 지켜보던 우건은 이내 해안 별장으로 돌아갔다.

별장은 별장대로 정리가 끝난 상황이었다.

원공후 등과 합류한 우건은 해안가에 놓아둔 보트를 찾아 가의도를 벗어났다.

서울에 돌아온 우건은 여론의 추이를 계속 모니터했다.

곧 가의도에 있는 한성그룹 소유의 별장에서 사고가 있었다는 소문이 슬슬 퍼져 나갔다.

그로부터 얼마 후엔 경찰이 직접 가의도 현장을 방문해 소문이 사실이었음을 밝혀냈다.

별장 선착장에는 불에 탄 보트가 실제로 존재했다.

그리고 안에는 육안으론 신원 확인이 불가능한 시신 세 구가 있었다.

나중에 국립과학수사연구소에서 실시한 유전자감식을 통해 죽은 이들이 모두 가족이라는 사실이 새롭게 밝혀졌다.

또 며칠 후에는 그 세 시신이 한성그룹 회장 구동철, 한성그룹 사장 구장훈, 그리고 구장훈의 딸 구민아인 것으로 드러났다.

같은 반 학생을 괴롭혀서 자살하도록 만든 심연주, 윤정인, 구민아가 모두 살해당한 것으로 밝혀진 것이다.

사실, 냉정히 따지면 이제 막 고등학교를 졸업하는 여고생 세 명은 별게 아니었다.

여고생의 부모가 한성그룹 사장, 현직 국회의원, 전 주미대사였다는 것이 중요했다.

그리고 그들이 딸과 함께 같은 자리에서 살해당했단 점이 중요했다.

언론은 전직 대통령의 탄핵과 파면 이후, 오랜만에 눈길을 끄는 기삿거리에 벌떼처럼 달라붙어 취재경쟁을 벌였다.

얼마 후, 서울의 대표적인 명문여고인 중원여고에서 벌어진 추악한 사건과 그보다 더 추악한 진실이 수면 위로 부상했다.

고3 수시 합격자 발표 날, 구민아, 윤정인, 심연주 세 명이 서울대 수시에 합격한 피해자를 사진부 동아리방에 강제로 데려가 폭행, 고문한 일이 이번 대량 학살극의 발단이었다.

폭행과 고문을 견디다 못한 피해자는 스스로 목숨을 끊었다.

한데 가해자들은 피해자가 죽었다는 사실을 알고도 경찰에 신고하기는커녕, 한성그룹 특수보안팀 사람을 불러 죽은 피해자를 피해자 가족이 살던 아파트 옥상에서 던져 버렸다.

마치 피해자가 성적 비관과 부모의 과도한 간섭 때문에 투신자살한 것처럼 꾸민 것이다.

여기까지만 봐도 천인공노(天人共怒)할 짓이었지만 이는 추악한 진실의 시작에 불과했다.

사건이 벌어진 중원여고는 침묵, 방관, 무시로 일관했다.

가해자 부모가 재벌에 현직 국회의원, 전직 주미대사였

던 탓에 교육청에 보고하기는커녕 사건을 애써 축소, 은폐하려 들었다.

피해자의 투신자살 사건을 조사한 관할 경찰 역시 마찬가지였다.

피해자의 몸에 구타를 당해 생긴 상처와 고문당해 생긴 상처가 역력했지만, 그들은 한성그룹이 지시한 대로 흔히 있는 투신자살처럼 조작해 내사를 황급히 종결지었다.

침묵한 언론 역시 여론의 뭇매를 피해 가지 못했다.

언론계의 제왕이라 불리던 한성그룹의 회유와 강요, 협박을 받은 그들은 피해자의 자살 사건을 전혀 보도하지 않았다.

한성그룹이 미쳐 신경 쓰지 못할 만큼 규모가 작은 탓에 피해자의 자살 사건을 보도한 인터넷매체가 있었지만 기사가 올라간 포탈의 외압을 받아 기사를 자진 삭제하기에 이르렀다.

언론이 스스로 직무유기에 나선 것이다.

그 다음에 일어난 일은 더 끔찍했다.

한성그룹 보안팀은 피해자 주변에 전 방위적인 감시, 감청활동을 벌여 진실을 폭로하려던 같은 반 친구 오경아와 피해자 부모를 사고로 위장해 살해하는 만행을 저질렀다.

그때, 아무도 신경 쓰지 않는 사건에 누군가가 나섰다.

그는 가해자들을 일일이 찾아가 천벌을 내렸다.

한국 법에서, 아니 일부 국가를 제외한 모든 문명국가의 법에서 금지하는 사형(私刑), 즉 사사로운 형벌을 가한 것이다.

인터넷 커뮤니티에서는 찬반양론이 치열한 대결을 펼쳤다.

죄 없는 네 명의 피해자를 무참히 살해한 가해자들이 죽어 마땅하다는 의견과 법치국가에서 개인이 사적인 복수를 위해 사람을 죽이는 행동은 옳지 않단 의견이 팽팽히 맞섰다.

어쨌든 여론의 눈치를 살피던 경찰은 그제야 사건을 제대로 수사하기 시작했다.

그리고 검찰은 경찰이 수사한 내용을 바탕으로 관련자 20여 명을 대거 기소하여 재판에 회부했다.

경찰은 당연히 가해자를 살해한 범인 역시 수사에 들어갔다.

오히려 가해자를 살해한 범인을 찾는 데 수사력을 더 집중했지만 현장에 단서가 전혀 남아 있지 않아 추적이 어려웠다.

사건은 계절이 바뀌어 여름에 접어들었을 때에야 잠잠해졌다.

결국, 가해자를 살해한 범인은 꼬리가 잡히지 않았다.

아니, 윤곽조차 잡지 못했다는 표현이 더 어울리는 상황이었다.

❖ ❖ ❖

우건은 다시 일상으로 돌아왔다.

오전에는 설거지, 청소, 빨래와 같은 집안일을 처리했다.

그리고 점심에는 밖에 나가 커피를 마시며 잠시 산책을 즐겼다.

오후에는 쾌영문을 방문해 원공후와 무리(武理)에 관해 논했다.

원공후가 바쁠 때는 가끔 쾌영문도의 수련을 봐주었다.

저녁에는 집에 귀가해 의원 문을 닫은 수연과 저녁식사를 같이했다.

출근하느라 바쁜 아침에는 끼니를 챙길 틈이 없었다.

커피와 토스트, 시리얼 등으로 때우는 일이 다반사였다.

그리고 점심에는 각자 알아서 끼니를 해결했다.

우건은 원래 많이 먹는 편이 아니었다.

자주 애용하는 커피숍에서 진하게 내린 에스프레소로 해결하는 경우가 많았다.

그리고 수연은 의원에서 정미경, 이진호와 나가서 먹거나 배달을 시켜 먹었다.

우건과 수연이 같은 테이블에 앉아 오붓하게 식사할 수 있는 시간은 저녁때가 거의 유일하다시피 하였다.

수연과 저녁을 지어 먹은 후에는 옥상 연공실을 찾아 무공을 수련했다.

우건은 주로 입정(入定)한 상태에서 천지조화인심공을 연성하거나 명상을 하는 식으로 무공을 수련했다.

반면, 수연은 얼마 전에 입문한 일로추운검법과 삼미보(三迷步)를 수련했다.

각자 필요로 하는 무공의 수련이 끝난 후에는 대련으로 그날 익힌 무공을 점검했다.

주로 우건이 수연의 공격과 방어를 받아 주는 식으로 대련이 이루어졌다.

야간수련을 마친 두 사람은 옥상에 나와 땀을 식혔다.

열대야가 찾아오기 전이었지만 도심의 밤의 벌써부터 무더웠다.

수건으로 땀을 닦던 수연이 물었다.

"오늘은 무지 덥죠?"

"사매 말대로 어제보단 조금 더워진 것 같군."

"이렇게 더울 때는 한서불침(寒暑不侵)인 사형이 좀 부러워요."

우건은 고개를 저었다.

"속사정을 알면 부러워하지 않을걸?"

"왜요?"

"한서불침 수준에 이르기 위해서는 극한의 추위와 극한의 더위 속에서 몸이 한계에 이를 때까지 견뎌야 하기 때문이야."

수연이 호기심 어린 눈빛으로 물었다.

"예를 들면요?"

"겨울에는 지하 빙굴(氷窟)에 들어가 냉기를 흡수하며 버텨야 해. 그리고 여름에는 무쇠를 녹이는 화로 옆에서 열기를 흡수하며 보름 가까이 망치질이나 풀무질을 하며 견뎌야 하고."

수연이 이해가 가지 않는다는 표정으로 물었다.

"왜 그렇게 고생하면서까지 한서불침이 되려는 거죠?"

"그건 어쩔 수 없는 사람의 본성(本性)이야."

"본성이요?"

"그래, 본성. 천성(天性)이라는 표현이 더 맞을 듯하군. 사람은 누구나 자신이 가진 거보다 더 좋은 걸 가지려 들지. 그게 욕심이라 부르는 인간의 본성 중에 하나야. 한데 무인은 평범한 사람보다 그 욕심의 강도가 훨씬 강할 수밖에 없어."

"왜요?"

"강호를 살아가는 무인들은 보통 남보다 더 좋은 무기를 가지지 않으면, 그리고 더 나은 무공을 익히지 않으면 언젠가는 적과 싸우다가 죽게 될 거라는 상상을 자주 하니까. 무인에게 욕심은 생존을 위해 꼭 필요한 요소 중 하나인 거야."

"한서불침 역시 그런 욕심 중에 하나란 건가요?"

"그렇지. 사매는 의사니까 인체가 기후에 민감하단 사실을 누구보다 잘 알 거야. 만약 날이 엄청나게 춥거나 반대로 엄청나게 덥다면, 사람의 인체는 보통 어떤 식으로 반응하지?"

수연은 미간을 살짝 찌푸리며 대답했다.

"추우면 아무래도 몸이 경직되고 움츠러드는 경향이 있겠죠. 그리고 더우면 땀을 많이 흘리니까 수분이 부족할 거고요."

"그런 상황에서 실력이 엇비슷한 생사대적(生死大敵)을 만났다고 상상해 봐. 누가 더 평상시 실력을 유지하느냐에 따라 승패가 갈릴 거야. 그리고 승패란 곧 목숨과 직결될 거고."

수연이 이해했다는 듯 고개를 끄덕였다.

"한서불침인 쪽이 훨씬 더 유리하겠군요."

"그렇지."

수연이 고개를 절레절레 저었다.

"역시 쉬운 일은 없는 법이군요."

그때, 수연이 뭔가 잊은 게 있다는 듯 손바닥을 찰싹 부딪쳤다.

"잠깐 내려갔다가 올게요."

2층에 내려간 수연이 냉장고에 넣어 둔 캔 맥주를 가져왔다.

"설마 맥주도 컨디션 관리 때문에 못 먹는 건 아니죠?"

우건은 수연이 건넨 캔 맥주를 받으며 웃었다.

"한 캔 정도는 괜찮을 거야."

"고수가 되면 괜찮은지, 괜찮지 않은지도 알 수 있어요?"

"아니. TV에서 봤는데, 가끔 마시는 술이 건강에 더 좋다더군."

우건의 말에 수연이 웃음을 터트렸다.

두 사람이 난간에 등을 기대고 앉아 맥주를 마실 때였다.

갑자기 휴대전화 벨소리가 들려왔다.

수연은 옥상 평상에 올려 둔 휴대전화를 확인했다.

그러나 수연의 전화가 아니었다.

"사형 전화 같은데요?"

"내 전화?"

우건은 연공실 신발장에 올려 둔 휴대전화를 확인했다.

수연 말대로 벨소리의 주인은 우건의 휴대전화였다.

우건은 이상하다는 생각이 들었다.

우건의 전화번호를 아는 사람들은 이 번호로 전화를 하지 않았다.

전화번호를 아는 사람이라 해 봐야 수연, 쾌영문도 몇이 전부였다.

수연과 쾌영문도는 전화 거는 행동을 우건이 별로 좋아하지 않는단 것을 알기에 직접 만나 얘기했다.

액정에 뜬 번호를 확인한 수연이 고개를 갸웃거렸다.

"지역번호를 보니까 사무실이나 공중전화에서 건 것 같아요."

우건은 통화버튼을 누르며 물었다.

"여보세요?"

바로 상대방이 대답했다.

-최욱입니다.

우건은 최욱이 확실하다는 것을 바로 알 수 있었다.

최욱의 목소리는 다른 사람이 흉내 내기 불가능할 정도로 독특했다.

쇠못으로 유리를 긁어 대는 것 같은 소리를 누가 흉내 낼수 있을까? 아마 이 세상에 한 명도 없을 것이다.

"갑자기 무슨 일이오?"

최욱이 다급한 목소리로 대답했다.

-놈들에게 쫓기는 중입니다.

우건은 급히 물었다.

"내가 그리로 가겠소. 위치가 어디요?"

통화를 마친 우건이 돌아섰을 때였다.

수연이 청성검을 건네주며 당부했다.

"무슨 일인지는 모르겠지만 부디 조심해요. 알았죠?"

"알았어."

대답한 우건은 바로 난간을 뛰어넘어 지상으로 몸을 날렸다.

7장. 혈흔(血痕)

차 문을 닫은 우건은 얼굴에 인피면구를 착용했다.

저번 사건 때 만난 무언객 최욱은 사람이 진실해 보였다.

살려 주기 전에 선령안으로 자세히 살펴봤던 터라, 우건이 착각했을 리 만무했다.

그러나 강호는 귀계가 난무하는 세계였다.

미리 대비하지 않으면 전혀 생각지 못한 방향에서, 그리고 전혀 생각지 못한 방식으로 뒤통수를 맞는 경우가 생겼다.

우건은 조심을 기하는 차원에서 인피면구로 얼굴을 가렸다.

위장을 마친 우건은 룸미러로 새 얼굴을 잠시 감상했다.

눈꼬리가 원래 형태보다 조금 올라가 있었다.

그리고 코는 약간 더 펑퍼짐해 보였다.

또 광대뼈가 살짝 튀어나왔으며 갸름하던 턱이 각진 형태로 변해 사내다운 느낌을 물씬 풍겼다.

만족한 우건은 차를 몰아 최욱이 말한 장소를 찾았다.

최욱은 수원역(水原驛) 공중전화로 우건에게 전화를 걸었다.

수원역은 유동인구가 많았다.

차를 갖고 들어가는 게 좋은 선택처럼 보이지 않았다.

한적한 유료주차장에 차를 주차한 우건은 도보로 이동했다.

다행히 최욱이 사용한 공중전화 박스를 찾는 일은 그다지 어렵지 않았다.

휴대전화가 발달하면서 공중전화는 자연스레 쇠퇴기로에 접어든 상황이었다.

역 전체에 공중전화가 많지 않아 쉽게 찾아낼 수 있었다.

우건은 공중전화 박스 주위를 돌며 최욱의 흔적을 찾았다.

그러나 이미 떠난 듯했다.

최욱의 모습은 보이지 않았다.

당연했다.

쫓기는 사람이 한곳에 머물 가능성은 높지 않았다.

우건은 차에 돌아가서 최욱의 전화를 기다릴 생각이었다.

막 걸음을 떼려는데 전화박스에 있는 공중전화 한 대가 우건의 시선을 잡아끌었다.

우건은 즉시 선령안을 전개했다.

공중전화 수화기에 피가 묻어 있었다.

수화기에 피가 묻어 있을 가능성은 크게 두 가지였다.

첫 번째는 부상당한 최욱의 몸에서 흐른 피가 수화기에 묻었을 가능성이었다.

두 번째는 최욱이 아닌, 제3자가 흘린 피일 가능성이었다.

우건은 첫 번째 가능성에 무게를 두었다.

우건은 즉시 선령안으로 공중전화 근처에 피가 떨어져 있는지 살폈다.

3미터쯤 떨어진 계단 손잡이에 피가 묻어 있었다.

우건은 그런 식으로 바닥에 있는 피의 흔적을 계속 추적했다.

핏자국은 수원역 밖으로 이어져 있었다.

처음에는 3, 4미터 간격으로 떨어져 있던 핏자국이 뒤로 갈수록 10여 미터 이상으로 늘어났다.

이는 핏자국 주인이 신법을 펼쳤단 증거였다.

우건은 주변을 경계하며 계속 핏자국을 추적했다.

이 역시 상대가 노린 함정일지 몰랐다.

눈으로 직접 확인하기 전까지는 긴장을 풀 생각이 없었다.

대략 30분쯤 추적했을 때였다.

마침내 화려한 네온사인과 회색빛 건물, 그리고 매연을 뿜어내며 어딘가로 바삐 향하는 자동차가 더 이상 보이지 않았다.

우건은 걸음을 멈추며 주위를 살폈다.

대규모 아파트 단지 너머에 이름 모를 작은 산이 있었다.

핏자국은 그 산 정상 방향으로 이어져 있었다.

우건은 지체 없이 속도를 높였다.

일보능천을 펼치는 순간, 우건의 신형이 길게 늘어지는가 싶더니 어느새 나무가 울창한 숲 속에 있었다.

우건은 일보능천으로 산을 오르는 틈틈이 귀혼청을 펼쳤다.

바람과 풀벌레, 나뭇잎이 내는 소리가 교향곡처럼 들렸다.

우건은 포기하지 않았다.

더 빨리 움직이며 귀혼청으로 모든 소리를 빨아들였다.

산책로로 보이는 산등성이를 불과 1분 만에 주파한 우건은 산 반대편으로 다시 내려가며 귀혼청에 신경을 집중했다.

마침내 우건이 찾는 소리가 들려왔다.

그건 바로 무인이 빠른 속도로 질주할 때 나는 소리였다.

무인이 경신법을 펼칠 때 흔히 들을 수 있는 바닥의 흙이 푹푹 파이는 소리와 풀, 나뭇가지가 꺾여 나가는 소리였다.

우건은 소리가 들려온 지점으로 전력을 다해 달려갔다.

엿가락처럼 늘어진 듯 보이던 우건의 신형이 이제는 귀신처럼 사라졌다가 10여 미터 떨어진 곳에 다시 나타나는 듯했다.

소리가 들려온 지점으로 접근할수록 옷자락이 펄럭거리는 소리와 고함소리, 그리고 비명 소리가 동시에 섞여 들려왔다.

싸움이 벌어진 게 틀림없었다.

개울을 단숨에 뛰어넘은 우건은 풀이 허리까지 자란 풀숲을 초상비(草上飛) 수법으로 질주했다.

풀숲이 끝나는 순간, 다시 참나무와 소나무가 어지럽게 자란 나무숲이 나타났다.

우건은 비응보의 수법으로 도약해 나무 위로 올라갔다.

그때, 검은색 정장을 입은 중년 사내 하나가 달이 떠 있는 방향으로 빠르게 움직이는 모습이 눈에 들어왔다.

최욱이었다.

최욱은 가려는 방향에서 기척을 느낀 듯했다.

옆으로 훌쩍 뛰어 물러섰다.

그 순간, 운동복을 착용한 젊은 사내가 나무 뒤에서 튀어나와 칼로 최욱의 허리를 날카롭게 베어 갔다.

카앙!

팔뚝을 밑으로 내려 칼을 막아 낸 최욱은 섬전과 같은 속도로 왼발을 뻗어 칼을 휘두른 젊은 사내의 복부를 걷어찼다.

"크아악!"

배를 걷어차인 젊은 사내가 피를 토하며 나가떨어졌다.

최욱은 쫓아가서 젊은 사내를 마저 없애려 했지만 양옆에서 날아든 암기세례에 막혀 공중으로 몸을 피할 수밖에 없었다.

최욱이 공중으로 날아오르기만 기다렸다는 듯 사방에서 대여섯 명의 적이 동시에 튀어나와 최욱의 하체를 공격해 갔다.

최욱은 천근추의 수법으로 재빨리 지상에 내려섰지만 칼에 등을 베인 듯했다.

찢어진 옷 사이로 피가 뚝뚝 떨어졌다.

최욱은 지혈할 틈이 없었다.

그를 기습한 적이 재차 공격을 가해 온 것이다.

최욱은 적의 공격을 막아 내며 서쪽으로 방향을 틀었다.

그렇게 다시 쫓고 쫓기는 추격전이 벌어졌다.

적은 20여 명이 넘는 듯했다.

그들은 마치 호랑이를 잡는 조선시대 착호군(捉虎軍)처럼 행동했다.

호랑이와 정면 대결하는 것은 부담해야 하는 위험이 너무 컸다.

호랑이가 닥치는 대로 할퀴거나 물어 버릴 위험이 있었다.

이런 위험성을 누구보다 잘 아는 착호군은 화살을 쏘거나 멀리서 창을 투척해 먼저 상처를 입혔다.

상처 입은 호랑이는 시간이 지날수록 상처가 곪아 들어 기력이 점차 떨어질 수밖에 없었다.

착호군은 상처 입은 호랑이를 쫓다가 때가 되었다 싶으면 총공격을 가해 쓰러트렸다.

적은 착호군이 호랑이를 잡을 때 쓰는 방법으로 최욱을 잡으려는 듯했다.

최욱을 단숨에 쓰러트리기엔 그의 실력이 너무 출중한 탓에 먼저 상처를 입혀 놓은 다음, 그가 슬슬 지쳐 나가떨어지려 할 때 총공격을 가하려는 심산으로 보였다.

최욱은 사방에서 공격을 받았다.

때로는 암기가 하늘을 갈랐고, 때로는 풀숲이나 나무 뒤에 숨은 적이 튀어나와 기습을 가했다.

최욱은 시간이 지날수록 점점 지쳐 가는 중이었다.

이미 등과 허리, 왼팔에 상처를 입어 피칠갑을 한 상태였다.

체력이 떨어지기 전에, 과다출혈로 먼저 쓰러질 판이었
다.

우건은 속도를 높이는 적을 보며 결말이 멀지 않았음을
직감했다.

직감은 적중했다.

신형을 감춘 상태에서 추격과 기습을 반복해 오던 적 20
여 명이 동시에 모습을 드러낸 것이다.

포위당한 최욱은 걸음을 멈출 수밖에 없었다.

그사이, 우건은 일월보로 최욱과의 거리를 더 좁혔다.

적 역시 거리를 더 좁혀 최욱을 원형으로 완전히 포위했
다.

최욱은 그중 정면을 막은 두 명에게 온 신경을 쏟았다.

일남일녀(一男一女)였다.

남자는 40대 후반으로 배에 살집이 두둑한 중년 사내였
다.

그리고 여자는 나이가 30대 초중반으로 보였는데, 고양
이처럼 앙칼진 인상의 요염한 여자였다.

중년 사내가 먼저 호통치듯 물었다.

"본문을 배신한 이유가 무엇이냐?"

최욱은 대답 대신 미간을 살짝 찌푸렸다.

중년 사내가 재차 물었다.

"그럼 무정도 고월의 뒤를 캔 이유는 무엇이냐?"

최욱은 여전히 묵비권을 행사했다.

화가 난 중년 사내가 뭐라 소리치려 할 때였다.

옆에 있던 요염한 여자가 중년 사내를 말렸다.

"최 사형(師兄)은 다른 사람들 앞에서 말을 못 하는 마음의 병을 갖고 있어요. 대주(隊主)님도 들어서 알고 계시잖아요."

중년 사내가 여자에게 불만을 드러냈다.

"벙어리도 아닌 놈이 왜 말을 못 한단 거야?"

여자가 고개를 절레절레 저었다.

"그건 저도 모르죠. 어쨌든 제가 설득해 볼 테니까 대주님은 잠시 손을 쓰지 말아 주세요. 그는 아직 우리 형제잖아요."

대주라 불린 중년 사내가 콧방귀를 뀌었다.

"흥, 형제 좋아하네."

말은 그렇게 했지만 여자의 수완을 믿는 눈치였다.

중년 사내가 뒤로 성큼 물러섰다.

그 틈에 앞으로 나온 여자가 아기를 달래듯이 권했다.

"최 사형은 고아이던 사형을 거두어 주고 길러 주고 무공까지 가르쳐 준 본문의 정을 벌써 잊은 건가요? 사형에게 본문에 충성하는 마음과 사형제 간의 정리(情理)가 남아 있다면 우리와 함께 본문에 돌아가 문주님께 용서를 구하는 것이 어떻겠어요? 저와 대주님이 옆에서 용서해 달라고

같이 빌 테니까 중벌이 내려질까 봐 걱정할 필요 없어요. 특무대에 잠입해 10년 동안 정보를 빼낸 공이 있는 사형에 게 문주님께서 설마 큰 벌을 주시기야 하겠어요? 참회동 (懺悔洞)에서 며칠 면벽수행(面壁修行)을 하면 바로 용서해 주실 거예요."

여자가 자기 의견에 동의를 구한다는 듯이 뒤를 힐끔 보았다.

중년 사내가 어색한 미소를 지으며 대꾸했다.

"이 사매(師妹)의 말대로네. 내 본문에 돌아가는 대로 문주님께 사제를 용서해 주십사 청을 올릴 테니까 이제 그만하게. 한솥밥 먹는 같은 식구끼리 꼭 피를 볼 필요는 없지 않은가?"

최욱은 담담한 표정으로 그들의 달래는 말을 들었다.

중년 사내가 미간을 잔뜩 좁히며 물었다.

"끝까지 이러긴가? 정 말을 못 하겠으면 고갯짓으로 가부(可否)를 표시해 주게. 우리와 같이 갈 텐가? 갈 거라면 고개를 끄덕이고 아니라면 고개를 저어 주게. 날이 곧 밝아올 텐데 어찌 되었든 그 전에 결정을 내리고 움직여야 하지 않겠는가?"

중년 사내의 말이 끝나는 순간, 일대에 있는 모든 사람들, 심지어 우건마저 최욱이 다음에 할 행동에 촉각을 곤두세웠다.

정작 당사자인 최욱은 표정의 변화가 크게 없었다. 그는 중년 사내의 지시에 따라 고개를 끄덕이지도, 가로젓지도 않았다.

중년 사내가 침을 바닥에 퉤 뱉으며 소리쳤다

"벙어리가 귀까지 먹은 모양이군! 좋아, 네놈 뜻대로 해 주마!"

중년 사내가 손짓하는 순간, 적이 벌떼처럼 달려들었다.

한데 움직인 게 적뿐만은 아니었다.

최욱 역시 중년 사내가 손을 올림과 동시에 재빨리 달려들어 왼 주먹으로 중년 사내의 얼굴을 후려쳤다.

소스라치게 놀란 중년 사내는 급히 다른 쪽 팔을 끌어당겨 공격을 막았다.

그러나 이는 절묘한 허초였다.

왼 주먹을 끌어당긴 최욱이 오른 주먹으로 중년 사내의 배를 후려쳤다.

복부에 제대로 한 방 맞은 중년 사내가 그대로 붕 떠올라 뒤로 날아갔다.

최욱은 놓치지 않겠다는 듯 재빨리 따라붙어 오른발로 뒤로 날아가는 중년 사내를 차올렸다.

그때였다.

휙!

중년 사내가 갑자기 몸을 뒤집어 땅에 내려선 것이다.

둔해 보이는 몸에서 나왔다고는 믿기지 않는 날렵한 신법이었다.

날렵한 신법으로 최욱의 공격을 피한 중년 사내가 히죽 웃었다.

"네놈이 익힌 철무조화련(鐵武調和聯)은 나 역시 익히고 있다. 특무대에서 스파이짓 하는 동안 다 잊어버린 것이냐?"

중년 사내의 말대로였다.

최욱과 중년 사내는 같은 무공으로 겨루었는데 숙련도에서 중년 사내가 조금 더 뛰어났다.

최욱은 곧 위기에 봉착했다.

퍽!

중년 사내의 팔꿈치에 턱을 얻어맞은 최욱이 빙그르르 돌다가 뒤로 쓰러졌다.

최욱이 비틀거리며 힘겹게 일어서려는 순간, 이번에는 이 사매라 불린 여인이 붉은 채대(彩帶)로 최욱의 오른 다리를 감았다.

채대에는 날카로운 가시가 박혀 있었다.

채대에 감긴 오른 다리가 금세 피투성이로 변했다.

최욱은 다리를 감은 여인의 채대를 풀어 보려 했지만 여인의 수단 역시 보통이 아니었다.

채대를 당기거나 푸는 간단한 수법 몇 가지로 최욱의

수단을 모두 봉쇄해 버린 것이다.

결국 기진맥진한 최욱은 바닥에 쓰러져 거친 숨을 토해 냈다.

여인이 부하에게 앙칼진 목소리로 지시했다.

"마혈을 짚어 놈을 제압해라! 산 채로 문주님께 데려가 야 한다!"

"예!"

대답한 부하들이 바닥에 쓰러진 최욱에게 접근해 혈도를 짚으려 할 때였다.

최욱이 벌떡 일어나 접근해 온 적을 공격했다.

최욱의 주먹과 팔꿈치, 무릎, 어깨가 빠르게 움직일 때마 다 어김없이 피를 흘리며 나가떨어지는 적이 생겼다.

"개새끼!"

이 사매라 불린 여인이 욕을 하며 손에 쥔 채대를 급히 당겼다.

그러자 최욱은 비 내린 가을밤에 힘없이 떨어지는 낙엽 처럼 붕 떠올라 여인에게 날아갔다.

처음에는 최욱이 힘을 다 소진해 힘없이 끌려오는 듯한 형상이었다.

그러나 반쯤 끌려왔을 때, 최욱이 갑자기 성난 호랑이처 럼 여인을 덮쳐 갔다.

애초에 힘없이 끌려가는 것처럼 행동하던 게 여인을

속이기 위한 연극이었던 듯했다.

덮쳐 가는 기세가 아주 살벌했다.

여인은 그제야 최욱에게 속았다는 것을 깨달은 듯했다.

여인은 손에 쥔 채대를 급히 흔들어 최욱의 접근을 막으려 들었다.

그러나 최욱은 이미 그녀의 코앞까지 다가와 있었다.

최욱은 두 다리를 창처럼 만들어 여인의 가슴을 찔러 갔다.

여인은 하는 수 없이 채대를 놓으며 뒤로 재주를 넘어 피했다.

마치 체조선수처럼 다섯 바퀴를 연속으로 돌아 최욱의 공격을 피한 여인이 급히 신형을 세우려 할 때, 번개처럼 접근한 최욱이 무릎으로 그녀의 턱을 찍어 갔다.

여인은 숨 고를 틈 없이 서둘러 보법을 밟아 최욱의 무릎 공격을 피해 냈다.

무릎 공격이 실패로 돌아간 최욱은 여인에게 전열을 정비할 틈을 주지 않으려는 듯 팔꿈치를 번갈아 휘둘렀다.

여인은 급히 뒤로 피했지만 왼팔 팔꿈치에 코를 제대로 맞았다.

콰직!

코뼈와 광대뼈 일부가 박살 나며 코피가 분수처럼 치솟았다.

여인은 왼손으로 함몰된 코를 틀어쥐었다.

코가 박살 난 고통보다 얼굴에 상처를 입은 게 더 큰 고통으로 다가온 듯했다.

최욱은 냉정했다.

바로 어깨를 세워 여인의 가슴을 찍어 갔다.

"이 사매! 뭐 하는 거야! 어서 피해!"

중년 사내의 외침을 들은 여인은 그제야 정신을 차린 듯 황급히 물러섰다.

그러나 최욱은 거머리처럼 달라붙어 그녀를 놓아주지 않았다. 이 사매와의 거리를 재빨리 좁힌 최욱은 어깨를 세워 그녀의 가슴을 쳐 갔다.

여인은 재빨리 옆으로 회전해 피해 냈다.

마치 투우사가 성난 황소를 피하는 듯한 동작이었다.

그러나 최욱은 성난 황소보다 훨씬 똑똑했다.

그리고 훨씬 냉정했다.

여인이 그렇게 피할 줄 알았다는 듯 바닥을 박차며 날아가 이마로 그녀의 정수리를 그대로 찍었다.

여인은 본능적으로 팔을 올려 막았지만 최욱의 이마는 돌덩이 그 자체였다.

콰직!

여인의 손목뼈가 최욱의 이마에 맞아 부서진 듯했다.

부러진 뼈가 밖으로 튀어나왔다.

여인이 비명을 지르며 물러섰다.

퍽!

최욱은 다시 따라붙어 왼다리로 여인의 배를 걷어찼다.

"아악!"

여인의 몸이 활처럼 휘어졌다.

최욱은 재빨리 손을 뻗어 무방비나 다름없는 여인의 목을 단숨에 틀어쥐었다.

고개를 든 여인이 살려 달라는 듯 간절한 시선을 보냈지만 최욱은 주저 없이 목을 부러트려 버렸다.

"이 개자식이 감히 사매를 죽이다니!"

그때, 뒤따라온 중년 사내가 주먹으로 최욱의 등을 후려쳤다.

망치로 얻어맞은 것처럼 최욱이 피를 토하며 바닥을 뒹굴었다.

최욱은 두 팔로 바닥을 짚으며 다시 일어나려 했지만 여인을 죽일 때 모든 기력을 소모한 듯 몸이 잘 따라 주지 않았다.

최욱의 등을 밟은 중년 사내가 오른손으로 최욱의 머리채를 틀어쥐었다.

최욱은 몸을 비틀어 저항했지만 소용없었다.

"원래는 너를 산 채로 문주님께 바칠 계획이었다만, 생각이 바뀌었다. 네놈은 이 사매를 죽인 대가를 치러야 할 것이다."

중년 사내가 수도(手刀)로 최욱의 뒷목을 힘껏 내리쳤다.

❖ ❖ ❖

우건은 생각보다 신중한 성격이었다.

그는 최욱이 철무조화련으로 이 사매라 불린 여인을 죽이는 순간까지도 이 모든 게 거대한 음모의 시작일 가능성에 대해 고려하는 중이었다.

구룡문이 최욱을 이용하여 고육지계(苦肉之計)를 꾸몄을 가능성이 전혀 없지 않았다.

그리고 고육지계가 통한다면 그 피해는 우건을 아는 모든 사람에게 미칠 것이 분명했다.

우건은 신중할 수밖에 없었다.

지금과 같이 복잡한 정국에서는 누구를 가까이해야 하는지, 그리고 누구를 멀리해야 하는지 신중히 고를 수밖에 없었다.

그러나 중년 사내가 최욱을 죽이려는 모습에선 음모나 사기의 징후를 떠올리지 못했다.

중년 사내는 진짜로 최욱을 죽이려 했다.

중년 사내가 지금 뿜어내는 살기는 인공적으로 만들어낼 수 없는 살기였다.

사람이 다른 사람을 살해하기 직전에, 뇌가 몸에 시켜 본

능적으로 뿜어내는 살기였다.

우건은 청성검을 뽑아 앞으로 던졌다.

천지검법의 절초 비검만리였다.

허공을 섬전처럼 가른 청성검이 최욱의 뒷목을 내려치는 중년 사내의 오른팔을 찔러 갔다.

갑작스레 들려온 세찬 파공음에 깜짝 놀란 중년 사내는 급히 팔을 거두며 뒤로 후퇴했다.

그러나 비검만리는 그저 그런 초식이 아니었다.

태을문 최강검법이라 불리는 천지검법의 수많은 초식 중에 구명절초 역할을 담당하는 몇 안 되는 절초 중의 하나였다.

소리를 듣고 피하면 이미 늦은 것이다.

"으윽."

중년 사내의 손가락 두 개를 자르며 지나간 청성검이 바닥에 박혀 펀칭볼처럼 좌우로 크게 흔들렸다.

중년 사내는 땅에 떨어진 손가락을 격공섭물로 급히 끌어당겨 주머니에 넣었다.

중원무림에서는 손가락이 잘리면 그걸로 끝이지만, 의학이 발달한 현대무림에서는 잘린 손가락을 붙일 방법이 존재했다.

"감히 어떤 놈이 겁대가리 없이 구룡문 행사에 끼어드는 것이냐!"

소리친 중년 사내는 검이 날아온 방향으로 고개를 홱 돌렸다.

그때였다.

나뭇가지를 박차며 비조처럼 날아오른 시커먼 인영 하나가 공중에서 재빨리 자세를 바꾸었다.

시커먼 인영의 정체는 알 수 없지만 방금 보인 비검술과 지금 선보인 신법으로 보았을 때, 결코 평범한 무인은 아니었다.

위기감을 느낀 중년 사내가 뒤로 10여 미터를 물러서며 부하들을 호출했다.

구룡문 문도들이 땅을 박차며 날아올라 시커먼 인영을 공격해 갔다.

암기가 가장 먼저 날아갔다.

그리고 암기 다음에는 칼과 검, 장력 등이 그 뒤를 따랐다.

마치 시커먼 인영이 블랙홀인 것처럼 사방의 모든 것을 빨아들이는 것 같았다.

시커먼 인영의 정체는 당연히 우건이었다.

우건은 태을십사수의 상비흡주로 자신에게 날아드는 암기를 끌어당겼다.

그리고는 철마제군을 펼쳐 끌어당긴 암기를 주인에게 돌려주었다.

오히려 우건에게 날아올 때보다 암기의 주인에게 되돌아갈 때의 속도가 두 배는 더 빨랐다.

"크아악!"

"으아악!"

"피, 피해라!"

암기의 주인들은 급히 공중에서 자세를 바꿔 피해 보려 했지만 암기가 쏘아져 오는 속도가 빨라 허공에서 자유자재로 자세를 바꾼다는 곤륜파(崑崙派)의 운룡대팔식(雲龍大八式)을 익히지 않은 다음에야 피할 방도가 없는 상황이었다.

곧 늦가을 폭우에 놀란 꽃잎이 낙화(落花)하듯 암기를 던진 대여섯 명이 자신이 던진 암기가 몸에 박힌 채 땅에 떨어졌다.

비룡번신으로 자세를 바꾼 우건은 바로 천근추를 전개했다.

적이 쏘아 낸 공격이 우건의 몸에 닿기 직전.

휙!

우건은 누가 밑에서 잡아당긴 것처럼 지상으로 쇄도해 갔다.

쿵!

지상에 도착한 우건은 고개를 들었다.

공격이 실패한 적이 우건처럼 천근추를 전개해 급히 지

상으로 내려오는 중이었다.

우건은 그런 적을 향해 태을십사수와 금선지, 파금장, 표풍장을 연속해 날렸다.

마치 큰 우산을 편 것처럼 온 하늘에 장력과 지력, 수영(手影)이 가득했다.

적은 급히 비룡번신을 전개해 우건이 하늘을 향해 쏟아부은 공격을 피하려 했다.

그러나 그들은 우건처럼 재빨리 비룡번신을 펼치지 못했다.

우건이 펼친 속도에 비하면 굼벵이가 기어가는 속도에 가까웠다.

곧 우건이 쏟아부은 공격이 적을 사정없이 두들겼다.

파파파팟!

마치 공중에 혈화(血花) 10여 송이가 피어난 것처럼 피칠갑한 적들이 비명을 지르며 바닥에 떨어져 움직이지 못했다.

중년 사내를 제외한 모든 적을 해치운 우건은 천천히 돌아섰다.

잘린 손가락을 지혈한 중년 사내가 믿을 수 없다는 눈빛으로 천천히 돌아서는 우건을 쳐다보았다.

한데 우건의 엄청난 신위에 놀란 것 같은 눈빛은 아니었다.

도리어 우건이 펼친 수법을 알아보고 놀란 눈빛에 가까워 보였다.

중년 사내 역시 고월이나 최욱처럼 태을문 무공에 지식이 있었던 것이다.

우건은 옆으로 오른손을 획 뻗었다.

그 순간, 검에 실려 있는 내력 탓에 지금까지도 흔들리던 청성검이 쑥 뽑혀 올라왔다.

중년 사내가 청성검을 회수하는 우건을 지켜보며 물었다.

"저, 정말 태, 태을문의 후예요?"

우건은 예상했다는 듯 물처럼 담담한 눈빛으로 물었다.

"무공을 보고 알았소?"

"그, 그렇소."

대답한 중년 사내가 여러 생각이 교차하는 듯 복잡한 표정을 짓다가 갑자기 무릎을 꿇으며 우건에게 머리를 조아렸다.

"구룡문 3대 제자이며 문주 직속 고룡대(孤龍隊) 대주를 맡은 문강석(文強石)이 태을문 후예님에게 인사 올리겠습니다."

청성검을 검집에 집어넣은 우건은 자신을 문강석이라 밝힌 중년 사내 앞으로 천천히 걸어갔다.

우건이 다가오는 모습을 힐끔 본 문강석은 땅에 닿기 직전까지 머리를 조아렸다.

문강석이 고개를 살짝 들었다.

"저희 구룡문은 태을문의 후예를 보좌하기 위해 세워진 문파입니다. 문주님께서 후예가 현세에 강림하기를 학수고대하는 중이오니 저와 함께 본문으로 가시는 것이 어떻겠습니까?"

문강석 앞에 도착한 우건이 물처럼 고요한 신색으로 물었다.

"구룡문의 문주가 정말 나를 기다리고 있소?"

문강석이 고개를 끄덕였다.

"그렇습니다. 믿지 못하시겠으면 저기 누워 있는 최욱에게 물어보십시오. 그럼 제가 거짓을 말하는 게 아님을 잘 아실……."

말을 하던 문강석이 갑자기 우건의 다리에 소매를 휘둘렀다.

소매 속에는 언제 뽑아 들었는지 모를 단도가 들어 있었다.

우건은 뒤로 물러서며 문강석의 기습을 피했다.

그때였다.

벌떡 일어난 문강석이 뒤로 물러서는 우건에게 단도를 던졌다.

우건은 태을십사수 쌍봉희왕으로 단도를 떨어트렸다.

한데 단도는 단지 접근에 필요한 시간을 만드는 용도였을 뿐이었다.

거리를 좁힌 문강석은 검을 뽑을 틈을 주지 않겠다는 듯 맹렬한 공격을 가해 왔다.

그는 먼저 오른발로 우건의 사타구니를 걷어찼다.

우건은 섬영보로 문강석의 발차기를 피했다.

문강석은 발차기가 허초였다는 듯 오른발을 끌어들임과 동시에 왼팔 팔꿈치로 우건의 관자놀이를 찍었다.

바람을 가르는 소리가 살벌했다.

문강석이 전력을 다한다는 증거였다.

우건은 고개를 뒤로 홱 젖혀 팔꿈치를 피했다.

그러나 문강석의 팔꿈치에 실린 경력은 날카롭기 짝이 없었다.

팔꿈치에 실린 경력이 우건이 얼굴에 쓴 인피면구를 찢어발겼다.

문강석은 찢겨 나가는 인피면구를 보며 당황한 표정을 감추지 못했다.

우건이 인피면구를 썼을 줄 전혀 예상하지 못한 듯했다.

원공후의 인피면구가 그만큼 뛰어나다는 뜻이었다.

인피면구를 본 문강석이 깜짝 놀라긴 했지만 손길은 전혀 느려지지 않았다.

팔꿈치를 끌어당긴 문강석이 어깨를 세워 우건의 가슴 안으로 뛰어들었다.

공격과 공격 사이에 틈을 발견할 수 없을 정도로 물이 흐르듯 자연스러운 연계였다.

우건은 피할 방도가 없어 좌장으로 막아 갔다.

표풍장이었다.

파파파팟!

우건의 왼손이 수십 개로 불어난 듯한 착각을 불러일으키는 순간, 어깨를 앞세워 뛰어들던 문강석이 주춤해 물러섰다.

그러나 공격을 포기한 것은 아니었다.

부웅!

갑자기 주저앉듯 자세를 낮춘 문강석이 오른 다리를 풍차처럼 돌려 우건의 하체를 쓸어 왔다.

우건은 몸을 살짝 띄워 피했다.

그때였다.

마치 이때를 기다렸다는 듯 문강석의 눈이 반짝거렸다.

문강석은 용수철이 튕기듯 일어나선 무릎으로 우건의 가슴을 찍어 왔다.

우건은 비원휘비로 막아 갔다.

비원휘비와 문강석의 무릎이 부딪치려는 순간.

문강석이 무릎을 갑자기 쭉 펴며 상체를 앞으로 약간 숙였다.

그야말로 절묘한 허초였다.

우건이 펼친 비원휘비는 허공을 헛치며 지나갔다.

비원휘비를 피한 문강석은 이마로 우건의 백회혈을 찍어 갔다.

무릎 공격을 허초로 쓴 다음, 이마로 적의 백회혈을 내려 찍는 완벽한 허허실실(虛虛實實)이었다.

타아앙!

바위로 쇠를 친 것 같은 음향과 함께 문강석이 뒤로 튕겨 나갔다.

쓰러지려는 몸을 억지로 세운 문강석은 믿을 수 없다는 표정으로 우건을 바라보았다.

우건의 머리 위에는 청성검이 든 검집이 올라와 있었다.

우건이 검집을 재빨리 들어 올려 문강석이 펼친 회심의 공격을 손쉽게 막아 낸 것이다.

이번에는 우건이 짓쳐가며 청성검을 뽑아 앞으로 찔러 갔다.

문강석은 좀 전에 입은 충격을 회복하지 못한 듯 생역광 음과 오검관월, 유성추월 세 초식에 온몸이 난자당해 쓰러 졌다.

문강석이 숨을 거칠게 몰아쉬며 물었다.

"어, 어떻게 알았지?"

"마지막 허초 말이오?"

"그, 그래. 와, 완벽하게 펼쳤다고 생각했는데……."

"전에 그 무공을 쓰던 자와 겨루어 본 적이 있소."

문강석이 고갯짓으로 최욱을 가리켰다.

"최, 최욱과 겨뤄 본 적이 있었나?"

"그렇소."

"여, 역시…… 내, 내 철무조화련은 틀린 게 아니었어. 다, 당신이 최욱과 겨뤄 보지 않았으면 내, 내가 이겼을 거야……."

문강석은 패배를 인정 못 한다는 듯 눈을 부릅뜬 상태로 죽었다.

무인이 죽음을 받아들이는 방식은 다양했다.

문강석처럼 상대보다 약하다는 사실을 끝까지 인정하지 못한 상태에서 죽어 가는 자들이 있는가 하면, 모든 것을 받아들인 상태에서 편안한 표정으로 숨을 거두는 자들도 있었다.

인간군상이 다양하듯 죽음을 받아들이는 방식 역시 다양했다.

우건은 최욱에게 걸어가 상처를 살폈다.

이 사매란 여인의 채대에 당한 다리를 비롯해 몸 여기저기에 상처가 적지 않았다.

청성검으로 채대를 자른 우건은 기진맥진해 움직일 기력조차 없는 최욱을 부축해 근처 나무에 기대어 놓았다.

산을 내려가는 일보다 전장 정리가 먼저였다.

이는 우건이 세운 규칙 중 하나였다.

여유가 있을 때는 흔적을 최대한 없애 적의 추적을 방해하라.

우건은 여기저기 널려 있는 적의 시신을 모아 삼매진화로 태워 없앴다.

그리고 적의 무기 등은 회수해 땅속 깊이 묻었다.

마지막에는 표풍장을 사방에 발출해 현장을 청소했다.

전장을 말끔히 정리한 우건은 나무에 기대어 놓은 최욱을 부축해 산을 내려갔다.

내려가는 도중에 등산 겸 아침 운동을 나선 마을 주민이 적지 않게 눈에 띄었다.

우건은 마을 주민의 이목을 피해 가며 주차해둔 차에 도착해 최욱을 태웠다.

우건은 쾌영문으로 곧장 가지 않았다.

그 전에 최욱이 무슨 일로 구룡문 고수들에게 쫓기는 중인지 알아볼 생각이었다.

황량한 들판에 차를 세운 우건은 최욱을 치료해 주며 물었다.

"어쩌다가 놈들에게 쫓기게 되었소?"

강력접착제로 붙인 것 같던 최욱의 입이 처음으로 벌어졌다.

"구룡문은 제가 알던 그 구룡문이 아니었습니다."

"그게 무슨 소리요?"

최욱의 설명에 따르면 구룡문은 현재 세 개 파벌로 나뉜 상황이었다.

구룡문 삼성이라 불리던 검귀 소우, 패천도 강익, 무령신녀 천혜옥이 그들을 따르는 세력과 함께 각자의 파벌을 형성한 것이다.

그들이 갈라진 이유는 구룡문의 정체성에 기인했다.

무령신녀 천혜옥은 여전히 조용히 세력을 키우며 태을문 후예가 도착하기를 기다리자는 쪽에 가까웠다

반면, 검귀 소우와 패천도 강익 두 사람은 기다릴 만큼 기다렸으니 이제 현대무림에 본격적으로 뛰어들자는 쪽이었다.

한데 뜻이 같은 줄 알았던 검귀 소우와 패천도 강익 사이에 현대무림에 진출하는 방식을 두고 다툼이 일기 시작했다.

패천도 강익은 구룡문이 독자적으로 진출하는 방안을 고집한 반면, 검귀 소우는 이참에 일본에서 한창 세력을 키워나가는 중인 대정회를 끌어들여 한국을 차지하자는 쪽이었다.

우건이 급히 물었다.

"결과는 어떻게 되었소?"

"대정회의 고수들을 대거 동원한 검귀 소우가 패천도 강익과 무령신녀 천혜옥 양쪽을 기습해 엄청난 피해를 입혔

습니다. 소우에게 굴복한 강익은 자기 세력과 함께 투항했습니다. 그리고 무령신녀 천혜옥은 자기 직계 제자 몇 명과 함께 급히 몸을 피했습니다. 소우와 강익은 즉시 문도들을 파견해 도주한 천혜옥과 그 제자들을 추적하는 중입니다."

"무정도 고월의 행방은 알아냈소?"

최욱이 씁쓸한 표정을 지었다.

"무정도 고월이 범천단 혈사방에서 구룡문으로 복귀했을 때는 이미 세 파벌이 내부적으로 치열한 다툼을 벌이던 중이었습니다. 그런데 그 사실을 몰랐던 고월은 사조(師祖)에 해당하는 검귀 소우를 찾아 태을문 후예가 출현했다는 소식을 알리는 바람에 그 자리에서 죽임을 당한 것 같습니다. 소우는 어떻게 해서든 태을문과의 연을 끊으려는 사람인데 그런 사람에게 태을문 후예가 나타났다는 보고를 했으니 죽을 자리를 제 발로 찾아간 것이나 다름없었을 것입니다."

우건은 고개를 돌려 창문 밖을 보았다.

한여름 따가운 햇살이 오전 일찍부터 들판을 달구는 중이었다.

최욱이 조사한 내용이 사실이라면 고월은 이미 이 세상 사람이 아니었다.

우건이 나타났단 소식을 소우에게 알리는 바람에 죽임을 당한 것이다.

우건은 부산 수영만 요트에서 보았던 고월의 마지막 모
습을 떠올리다가 고개를 저었다.

정국이 또 한 번 거세게 요동치는 중이었다.

8장. 식구(食口)

최욱이 생기가 좀 돌아온 표정으로 물었다.

"그런데 저를 어떻게 찾으신 겁니까?"

"수원역 공중전화 박스에 있던 핏자국을 추적했소."

최욱이 기뻐하며 물었다.

"그럼 정말 은종혈연술(隱從血煙術)이 통한 겁니까?"

우건이 의외라는 듯이 물었다.

"은종혈연술을 아시오?"

최욱이 고개를 끄덕였다.

"천사대가 적혀 있는 서책에 태을문에는 피를 이용해 적을 추적하는 독특한 추적법이 하나 존재하는데 그게 은종혈연술이라 나와 있었습니다. 태을문의 후예라면 은종혈연술을 펼칠 수 있을 거라 짐작하여 제 피를 전화박스에 살짝 묻혀 놓았던 겁니다. 그런데 그게 정말 통할지는 몰랐습니다."

우건은 쓴웃음을 지었다.

최욱 말대로 은종혈연술은 피를 이용해 적을 추적하는 태을문만의 독특한 추적법이었다.

그러나 은종혈연술은 다른 사람의 피를 이용하는 방법이 아니었다.

태을문도 본인의 피를 이용해 적을 추적하는 방법이었다.

우건은 예전에 명진제약 회장 한명진으로 위장해 있던 독수괴의 한세동을 추적할 때 은종혈연술을 이용한 적이 있었다.

그때 역시 본인의 피를 한세동의 부하가 모는 차량에 묻혀 추적에 사용했다.

한데 서책의 부정확한 내용을 곧이곧대로 믿은 최욱은 사람의 피만 있으면 은종혈연술이 가능한 것으로 오해한 것이다.

우건은 고개를 저었다.

"은종혈연술은 태을문의 심공을 수련한 문도가 흘린 피를 표적에 묻혀 추적하는 방법이오. 태을문의 심공을 익힌 적이 없는 당신 피로는 은종혈연술을 펼칠 수가 없었다는 뜻이오."

최욱이 당황해 물었다.

"그럼 대체 어떻게 찾아내신 겁니까?"

"당신이 흘린 핏자국을 보고 추적했소. 은종혈연술은 아니지만 당신이 도망치며 남긴 핏자국이 당신에게 안내해 주었소."

최욱은 자책했다.

"제가 바보 같은 짓을 했군요. 그런지도 모르고 전화박스에 피를 묻혀 놓으면 주공이 절 찾을 수 있는 줄 알았습니다."

우건은 살짝 떨떠름한 표정으로 물었다.

"주공? 왜 내가 당신 주공이오?"

최욱이 부상당한 몸으로 바닥에 넙죽 엎드렸다.

"전 지금 구룡문의 척살령(刺殺令)을 받아 쫓기는 중입니다. 그리고 아시다시피 더 이상 특무대 제로팀에도 적을 두지 못하는 상황입니다. 제가 의지할 데라고는 주공밖에 없습니다. 부디 내치지 말아 주십시오. 태을문에 충성하겠습니다."

우건은 이해가 가지 않는다는 표정으로 물었다.

"당신은 나에게 의지해 살아갈 만큼 약해 보이지 않는데, 왜 그런 선택을 하려는 것이오? 더욱이 구룡문과 태을문의 관계는 검귀 소우의 이반(離叛)으로 이미 깨어진 게 아니오? 당신은 이제 태을문과의 의리를 지킬 필요가 없단 뜻이오."

최욱이 단호한 어조로 대답했다.

"고아이던 저는 아주 어렸을 때 구룡문에 거두어졌습니다. 그리고 구룡문 문도로 성장하며 무공 사부가 얘기해 주는 구룡문의 이상(理想)을 좋아했습니다. 태을문의 후예를 기다려 좋은 세상을 만들겠다는 이상을 말입니다. 지금 구룡문은 제가 알던 그 구룡문이 아니지만 제가 좋아하던 이상에는 변함이 없습니다. 오히려 태을문의 후예를 주공으로 모신다면 제가 꿈꿔 온 그 이상을 실천하는 일이 아니겠습니까?"

우건은 다시 한 번 고개를 저었다.

"나는 인세를 구원할 옥황상제(玉皇上帝)나 미륵(彌勒)이 아니오. 나 역시 평범한 인간 중에 하나일 뿐이오. 즉, 구룡문이 당신에게 말한 좋은 세상을 만들 능력이 없다는 뜻이오."

최욱은 물러서지 않았다.

오히려 전보다 더 강하게 나왔다.

"저 역시 인세를 구원할 옥황상제나 미륵을 기대하며 주공을 모시려는 게 아닙니다. 전 특무대의 명을 받고 전 주미 대사 윤치경과 그의 딸 윤정인을 지키기 위해 김포공항에 가야 했습니다. 그들이 왜 위험에 처했는지조차 알지 못한 채 말입니다. 그리고 그곳에서 주공을 처음 뵈었습니다."

최욱은 감정이 복받친 듯 잠시 말을 잇지 못했다.

우건은 말없이 기다려 주었다.

감정을 다스린 최욱이 마음에 담아 둔 감정을 모두 토해 냈다.

"그곳에서 주공께 손을 쓰는 불경을 저지르기는 했지만 그 바람에 주공께서 태을문의 후예란 사실을 알 수 있었습니다. 주공의 자비심 덕분에 목숨을 건진 후 구룡문이 있는 제주에 있는 동안, 윤치경과 윤정인이 무슨 짓을 저질러서 주공께 쫓기게 되었는지 뉴스를 보고 알게 되었습니다. 차마 입에 담기 힘든 짓을 저질렀더군요. 전 그때 하늘을 제대로 쳐다보지 못할 정도로 부끄러웠습니다. 비록 구룡문이 명령한 첩자 짓을 수행하느라 어쩔 수 없었다고는 하지만 금수만도 못한 자들을 지키기 위해 목숨을 걸었던 게 창피해서 견딜 수가 없었던 겁니다. 그리고 그때 깨달았습니다. 주공께서 하시는 일들이야말로 구룡문이 세운 처음 이상과 맞는다는 것을 말입니다. 부디 저를 내치지 말아 주십시오."

최욱은 달변이 분명했다.

아마 목소리가 아나운서처럼 좋았다면 직업으로 정치인이나 세객(說客)이 어울렸을 듯했다.

잠시 생각한 우건이 물었다.

"정말 그렇게 해야겠소?"

"무슨 말씀이십니까?"

"내 수하가 되어야만 날 도울 수 있는 게 아니오. 중원무림에서처럼 주인과 수하의 관계를 꼭 따를 필요가 없단 뜻이오."

"비록 시공을 건너뛰긴 했지만 무림은 무림이지 않겠습니까?"

주종관계 외에는 따를 수 없다는 완곡한 거절이었다.

우건은 고민했다.

그러나 그 고민이 길지는 않았다.

이와 비슷한 관계를 이미 쾌영문주 원공후와 형성한 상태였다.

개과천선했다곤 하지만 원공후와 그 제자들은 모두 남의 물건을 훔치던 도둑이었다.

출신성분만 따지면 오히려 최욱이 더 좋은 편이었다.

무엇보다 최욱이 그의 문하로 투신하려는 목적이 마음이 들었다.

악을 제거하고 선을 행하는 것이야말로 태을문이 강조하는 외공(外功), 즉 덕을 쌓는 행위였다.

최욱은 잘못을 바로잡고 악을 제거하기 위해 우건의 수하가 되려 하고 있었다.

우건은 지체 없이 결정했다.

"좋소. 그대를 받아들이겠소."

최욱이 머리를 조아렸다.

"감사합니다."

"태을문은 방계(傍系)와 빈객(賓客)을 두지 않는 관계로 그대는 지금부터 규정문(糾正門)의 문주가 되어 나를 도와주시오."

최욱이 놀라 머리를 들었다.

"제가 문주가 되는 겁니까?"

"그렇소. 나에겐 이미 쾌영문이라는 조력 문파가 존재하오. 규정문은 앞으로 쾌영문과 동등한 입장에 설 수 있을 것이오."

"규정문의 규정(糾正)은 무슨 뜻입니까?"

"바로잡는다는 뜻이오."

최욱이 마음에 든다는 듯 희미한 미소를 지었다.

최욱을 식구로 받아들인 우건은 그와 함께 수연의원에 돌아가 수연에게 그를 소개해 주었다.

최욱은 놀람을 감추지 못했다.

태을문에 우건 외에 또 다른 문도가 있을 줄 몰랐던 모양이었다.

그리고 그 문도가 눈이 튀어나올 만큼 아름다운 미녀일 줄은 더더욱 몰랐던 듯 벌린 입을 다물지 못했다.

수연이 환한 미소로 최욱을 환영했다.

"어젯밤에 전화를 하셨던 분이군요. 그동안 사형에게 말씀 많이 들었어요. 저는 오수연이에요. 앞으로 잘 부탁드려요."

최욱은 황급히 머리를 숙였다.

상대는 주공으로 모신 분의 사매였다.

무슨 말이든 해야 했다.

그러나 입이 쉽게 떨어지지 않는 모양이었다.

최욱은 어렸을 때 성대를 다쳐 목소리가 변한 후에는 사람들과 대화하는 상황을 극도로 꺼렸다.

지금말로 하면 콤플렉스에 해당했다.

수연은 다 안다는 듯 최욱이 곤란하지 않게 얼른 대답했다.

"괜찮아요. 규정문 문주님의 사정은 사형에게 들어서 잘 알고 있어요. 그러니 저에게까지 힘들여서 말할 필요 없으세요."

최욱의 숙인 머리가 더 숙여졌다.

자신의 사정을 이해해 주어 고맙다는 뜻일 터였다.

수연의원 직원인 정미경, 이진호와 대면식을 가진 최욱은 이내 쾌영문으로 이동해 원공후, 김 씨 삼형제, 임재민을 만났다.

쾌영문 역시 김포공항 사건에 깊숙이 개입했던 터라 최욱의 사정을 잘 알았다.

그리고 수연을 통해 어젯밤 늦게 최욱의 전화를 받은 우건이 급히 나갔단 말을 들었다.

그런 이유로 우건이 최욱과 함께 나타난 일에 의문을 가지지 않았다.

우건이 최욱을 원공후에게 소개시켜 주었다.

"이번에 규정문을 세운 최욱이란 사람이오. 두 사람의 나이가 비슷할 테니까 원 문주가 그를 많이 도와주도록 하시오."

"이를 말씀입니까."

대답한 원공후가 최욱을 끌어당겨 자기 옆 자리에 앉혔다.

이미 쾌영문 대청에는 최욱을 환영하기 위한 잔칫상이 차려져 있었다.

요리사인 김철이 오랜만에 솜씨를 자랑한 듯 식탁에 한식, 중식, 일식, 심지어 서양식까지 올라와 있었다.

원공후는 나이가 비슷한 친구가 생긴 게 기쁜 듯했다.

"지하 술 창고에 가서 그놈을 꺼내오너라."

시중들던 김은이 눈을 깜박거리며 물었다.

"어떤 술 말입니까?"

"내가 20년 전에 담근 산삼주 말이다."

김은이 입맛을 쩝쩝 다시며 물었다.

"오! 그걸 드시어 마셔 보는 겁니까?"

원공후가 짐짓 역정을 내며 호통쳤다.

"이놈들아! 자그마치 백년 묵은 산삼 열 뿌리로 담근 명주를 어찌 너희처럼 술맛도 모르는 어린놈들에게 줄 수 있겠느냐! 주공과 규정문주님께 맛 좀 보시라고 가져오란 거다!"

"쳇. 그럴 줄 알았습니다."

김은은 툴툴거리면서도 얼른 지하 술 창고에 내려가 백년 묵은 산삼 열 뿌리로 담갔다는 술을 병 통째 들고 올라왔다.

사람들의 술잔에 곧 산삼주가 채워지기 시작했다.

산삼주는 원공후가 자신만만하게 내보일 만한 술이었다.

우선 엷은 황금색을 띄는 빛깔이 여간 맛있어 보이지 않았다.

그리고 잔에 따랐을 때는 주향이 넓은 대청에 진동할 지경이었다.

우건은 술을 그다지 좋아하지 않는 성격이었지만 그 향기에 이끌려 거푸 석 잔을 마신 다음에야 빈 술잔을 내려놓았다.

최욱은 여전히 과묵했지만 원공후 역시 우건에게 사정을 들은 터라, 별로 개의치 않았다.

최욱은 대답할 필요가 있을 때는 전음으로 조용히 자신의 의사를 전달했다.

전음은 본래 목소리와 다르기 마련이라 듣기에 거북할 정돈 아니었다.

최욱을 환영하는 연회는 저녁에 의원 문을 닫고 퇴근한 수연과 정미경, 이진호가 차례로 합류하며 좀 더 시끌벅적해졌다.

거나하게 취한 원공후가 우건에게 물었다.

"한데 최 문주의 규정문은 어디에 세우실 생각입니까?"

"본인의 의사를 먼저 물어봐야겠지만 이 근처가 좋을 것 같소."

당사자인 최욱 역시 이의 없다는 듯 고개를 끄덕였다.

원공후가 마을지도를 바닥에 펼쳤다.

"수연의원 뒤에 2층짜리 건물이 하나 있는데 여긴 어떠십니까?"

"비어 있소?"

"예. 두 달 전에 부도를 맞은 주인이 내놨습니다."

원공후의 대답을 들은 우건은 지도를 자세히 들여다보았다.

수연의원 바로 뒤였다.

좁은 골목을 지나면 바로 건물이 나왔다.

유사시에 수연의원을 보호하기 좋은 위치였다.

그리고 수연의원 사람들이 잠시 피신할 수 있는 최적의 장소였다.

우건은 고개를 돌려 수연을 보았다.

수연은 정미경, 이진호, 최아영 등과 대청 소파에 앉아 담소를 나누는 중이었다.

가끔 웃음소리가 나는 걸 보면 재미있는 얘기를 하는 듯했다.

우건은 원공후에게 전음으로 물었다.

-이 건물이 비어 있는 것을 언제부터 알았소?

원공후는 갑작스러운 전음에 취기가 날아간 듯 바로 대답했다.

-부동산에 매물이 올라온 직후에 알았습니다.

-이 건물을 주시한 이유가 있소?

-주공이 염려하시는 것을 이 노복 역시 염려하기 때문입니다.

-그게 무슨 말이오?

원공후는 지체 없이 대답했다.

-누가 적이고 누가 아군인지 모를 이런 정국에서는 수연 의원을 지키는 일이야말로 가장 중요한 사안 아니겠습니까? 그 건물을 우리가 살 수 있으면 앞뒤로 강력한 방패를 두를 수 있기에, 부동산에 미리 언질을 주어 건물이 나오면 바로 연락해 달라 했던 겁니다. 이미 계약금을 걸어 두었습니다. 주인이나 부동산업자나 다른 손님에게 팔지 않을 것입니다.

우건은 원공후의 충정이 진심으로 고마웠다.

-신세를 졌소.

-신세라니 당치 않습니다.

우건은 원공후에게 바로 계약을 진행하라 지시했다.

건물 매입비용을 조달하는 문제로 잠시 실랑이가 일긴 했지만 우건이 내는 것으로 결국 마무리가 지어졌다.

원공후는 자기가 우건보다 더 부자라며 비용을 내겠다고 우겼지만, 이는 우건이 최욱에게 주는 것이기에 그 역시 물러서지 않았다.

결국 고집을 꺾은 원공후는 건물 인테리어 비용을 내는 것으로 대신했다.

원공후가 그것만은 양보할 수 없다는 듯 강경하게 나온 터라, 우건 역시 그 문제는 맡기는 수밖에 없었다.

우건은 태을문 비고에서 가져온 금괴 몇 개를 원공후를 통해 처분해 건물을 매입했다.

명색이 강남인지라 생각보다 비쌌지만 비고에서 가져온 금괴는 아직 여유가 있는 편이었다.

최욱은 건물을 새로 단장할 때까지 쾌영문에 머물렀다.

그리고 머무르는 동안, 원공후와 무공에 대해 끊임없이 상의했다.

원공후는 일대종사(一代宗師)의 풍모를 갖춰 가는 중이었고 최욱은 실전류 최강이라 불러도 손색없는 철무조화련을 연성했다.

두 사람은 대화를 통해 서로의 부족한 면을 채웠다.

건물 새 단장이 끝난 가을에는 정식으로 규정문 개파대전(開派大典)이 열렸다.

비록 손님이라 해봐야 수연의원과 쾌영문 문도들이 다였지만 어쨌든 개파대전은 성공리에 끝났다.

다음 날 아침, 우건은 규정문을 찾아 최욱과 독대했다.

"철무조화련은 누가 만든 무공이오?"

"전에 말씀드린 송대길이란 분을 기억하십니까?"

"구룡문 삼성의 공동전인 말이오?"

"그렇습니다. 그분이 가진 비급에 철무조화련이 있었습니다."

우건은 어느 정도 예상한 대답인 탓에 별로 놀라지 않았다.

"철무조화련의 원래 이름은 철산벽(鐵傘闢)일 것이오."

최욱의 두 눈이 번쩍 뜨였다.

"그럼 철무조화련 역시 태을문의 무공이었습니까?"

"아니오."

"무슨 말인지 잘 모르겠습니다."

"철산벽은 태을문 8대 제자였던 철산서생(鐵傘書生) 이문추(李文追)란 분이 창안한 무공이오. 이문추란 분은 차기 장문인 경쟁에서 사제에게 패해 낙마한 후 태을문을 나가 버렸소. 당시 태을문은 장로들의 결정에 불복한 그분을 반도로 공표하고 추살대를 파견했소. 그러나 그분의 실력이 원체 뛰어났던 탓에 별 성과를 거두지 못하였소. 분노한 장로들은 철산서생 이문추를 본문에서 아예 파문시켜 버렸소."

최욱은 꼼짝하지 않은 채 우건의 말에 귀를 기울였다.

그럴 수밖에 없는 것이 우건의 입에서 그가 전에는 알지 못한 철무조화련의 탄생 비화가 흘러나오는 중이었던 것이다.

우건이 담담한 어조로 말을 이어 갔다.

"그로부터 30여년 후, 철산서생은 돌아가시기 직전에 후인을 시켜 비급 하나를 본문에 보내왔는데, 그게 바로 철무조화련의 전신인 철산벽이오. 당대 장문인과 장로들은 즉시 철산서생이 말년에 깨달은 심득이 들어 있는 철산벽을 연구했소. 철산벽은 뛰어나기 그지없는 무공이었소. 특히 태을문에 부족한 실전성(實戰性)을 극도로 끌어올린 무공이었소. 또 철산벽은 초식의 오묘함이 기존에 있던 태을문 절예에 전혀 떨어지지 않아서 충분히 후세에 남길 만한 신공절학이었소. 그러나 이미 파문당한 제자가 남긴 유진인 탓에 격론 끝에 태을문 절예에 포함시키지 않기로 결정했소. 대신 철산벽이 적힌 비급만은 없애지 않고 태을문 비고에 보관하기로 했소. 태을문의 적에게 철산벽이 수록된 비급이 넘어가면 그거보다 끔찍한 일이 없을 것 같았기 때문이오."

우건의 긴 이야기가 끝났을 때에야 최욱이 참았던 숨을 쉬었다.

"그럼 태을문 장문인의 후손으로 보이는 송대길이 철산벽 비급을 가지고 있던 이유는 무엇이었을까요? 그리고 이름을 철무조화련으로 바꾼 이유 역시 궁금하기 짝이 없습니다."

우건은 잠시 고민해 본 연후에 자신의 생각을 말했다.

"당사자가 없으니 추측만 할 수 있을 따름이오. 원래 태을문 절예는 비급으로 남기지 않소. 적에게 탈취당할 가능성이 존재하기 때문이오. 해서 지금 내려오는 33종 절예는 전부 구술로만 제자에게 전해 줄 수 있소. 아마 그런 연유로 서고에 있는 철산벽은 비급으로 남아 있는 몇 안 되는 무공 중에 하나였을 것이오. 만약 송대길의 조상이 어떤 이유든지 간에 태을문을 급히 나와야 했다면, 비급으로 남아 있던 철산벽은 갖고 나오기에 가장 좋은 비급이었을 것이오. 그리고 이름을 바꾼 이유는 송대길의 의도가 아니라, 송대길을 공동전인으로 받아들인 구룡문 삼성의 뜻이었을 것이오. 강호에는 기인이사가 많아 철산벽의 유래를 아는 자가 있을 수 있다는 생각에 무공의 이름을 바꾸었을 것이오."

우건은 최욱에게 철무조화련의 구결을 외워 보게 했다.

자신의 무공 구결을 외인에게 불러 주는 것은 있을 수 없는 행위였다.

그러나 최욱에게 있어 우건은 이미 외인이 아니었다.

최욱은 지체 없이 그가 철무조화련이라 들은 구결을 불러 주었다.

우건은 구결을 들으며 고개를 살짝 저었다.

우건의 표정을 살피던 최욱이 물었다.

"구결이 이상합니까?"

"계속 외워 보시오."

최욱은 시키는 대로 1만 자가 넘는 구결을 끝까지 암송했다.

구결을 다 들은 우건은 미간을 살짝 찌푸렸다.

"구결이 완전하지 않은 것 같소."

"무슨 뜻입니까?"

"철산벽 구결은 1만 3천 자를 상회하오. 한데 규정문주가 외운 구결은 1만 자에 불과하오. 즉, 3천 자가 빠져 있는 셈이오."

최욱은 그제야 아차 하는 표정으로 대꾸했다.

"그 말씀을 듣고 보니 저도 무공을 익힐 때 구결에 무언가 이상한 점이 있다는 것을 어렴풋이 깨달았던 기억이 있습니다."

"이상한 점이 있었소?"

최욱은 지체 없이 고개를 끄덕였다.

"그렇습니다. 마치 누가 일부러 불완전한 구결을 알려준 것처럼 초식과 초식 사이에 끊기는 부분이 있었습니다. 수련할 당시에는 원래 그런 무공이라 생각해 의문을 제기하지 않았지만, 주공의 말씀을 듣고 보니 제가 익힌 철무조화련, 아니 철산벽의 구결이 완벽하지 않단 것을 알게 되었습니다."

우건은 그 이유를 잠시 고민하다가 최욱에게 물었다.

"혹시 구룡문에 있다는 철무조화련의 비급을 직접 본 적 있소?"

"예. 직접 본 적 있습니다."

"그럼 규정문주가 외운 구결과 비급의 구결이 모두 일치했소?"

"예. 모두 일치했습니다."

최욱이 외운 구결과 비급의 구결이 일치했다는 말은 그에게 무공을 가르쳐 준 무공 사부가 특별한 의도를 가지고 비급의 구결 일부를 누락한 상태에서 전수하지 않았단 뜻이었다.

그리고 그 말은 송대길의 비급 자체에 문제가 있단 뜻이었다.

우건은 자기 생각을 최욱에게 말해 주었다.

"나는 지금까지 송대길의 조상이 태을문 비고에 있던 철산벽의 비급을 가지고 나온 것이라 생각했소. 그리고 송대길의 조상이 태을문에서 가져온 비급을 후손에게 물려준 거라 생각했소. 한데 지금 보니 비급을 훔친 게 아니라, 비급의 내용을 머릿속에 기억해 두었다가 나중에 따로 시간을 내어 필사해 둔 것 같소. 그리고 그런 추측이 맞다면 기억이 정확하지 않은 탓에 철산벽 구결에 빈 곳이 생겼을 것이오."

최욱이 실망한 표정을 지었다.

"태을문 비고에 있다는 철산벽과는 달리, 제가 수련한 철무조화련은 애초에 불완전한 구결로 이루어진 무공이었군요."

우건은 실망할 필요 없다는 듯 바로 말을 이어 갔다.

"내가 철산벽의 구결이 1만 3천 자로 이루어졌단 사실을 아는 이유는 나 역시 철산벽의 구결을 암기하고 있기 때문이오."

우건의 말이 끝나기 무섭게 최욱이 떨리는 음성으로 물었다.

"그, 그게 정말입니까?"

"그렇소. 나는 무공을 한창 배워 나갈 적에 견문을 넓히려는 목적으로 태을문 서고에 보관된 무공을 몇 개 연구했소. 그중 하나가 바로 철산벽이었소. 내가 지금부터 불러 주는 구결을 외우도록 하시오. 기존에 외운 구결에서 3천 자가량을 추가하는 거니까 외우는 게 그리 어렵지는 않을 것이오."

우건의 말에 최욱이 첫 번째로 드러낸 감정은 놀라움이었다.

이는 비급에 있던 1만 3천 자에 가까운 무공 구결을 전부 외웠다는 뜻이었다.

만약 철산벽이 태을문의 정식 무공이었다면, 이상한 일이 아니었다.

그러나 철산벽은 태을문에서 버려진 무공이었다.

한데 우건은 그런 무공까지 외우고 있었던 것이다.

최욱은 1만 자가 넘는 무공 구결을 암기하기 위해 몇 달을 전력으로 노력했던 터라, 놀라울 수밖에 없었다.

최욱이 두 번째로 드러낸 감정은 감격이었다.

"철산벽이 태을문의 정식 무공은 아니라지만 그래도 태을문과 연관이 있는 무공임은 분명한데, 그런 무공을 문도가 아닌 저 같은 외부인에게 가르쳐 주어도 괜찮은 겁니까? 태을문은 방계나 빈객을 인정하지 않는다고 하시지 않았습니까?"

우건은 최욱의 마음 씀씀이가 고마웠다.

우건이 그를 위해 태을문의 율법을 어길까 봐 걱정한 것이다.

우건은 고개를 저었다.

"규정문주가 아는 대로 태을문의 율법은 아주 엄격한 편이오. 그러나 그 율법 안에 철산벽과 같은 경우에 해당되는 무공을 외인에게 가르쳐 주지 말라는 조항은 존재하지 않소."

그 말에 다시 감격한 최욱이 일어나서 절을 올렸다.

우건은 말없이 최욱의 절을 받았다.

절을 마친 최욱이 무릎을 꿇고 앉기 무섭게 우건은 1만 3천 자를 상회하는 철산벽의 구결을 그에게 불러 주기 시작했다.

철산벽의 구결을 듣는 최욱의 표정이 시시각각 변했다.

이미 수천수만 번을 암송해 토씨 하나 틀리지 않는 구결이었다.

그리고 구결에 대한 이해도 역시 아주 높은 편이었다.

한데 우건이 구결을 불러 줄 때마다 마치 가려운 곳을 살살 긁어 주는 것처럼 전에는 완벽히 이해하지 못했던 부분이 이해되기 시작한 것이다.

마치 퍼즐 몇 개가 빠져 있던 그림판이 머릿속에서 점점 완벽한 형상을 갖춰 가는 느낌이었다.

최욱의 얼굴이 마치 엄청난 보물이 든 함을 열어젖힌 사람처럼 희열에 번득였다.

일반인에게는 재물이 가장 큰 선물일 테지만 최욱처럼

뼛속까지 무인인 사람에게는 절세신공이야말로 자기 목숨까지 바쳐 가며 찾는 보물이었던 것이다.

구결을 다 불러 준 우건은 최욱에게 물었다.

"다 외웠소?"

"소생(小生)의 재주가 미천하여 아직 다 외우지 못했습니다."

"괜찮소."

우건은 최욱이 구결 전체를 기억할 때까지 계속해서 암송했다.

그날 저녁이 되어서야 최욱은 1만 3천 자 구결을 완벽히 암송할 수 있었다.

철산서생 이문추는 성격이 불같은 사람이었다.

아마 그런 성격으로 인해 태을문 차기 장문인 경쟁에서 사제에게 졌을 것이다.

그리고 차기 장문인 경쟁에서 지는 순간, 울분을 참지 못해 태을문을 뛰쳐나갔을 것이다.

그런 화급한 성격을 지닌 철산서생 이문추는 자신의 성격에 걸맞게 아주 실전적인 철산벽의 무공 구결을 후세에 남겼다.

철산벽의 구결 안에는 다른 무공 구결처럼 애매한 문장이나 여러 번 비틀어서 해석해야 하는 문맥, 읽는 사람이 눈을 부릅뜨고 봐야 드러나는 행간의 의미가 존재하지 않았다.

원래 한 문파의 무공은 보안이 극도로 필요한 사안이었다.

적의 귀에 들어가면 그야말로 끝장인지라, 설령 적이 비급을 탈취하더라도 이해하지 못하도록 만드는 게 아주 중요했다.

그런 이유로 인해 마치 암호처럼 써 놓은 비급이 대다수였다.

그러나 성격이 직선적인 철산서생 이문추는 철산벽의 구결을 들으면 바로 알 수 있게 만들어 두었다.

철산벽을 전혀 수련하지 않은 우건 역시 구결을 암송하는 동안, 구결에 사용된 오묘한 무리를 어느 정도 간파할 수 있을 정도였다.

더욱이 철산서생 이문추는 애초에 태을문의 문도였다.

철산벽에 응용한 무리 대부분은 태을문에서 가르치는 무리였다.

오히려 철산벽의 다른 이름인 철무조화련을 평생 수련한 최욱보다 더 깊이, 그리고 더 상세하게 파악할 수 있었다.

우건은 최욱에게 철산벽을 만들 때 쓴 무리를 가르쳤다.

그렇게 열흘가량 지났을 무렵, 최욱은 마침내 한 단계 더 성장하는 데 성공했다.

지금 다시 구룡문 고룡대 대주 문강석과 겨룬다면 열 합 안에 그를 이길 수 있는 실력을 갖춘 것이다.

최욱은 혼자 살았던 탓에 저녁식사를 쾌영문에서 해결했다.

쾌영문에는 전 세계 음식에 능통한 김철이 있었다.

김철은 사람들에게 맛있는 음식을 만들어 대접하는 일을 누구보다 좋아했다.

가끔 원공후에게 요리보다 무공에 더 힘쓰라는 꾸중을 듣기는 하지만 천성은 어쩔 수 없었던 모양이었다.

부엌에 머무르는 시간이 늘면 늘었지 줄지는 않았다.

오늘 저녁 역시 마찬가지였다.

무슨 바람이 불었는지는 모르겠지만 수연의원 직원들까지 전부 초대해 프랑스식 코스요리를 대접했다.

식욕을 돋우는 전채(前菜)부터 농어와 스테이크 두 종류로 준비한 메인요리, 그리고 여자들이 좋아할 만한 케이크 등으로 만든 후식까지. 그야말로 파인 레스토랑 부럽지 않은 코스요리였다.

남자들은 케이크처럼 단맛이 강한 프랑스식 디저트를 별로 좋아하지 않은 탓에 차갑게 식힌 맥주병을 손에 들고 2층 거실에 올라가 담소를 나누었다.

그사이 수연, 정미경, 최아영과 같은 여자들은 1층에 있는 식탁에 끝까지 남아 김철이 만든 케이크와 아이스크림을 먹으며 수다를 떨었다.

맥주를 한 모금 마신 원공후가 최욱에게 물었다.

"규정문도 이제 슬슬 문도를 받아야 하지 않겠소?"

최욱이 무슨 뜻이냐는 표정으로 원공후를 보았다.

맥주병을 테이블에 올려놓은 원공후가 진지한 표정으로 말했다.

"규정문주의 실력이 날이 갈수록 일취월장하는 마당에 의발(衣鉢)을 전할 후계자가 없으면 실력이 너무 아깝지 않겠소?"

최근 최욱과 원공후는 매일같이 붙어 다니며 비무로 상대의 실력을 가늠하는 중이었다.

초반에는 일목구엽심법과 묵애도법을 보유한 원공후가 한참 앞서 나갔지만, 우건에게서 철산벽의 구결을 전해 받은 최욱의 실력이 점차 좋아지며 지금은 그 차이가 많이 줄어든 상태였다.

최욱의 발전 속도에 감탄한 원공후는 그에게 제자를 둘 것을 넌지시 권유해 본 것이다.

최욱은 자신 역시 고민 중이라는 듯 고개를 끄덕이며 전음을 보냈다.

최욱의 전음을 들은 원공후가 껄껄 웃더니 윗사람들 시중을 드느라 바쁜 김은과 김동 두 제자를 가리켰다.

"내 제자들은 보다시피 어디 가서 자랑할 만한 놈들은 아니오. 한데 재주 하나쯤은 타고난다는 옛말처럼 용케 말귀를 알아듣는 재주가 있어 가르치는 맛이 있다오. 그리고

요즘 들어 느낀 건데 다른 사람을 가르치다 보면 오히려 전에는 깨닫지 못하던 것들을 깨달을 때가 가끔 있소. 다시 말해 제자를 가르치는 사부 역시 도움을 받을 수 있다는 뜻이오."

김은이 툴툴거렸다.

"쳇. 요즘 같은 험한 세상에 저희처럼 사부님 말씀 잘 듣고 성실하기까지 한 제자들이 어디 있다고 불평을 다 하십니까?"

"이놈이 감히 어른들 얘기하는 데 끼어들어!"

화가 난 원공후가 쾌영산화수를 펼치려는 모습에 깜짝 놀란 김은은 손으로 머리를 감싸 쥐고는 꽁지 빠지게 도망쳤다.

사람들은 그 모습을 보며 껄껄 웃었다.

원공후와 김은은 사부와 제자라기보다는 부자 사이에 더 가까웠다.

그렇지 않았다면 저런 모습을 보여 주기 어려웠다.

최욱 역시 흐뭇한 미소로 그 모습을 지켜보다가 우건에게 전음을 보냈다.

둘만 있을 때는 자기 목소리를 냈지만 다른 사람과 함께 있을 때는 여전히 전음으로 의사를 표현했다.

-쾌영문주의 말을 어떻게 생각하십니까?

우건 역시 전음으로 대답했다.

-제자를 받는 문제 말이오.

-그렇습니다.

-알아서 하시오. 혹시 제자로 점찍어 둔 사람이 있소?

-한 명 있기는 한데, 아직 특무대에 있습니다.

-이곽연합 소속이오?

-성향은 지금 대통령 경호실에 있는 반정회에 더 가깝습니다만, 제가 제로팀에 남은 탓에 옮겨 가지 않은 사람입니다.

-곧 기회가 있을 거요. 좀 더 기다려 보시오.

-알겠습니다.

그때였다.

TV뉴스를 보던 임재민이 고개를 돌렸다.

"또 비리 사건이 터졌나 본데요."

임재민의 말을 들은 듯 도망쳤던 김은이 어느새 돌아와 물었다.

"또? 이번에는 누구래?"

"이번에는 재경부 차관과 과기부 차관이랍니다."

김은이 고개를 절레절레 저었다.

"저번에는 경찰이더니 이번엔 고위 공무원이군."

얼마 전에 중앙지검이 경찰청 차장, 경찰청 수사국장, 경기지방경찰청 청장 등을 뇌물 수수와 인사 비리 등의 혐의로 기소해 현재 수사가 한창 진행 중이었다.

한데 이번에는 관료 중의 관료라 할 수 있는 재경부 차관과 과기부 차관이 비리 사건에 연루되어 긴급 체포되었다는 뉴스가 나오고 있었다.

최욱이 심각한 표정으로 우건과 원공후를 보았다.

눈치 빠른 원공후가 제자들에게 지시했다.

"우린 3층에서 긴히 할 얘기가 있으니까 너희들은 1층에 내려가서 주모님과 수간호사님의 말상대 좀 해 드리도록 해라."

김은 역시 사부만큼이나 눈치가 빨랐다.

곧 사제들과 함께 1층으로 내려갔다.

1층에서는 아직 식사가 끝나지 않은 여자들이 한창 수다에 열을 올리는 중이었다.

특히 당돌한 막내 사매 최아영은 어리숙한 이사형 김철에게 어리광을 피워 가며 먹고 싶은 디저트를 주문하는 중이었다.

다들 귀여운 막내 사매에게 쩔쩔 매는 편이었지만 특히 김철은 더 그래서 사매가 해 달라는 음식을 그 자리에서 바로 만들어 가져다주었다.

거기에 김은, 김동, 이진호까지 새로 가세하니 쾌영문 1층 대청은 잔칫집처럼 떠들썩하게 변했다.

한편, 3층에 올라간 어른들은 분위기가 자못 심각했다.

특히 최욱의 표정이 아주 심각했다.

원공후가 답답하다는 듯 서둘러 물었다.

"대체 무슨 일인데 죽을상인 거요?"

최욱은 목을 몇 차례 가다듬은 후에야 간신히 입을 떼었다.

"저번에 체포 영장이 발부된 경찰 고위 관료들은 모두 특무대와 연관이 있던 자들입니다. 그리고 이번에 조사받는 재경부, 과기부 차관 역시 특무대와 이런저런 연관이 있던 자들입니다. 정확히 말하면 이곽연합이 줄을 댄 공무원들이지요."

최욱은 원공후와 만나는 동안, 그에게 마음을 연 듯 자기 목소리로 말을 했다.

물론 원공후 역시 심지가 깊은 사람이라 최욱의 목소리를 놓고 이렇다 저렇다 평가하지 않았다.

원공후가 깜짝 놀라 물었다.

"그럼 청와대에서 먼저 칼을 빼 들었다는 거요?"

최욱이 고개를 끄덕였다.

"그런 것 같습니다. 먼저 이곽연합을 비호해 주는 고위 관료들을 제거한 후에 이곽연합을 단숨에 치려는 것 같습니다."

원공후가 한숨을 내쉬었다.

"정부 내에 특무대처럼 어디로 튈지 모르는 조직이 남아 있으면 불안한 게 사실이지만, 진행이 너무 빠른 게 아닌가 싶소."

최욱이 이번에는 고개를 저었다.

"특무대 이곽연합은 정부 고위급 인사들, 심지어는 대통령까지 감시하는 중이었습니다. 어차피 겪어야 하는 일이었습니다."

팔짱을 낀 채 최욱의 말을 듣던 원공후가 우건에게 물었다.

"주공은 앞으로 어찌될 거라 보십니까?"

우건은 잠시 생각한 후에 대답했다.

"내가 특무대라면 손발이 다 잘리기 전에 먼저 쳐 버릴 것이오."

"먼저 친다는 건 특무대가 청와대를 공격할거라는 말입니까?"

"그렇소."

원공후가 말도 안 된다는 표정으로 고개를 저었다.

"지금이 어떤 시절인데 그런 방식이 통하겠습니까? 이곳은 우리가 살던 중원무림과는 다릅니다. 시민들이 투표로 대통령을 뽑는 곳인데 그런 주먹구구방식은 통하지 않을 겁니다."

우건은 가타부타 대답하지 않은 채 고개를 돌려 창밖을 보았다.

거리가 어느새 어둑해져 있었다.

그때였다.

쾅쾅쾅!

갑자기 누가 문을 세게 두드렸다.

9장. 지원요청

원공후가 문을 향해 소리쳐 물었다.

"누구냐?"

"은입니다."

"무슨 일이냐?"

"막내 사매가……."

원공후가 문을 벌컥 열며 김은에게 물었다.

"아영이가 왜?"

"막내 사매 집에서 급한 연락이 왔습니다."

"아영이의 집이라면…… 청와대가 아니냐?"

"그렇습니다."

대답한 김은이 최아영이 가지고 다니는 보안전화를 내밀었다.

"청와대에서 지금 즉시 주공과 통화하기를 원하고 있습니다."

"전화를 이리 줘라."

원공후는 김은에게 건네받은 전화를 바로 우건에게 넘겼다.

"받아 보십시오. 청와대에서 주공을 급히 찾는 듯합니다."

우건은 전화를 받았다.

"누군데 나를 찾는 것이오?"

─저예요.

지금은 청와대 경호실에 있는 진이연의 음성이었다.

우건은 그녀의 목소리가 살짝 떨리는 것을 느꼈다.

"무슨 일이요?"

─특무대 이곽연합의 움직임이 심상치 않다는 첩보를 받았어요.

"어떤 식으로 심상치 않다는 거요?"

─놈들이 청와대를 직접 노리는 것 같아요.

진이연의 대답을 들은 우건은 눈을 감은 채 잠시 생각했다.

그러나 오래 생각할 수는 없었다.

수화기 너머에서 진이연의 다급한 목소리가 들려온 탓이
었다.

–듣고 있어요?

우건은 담담한 음성으로 물었다.

"내가 어떻게 해 주었으면 좋겠소?"

진이연이 주저하는 목소리로 대답했다.

–우리 힘만으로 막기에는 벅찰 것 같아요. 청와대를 지
키는 군경이 있기는 하지만 그들을 동원하면 피해가 커질
거예요.

"지금 당장 필요하오?"

–첩보에 따르면 오늘 밤에 공격해 올 확률이 높아요.

"알았소."

진이연이 안도의 한숨을 내쉬며 말했다.

–근처에 초등학교가 있을 거예요. 거기로 제가 직접 갈
게요.

우건이 통화하는 사이에 심상치 않은 느낌을 받은 사람
들이 3층에 올라와 통화 내용에 촉각을 곤두세웠다.

그중 최아영의 표정이 가장 초조해 보였다.

청와대에 일이 생겼단 말은 그녀의 부모가 위험에 처했
다는 뜻이나 마찬가지였다.

그걸 아는 수연이 최아영의 어깨를 살포시 감싸며 위로
했다.

"걱정하지 마. 부모님은 무사하실 거야."

입술을 깨문 최아영은 말없이 고개를 끄덕였다.

전화를 끊은 우건은 통화 내용을 모두에게 말해 주었다.

김은이 가장 먼저 이해가 가지 않는다는 얼굴로 고개를 저었다.

"대통령이 죽으면 일반 국민들이 가만있지 않을 텐데, 대체 무슨 생각으로 그런 도박을 하는 걸까요? 이곽연합은 이번 대통령이 사라지면 자기들의 세상이 올 거라 믿는 걸까요?"

형 옆에 서 있던 김동 역시 부정적인 듯했다.

"저 역시 대사형과 같은 생각입니다. 이곽연합이 대통령을 시해하더라도 정권을 장악하지 못할 겁니다. 분노한 국민을 통제하기 위해 군을 동원해 보려 시도할지 모르지만 지금이 20세기도 아니고 군이 그런 지시를 따를 리 만무합니다."

수연이 걱정 가득한 표정으로 우건에게 물었다.

"그들이 이판사판이라는 생각에 일을 저지르고 보려는 걸까요?"

우건은 그녀의 질문에 대답하지 않았다.

대신, 조용히 대화를 듣고 있던 최욱에게 물었다.

"이곽연합이 제천회와 손을 잡을 가능성이 있소?"

우건의 말에 다들 깜짝 놀라 최욱을 쳐다보았다.

최욱 역시 예상하지 못한 듯했다.

곧 당황한 목소리로 전음을 보냈다.

-주공은 그 두 조직이 손을 잡을 수 있다고 보십니까?

-방금 전, 사매가 말한 대로 청와대가 이곽연합을 먼저 제거하려 한다면 그들 역시 다른 방향에서 활로를 찾을 수밖에 없을 것이오. 그리고 한국에서 쿠데타를 성공시킬 수 있는 세력은 현재 제천회와 제천회의 꼭두각시와 다름없는 한정당밖에 없소. 정계를 장악한 한정당과 재계, 언론을 장악한 제천회가 이곽연합과 손을 잡는다면 불가능한 건 아니오.

우건의 대답을 곱씹던 최욱이 고개를 끄덕였다.

-가능성이 전혀 없지는 않을 것 같습니다. 제가 아는 이곽연합 수뇌부라면 자신들의 기득권을 지키기 위해 악마와도 거래하려 들 겁니다. 그게 제천회라면 더없이 좋은 파트너일 테지요. 어쨌든 지금은 소나기를 피해야 할 때이니까요.

우건은 최욱과 나눈 대화를 사람들에게 알려 주었다.

김동이 당황해 소리쳤다.

"이곽연합과 제천회가 손을 잡는다면 가능성이 있을 겁니다! 그들이 장악한 언론을 이용해 여론을 조작하려 할 테니까요!"

이진호가 영문을 모르겠다는 표정으로 물었다.

"여론을 조작하면 쿠데타가 성공할 수 있어요?"

김동이 심각한 표정으로 대답했다.

"우리가 사는 이 나라는 아직 휴전국가야. 북쪽으로 불과 50킬로미터만 가도 서울을 불바다로 만들겠다고 떠드는 미치광이 같은 집단이 존재한단 뜻이야. 만약 제천회가 장악한 언론을 이용해 청와대 습격 사건을 북한 공작원 소행으로 선동한다면, 여론은 급격히 한정당 쪽으로 쏠릴 거야. 그런 상황에서 60일 후에 차기 대선을 치른다면 결과야 뻔하지. 보수진영이 미는 한정당 후보가 압도적으로 이길 거라고."

그때, 원공후가 벌떡 일어나 주의를 환기시켰다.

"지금 중요한 것은 놈들이 어떻게 쿠데타를 정당화시킬지를 따져 보는 게 아니다! 지금 가장 시급한 것은 청와대를 노리는 적의 야욕을 어떻게 분쇄시킬지를 의논하는 것이다!"

얼굴이 하얗게 질린 최아영을 안타까운 눈으로 지켜보던 수연이 원공후의 의견에 동의했다.

지금 중요한 것은 당장 쳐들어올지 모르는 특무대 이곽연합을 저지하는 일이지, 이곽연합이 쿠데타를 성공시키기 위해 어찌할지가 아니었다.

원공후가 우건에게 물었다.

"어떻게 하시겠습니까?"

"청와대에는 반정회가 주축을 이룬 경호실이 존재하오. 많은 인원은 필요 없을 것이오. 나와 원 문주, 최 문주만 가 겠소."

그 말에 가장 먼저 반대한 사람은 최아영이었다.

"이건 제 부모님 일이에요. 다른 사람은 몰라도 전 가야 해요."

최아영을 본 김 씨 삼형제 역시 자기들도 데려가 달라 부 탁했다.

심지어는 실전 경험이 전혀 없는 임재민과 이진호 역시 이번에는 따라갔으면 좋겠다는 의사를 내비치는 중이었다.

원공후가 혀를 끌끌 찼다.

"이놈들아, 우린 지금 놀러가는 게 아니야. 그리고 네놈 들이 죽지 않도록 나나 주공이 뒤치다꺼리하면서 상대할 만큼 청와대를 노리는 놈들은 만만한 상대가 결코 아니야."

임재민과 이진호가 바닥에 넙죽 엎드렸다.

"저희들이 피땀 흘려서 무공을 수련한 이유는 오늘과 같 은 일을 위해서가 아니겠습니까? 뒤에서 조용히 있을 테니 까 데려가 주십시오. 저희들도 이번 일에 한 팔 거들고 싶 습니다."

원공후가 포기했다는 듯 고개를 절레절레 저었다.

"이번 청와대 방어 임무의 인선은 주공께서 결정하실 게다. 주공께서 결정하시거든 딴소리 말고 즉각 따라야 할 것이야."

원공후가 공을 우건에게 넘긴 탓에 사람들의 시선이 우건에게 모아졌다.

이제 우건이 결정하면 번복되는 일은 없었다.

우건은 수연을 보았다.

"사매는?"

수연은 어깨를 으쓱거려 보였다.

"누군가 한 명은 여길 지켜야 하잖아요. 제가 남아서 지킬게요."

우건은 잠시 생각한 후에 사람들에게 말했다.

"무인이 성장하는 데는 크게 세 가지 조건이 필요하오. 첫 번째는 끊임없는 단련이오. 심신을 매일 단련하지 않고서는 그 위로 나아갈 수 없는 것이 무학(武學)의 정해진 이치일 것이오. 두 번째는 훌륭한 사부와 좋은 무공을 얻는 것이오. 그리고 마지막 세 번째는 견문을 넓히는 것이오. 살기가 없는 상대와 아무리 많은 대련을 해 본들 실전에서 나를 기필코 죽이려는 상대와 실제로 실력을 겨뤄 보는 한 번의 실전에 비할 바 아니오. 그러나 견문을 넓히기 위해 꼭 적과 싸울 필요는 없소. 가끔은 고수들끼리의 대결을 지켜보는 것만으로도 많은 깨달음을 얻을 수 있는 법이오."

우건은 모든 사람을 다 데려가기로 결정했다.

물론, 그중에는 수연 역시 포함되어 있었다.

수연은 태을문의 신공인 태을혼원심공과 일로추운검법을 익혔다.

그리고 독왕신단을 복용했으며 영사검, 녹주검, 백봉침, 도화륜과 같은 신병이기로 무장했다.

또 절정고수인 우건에게 세심한 지도를 받아 무공이 일취월장한 상태였다.

아마 실력만 따지면 김 씨 삼형제보다 뛰어날 확률이 높았다.

그러나 수연은 실전을 경험해 보지 못했다.

아니, 고수의 대결을 구경해 본 일조차 전무했다.

상대를 반드시 죽여야 하는 싸움이라면 김은과 김동이 수연보다 훨씬 강할 터였다.

그들은 우건과 원공후를 따라다니며 피가 튀고 살점이 떨어져 나가는 실전을 몇 차례 경험했다.

무인이라면 본인의 무기가 사람의 부드러운 살을 가르는 느낌과 뼈를 자르는 느낌을 알아야 했다.

그리고 상대가 쏟아 내는 살기와 피 냄새, 비명 소리, 신음 소리, 땀 냄새, 대소변 냄새에 익숙해져야 했다.

이를 알지 못하면 무인이 아니었다.

또한 무인은 죽음에 익숙해져야 했다.

죽음에 익숙해지지 못하면 손과 발이 멈출 수밖에 없었다.

그리고 손과 발이 멈추면 죽는 것은 적이 아니라 자신이었다.

이러한 것을 모르는 무인은 온실 속의 화초와 다름없었다.

온실 속에서는 아무리 화려한 꽃을 피우는 꽃이라도 폭풍 같은 비바람이 몰려오고 북풍한설이 휘몰아치는 온실 밖에 나가서는 살아남지 못하는 것과 같은 이치라 할 수 있었다.

우건은 수연에게 이러한 점들을 가르쳐 주고 싶었다.

그래야 정말 위급한 순간이 왔을 때, 제대로 대처할 수가 있었다.

또 수연에게 무공을 배운다는 건 어린애들이 하는 소꿉 장난 같은 게 아니라, 냉정한 현실이라는 것을 알게 하고 싶었다.

물론 적지 않은 충격을 받을 것이다.

그녀는 사람을 살리기로 맹세한 의사였다.

의사란 직업과 무인이란 신분의 차이에서 오는 엄청난 괴리감과 법치국가에서 법을 무시한 채 살인을 한다는 충격에서 빠져나오지 못할 수 있었다.

극복하지 못한다면 우건은 그녀에게 무공을 더 이상 가르치지 않을 생각이었다.

극복하지 못한다면 무인보다는 의사로 사는 게 더 나을 것이다.

원공후가 소리쳤다.

"주공의 지시를 다들 들었을 테니까 서둘러 준비하도록 하시오!"

"예!"

가장 바쁜 사람들은 쾌영문 문도들이었다.

우선 청와대에 가려면 위장할 것이 필요했다.

그들은 경호실 요원처럼 신분이 명확한 상태가 아니었다.

카메라에 얼굴이 찍히면 나중에 곤란한 일이 생길 수 있었다.

곧 문도들이 검은색 전투복 상하의, 검은색 헬멧, 검은색 마스크 10여 개를 1층 대청의 메인테이블 위에 가져다 놓았다.

우건이 전투복을 살펴보며 물었다.

"이런 건 언제 준비했소?"

원공후가 씩 웃었다.

"인피면구는 재료가 비싼 데다 만드는 데 오래 걸려서 가성비가 떨어지는 편입니다. 해서 대체할 물건이 뭐가 있을까 고민하다가 생각한 게 바로 이 전투복과 헬멧, 마스크입니다. 혹시 몰라서 여자들 용으로도 몇 개 미리 준비해 두었으니까 아영이와 주모님도 이걸 착용하면 걱정 없을 겁니다."

복장을 갈아입은 사람들은 마지막으로 김동의 브리핑을 들었다.

김동이 헬멧에 달린 이어폰과 마이크를 가리켰다.

"아시겠지만, 이 이어폰과 마이크로 다른 사람과 통신할 수 있습니다. 주파수는 미리 맞춰 놨으니까 따로 건드리지 마십시오. 그리고 경호실과 통신해야 될 때는 제가 따로 주파수를 알려 드릴 테니까 그때 가서 새로 세팅하면 될 겁니다."

청성검을 챙긴 우건은 수연의 복장을 봐주었다.

영사검은 벨트 대신 허리에 두르게 했다.

그리고 녹주검은 검집에 넣어 등에 빗겨 차게 했다.

발검에 익숙하지 않은 사람이 허리에 검집을 차다간 자기나 다른 사람을 찌를 위험이 있었다.

또 백봉침이 든 띠는 발목에 채우고 도화륜은 오른손잡이인 그녀를 생각해 전투복 오른쪽 주머니에 넣어 두었다.

수연의 복장을 점검한 우건이 물었다.

"괜찮아?"

"괜찮아요."

"실전은 상상했던 것보다 훨씬 충격적일 거야."

수연이 다부진 표정으로 고개를 끄덕였다.

"각오했어요."

"사매는 최 소저와 함께 대통령 부부 옆에 있어. 놈들이 관저까지 가지 못하게 할 테니까 위험한 일은 별로 없을 거야."

수연이 우건의 팔을 잡았다.

"사형은 괜찮아요?"

우건이 웃으면서 물었다.

"첫 실전을 치르러 가는 가는 사람이 지금 나를 걱정하는 거야?"

"한 명쯤은 사형을 걱정해 주는 사람이 있어야 하잖아요."

"그게 사매라는 거야?"

"왜요? 내가 걱정해 주는 게 싫어요?"

"싫진 않아. 그러나 내 걱정에 주의가 분산되어선 안 돼. 집중하지 않으면 본인은 물론이거니와 동료까지 다칠 수가 있어."

"명심할게요."

우건은 수연을 잠시 응시하다가 마스크를 올려 얼굴을 가려 주었다.

거기다 헬멧에 있는 고글을 쓰면 아무리 눈썰미가 좋은 사람이라도 수연을 알아보기가 쉽지 않을 것 같았다.

그때, 원공후와 최욱이 다가왔다.

"준비를 모두 마쳤습니다."

"그럼 세 명이 조를 이루어 진 팀장이 말한 약속 장소로 갑시다."

"알겠습니다."

만반의 준비를 갖춘 일행은 우건이 지시한 대로 세 명이 한 조를 이루어 쾌영문을 나섰다.

우건이 수연과 최아영을 데리고 가장 먼저 출발했다.

원공후는 임재민, 이진호와 함께 두 번째로 출발했다.

그리고 마지막에는 최욱이 김 씨 삼형제와 함께 출발해 진이연이 말한 초등학교로 이동했다.

진이연은 사려가 깊은 여인이었다.

혹시 일이 잘못될 경우를 대비해 수연의원, 쾌영문과 거리가 꽤 있는 초등학교로 접선 장소를 정했다.

초등학교 뒷문과 두 블록 떨어진 곳의 으슥한 골목에 차를 주차한 우건은 수연과 최아영의 허리를 감싼 다음, 일보능천을 전개했다.

우건이 초등학교에 도착하고 1분쯤 지났을 때, 원공후 등이 도착했다.

그리고 1분이 더 지났을 땐 최욱 등이 도착했다.

잠시 후, 우건의 연락을 받은 진이연이 검은색 SUV 넉대와 함께 초등학교 정문에 나타났다.

첫 번째 차량 조수석에 앉아 있던 진이연이 차에서 내려 우건 일행의 위치를 찾았다.

우건을 발견한 진이연이 한달음에 달려와 머리부터 숙였다.

"도와줘서 정말 고마워요. 이 은혜는 절대 잊지 않도록 할게요."

"그보다 놈들은 어떻게 하고 있소?"

"경호실 감시팀에 의하면 현재 청와대 근처에 집결 중이에요."

"서둘러야겠군."

진이연이 가져온 SUV에 나눠 탄 일행은 곧장 강북으로 올라갔다.

평일 늦은 시간대였으므로 교통체증은 거의 없었다.

진이연과 같은 차량에 탄 최아영이 마스크를 내리며 물었다.

"아버지와 어머니는 괜찮으신 거죠?"

진이연이 고개를 돌리며 대답했다.

"예. 대통령님과 영부인께서는 관저 벙커에 들어가 계십니다."

"벙커는 안전한가요?"

"핵폭탄까지 염두에 두고 건설한 지하벙커니까 염려하실 필요 없을 겁니다. 그리고 영애께서도 청와대 관저에 도착하는 대로 경호원과 함께 지하벙커로 이동하는 게 좋겠습니다."

최아영이 단호한 표정으로 고개를 저었다.

"저도 적과 싸울 거예요. 요 몇 달 동안 밤잠을 설쳐 가며 무공을 수련한 이유가 지금과 같은 상황을 위해서이니까 요."

진이연이 도와 달라는 표정으로 우건을 보았다.

우건은 고개를 돌려 최아영을 보았다.

"최 소저는 이번 일에서 가장 중요한 임무가 무엇이라 보시오?"

최아영은 우건이 질문한 의도를 모르겠다는 얼굴로 대답 했다.

"당연히 적을 막는 거죠."

우건은 고개를 저었다.

"적을 막는 일은 중요하지 않소."

최아영의 목소리가 좀 더 커졌다.

"그럼 이런 상황에서 대체 뭐가 가장 중요한 임무라는 거죠?"

우건은 담담한 목소리로 대답했다.

"최 소저의 부모님을 안전하게 지키는 게 가장 중요한 임무요."

"적을 막아야 부모님이 안전해지는 거 아닌가요?"

"경호실이 적을 저지하는 데 실패하면 그땐 어떻게 할 것이오?"

"그, 그땐…… 부모님을 보다 안전한 장소로 모셔 가야 겠지요."

"그 임무를 소저에게 맡기려는 것이오. 경호실이 실패하면 소저는 즉시 부모님을 가장 가까운 군부대로 모셔 가야 하오."

SUV 맨 뒷좌석에 앉아 있던 수연이 최아영의 어깨를 잡았다.

"사형 말대로 아영이는 나와 같이 부모님께 가 있는 게 좋겠어. 경호실이 실패하면 두 분을 안전한 장소로 모셔야 하니까."

최아영은 결국 우건의 뜻을 받아들였다.

그러나 부모님에 대한 걱정까지 다 떨쳐 버린 건 아닌 듯했다.

최아영이 우건의 팔을 잡으며 간절한 목소리로 물었다.

"아저씨, 아니 주공이 경호실을 도와 적을 상대할 테니까 놈들은 부모님을 해치지 못할 거예요. 그렇죠? 제 말이 맞죠?"

우건은 고개를 돌려 최아영을 직시했다.

"물론, 나는 최선을 다할 거요. 그리고 내가 최선을 다한다면 세상의 그 어떤 적도 대통령 부부를 해치지 못할 거라 생각하오. 그러나 세상엔 절대라는 단어는 존재치 않소. 나와 경호실이 적을 저지하는 데 실패할 경우에 대비해 마음을 굳게 먹고 후속조치를 준비하는 데 빈틈이 없도록 해야 하오."

입술을 깨문 최아영은 그렇게 하겠다는 듯 고개를 끄덕였다.

마스크로 얼굴을 가린 최아영이 차창 쪽으로 고개를 돌렸을 때, 우건은 앞자리 조수석에 앉아 있는 진이연에게 물었다.

"한데 왜 이렇게 빨리 진행된 거요? 이곽연합이 이렇게 나온다는 말은 그들이 엄청난 압박감을 느낀단 뜻이 아니겠소?"

"이곽연합을 압박하는 건 저희 뜻이 아니었어요."

"그럼 대통령이 직접 결정했다는 거요?"

진이연이 그렇다는 듯 고개를 끄덕였다.

"지금 청와대는 행정부조차 완벽히 통제하지 못하는 중이에요. 더욱이 특무대 이곽연합과 제천회, 그리고 한정당이 똘똘 뭉쳐 방해하는 통에 대통령께서 생각하신 개혁 작업에 전혀 손을 못 대는 중이에요. 초반 지지율은 괜찮게 나오지만 성과가 나오지 않으면 빠르게 내려갈 거예요. 그리고 집권 초기에 지지율이 손 쓸 틈 없이 내려가면 나머지 4년 반은 식물정권으로 전락할 수밖에 없어요. 상황이 얼마나 심각하냐면, 현 여당인 민중당에서조차 청와대를 멀리하는 상황이에요. 불안하기 짝이 없는 청와대와 도매급으로 취급받다가 다음 총선에서 대패할 것을 걱정하는 거예요."

"내부의 적부터 빨리 없애자는 거군."

"맞아요. 제천회와 한정당은 밖에서 청와대를 흔들지만 특무대 이곽연합은 내부에서 청와대를 흔드는 중이에요. 오히려 외부의 적보다 내부에서 흔드는 그들이 더 큰 골칫거리에요. 대통령은 이곽연합을 없애기 위해 경찰, 검찰, 행정 각 부처에 있는 이곽연합 끄나풀을 제거하란 명을 내렸어요. 다행히 사법부와 법무부 내부에 우리 생각에 동조하는 사람들이 있어 요 한 달 사이에 꽤 많은 성과를 올렸어요."

진이연 말대로 이곽연합과 관련 있는 비리 공직자들이 줄줄이 기소당하는 중이었다.

이에 위협을 느낀 이곽연합이 먼저 칼을 뽑아 들었다.

이를 테면 대통령 나름대로의 승부수라 할 수 있었다.

상황이 손쓰기 힘들 정도로 나빠지기 전에 먼저 이곽연합을 보호하는 방패부터 손본 다음, 이곽연합을 직접 상대해 끝장을 보겠단 심산인 것이다.

그만큼 지금은 대통령이 뜻을 펼치는 데 아주 불리한 환경이었다.

우건이 진이연에게 물었다.

"청와대 내부 직원들은 어떻게 처리하기로 했소?"

"테러 대비 훈련을 한다는 핑계로 모두 내보냈어요. 기술직까지 전부요. 현재 청와대에 있는 인원은 대통령 부부와 상황실 당직자 몇 명, 그리고 경호실 인력 100여 명이 전부예요."

"상황실 당직자는 내보내지 못한 거요?"

"북한이 도발하거나 이곽연합이 다른 장소에 테러를 저지를 가능성이 있어 상황실 당직자는 남겨 둘 수밖에 없었어요."

"청와대 안팎을 지키는 군경은 어떻게 했소?"

"101경비단, 202경비단, 22경찰경호대, 수방사 33헌병경호대, 55경비단, 88경호지원대, 국통사 90정보통신단 모두 경호실이 부르기 전까지 주둔지에 대기하란 명을 내렸어요."

우건은 고개를 끄덕였다.

진이연의 사부인 당혜란의 생각이겠지만 어쨌든 마음에 드는 조치였다.

순찰과 경계 임무에 일반 군경을 투입할 경우, 내일 아침에 지천에 널려 있는 시신과 마주해야 할지 몰랐다.

우건은 그들을 태운 차가 광화문으로 가는 모습을 보며 물었다.

"경호실에 속한 일반 경호원은 어떻게 처리할 거요?"

"그들은 관저를 방어할 거예요."

우건은 미간을 찌푸렸다.

"그들을 믿을 수 있겠소?"

진이연이 주저하며 대답했다.

"괜찮은 사람들이에요. 대통령 부부를 지키기 위해 목숨을 초개처럼 던질 사람들이란 뜻이에요. 그리고 관저 안과 관저 주위에 주로 배치했어요. 거치적거리는 일은 없을 거예요."

진이연의 말이 끝나기 무섭게 차를 운전하던 경호실 경호원이 룸미러로 우건을 힐끔 보았다.

그는 일반 경호원이었다.

우건은 진이연에게 전음으로 물었다.

─운전하는 경호원은 믿을 수 있는 사람이오?

진이연 역시 전음으로 대답했다.

─그는 돌아가는 사정을 다 알아요. 그리고 반정회 출신 경호원에게 무공을 배우는 중이어서 우리 편이라 할 수 있어요.

─관저 안 벙커에는 누가 있소?

─무슨 뜻이죠?

─반정회 출신 경호원이 대통령 부부와 같이 있는지 묻는 거요.

─있어요. 실력이 괜찮은 사람으로 세 명 붙여 놨어요.

고개를 끄덕인 우건은 말없이 창밖을 응시했다.

진이연 말대로 검문을 맡은 군경의 모습이 보이지 않았다.

일정한 거리마다 서 있는 검문소는 안이 모두 텅 비어 있었다.

차량 접근을 막는 차단벽만 내려와 있을 뿐이었다.

차량은 청와대 정문을 지나 왼쪽으로 크게 우회했다.

청와대에는 정문 외에 출입구가 몇 개 더 있었다.

대부분 직원이 출퇴근에 사용하는 문이었다.

그게 아니면 물건을 배달하러 온 화물트럭 등을 위해 존재하는 문이었다.

그러나 그중 한 개는 성격이 완전히 달랐다.

바로 청와대 본관이나 관저를 비밀리에 방문하는 손님을 위해 만들어진 출입구였다.

우건 일행을 태운 차량 행렬은 그 출입구를 이용했다.

그러나 바로 들어가지는 못했다.

출입구가 철근과 콘크리트를 사용해 만든 기계식 차단벽에 막혀 있었다.

차단벽 옆에는 역시 콘크리트로 만든 검문소가 세워져 있었다.

지금까지 지나온 검문소는 모두 불이 꺼져 있었지만 청와대 출입구에 있는 이 검문소에는 불이 들어와 있었다.

그리고 무장한 경호원 세 명이 안에서 출입하는 차량을 통제하는 중이었다.

우건을 태운 선도 차량이 검문소 앞에 정지했다.

곧 검은색 헬멧과 전술조끼를 착용한 경호원 두 명이 검문소 밖으로 달려 나왔다.

전술조끼에 탄창과 무전기, 수류탄 등이 빼곡히 꽂혀 있어 경호원의 몸집이 실제보다 두 배는 커 보였다.

경호원 두 명이 차량 정면을 기관단총으로 조준하며 다가왔다.

조수석 창문을 내린 진이연이 신분증을 내밀었다.

"수고 많아요. 경호실 경호본부 3팀장 진이연이에요."

신분증 사진과 진이연의 얼굴을 번갈아 확인한 경호원은 뒤에 탄 우건과 최아영, 수연에게 관심을 보이기 시작했다.

신분증을 진이연에게 돌려준 경호원이 물었다.

"뒤에 탄 동승자는 누굽니까?"

진이연이 청와대 봉황마크가 찍힌 명령서를 그에게 내밀었다.

"경호실 차장님의 지시로 외부에서 데려온 손님이에요."

경호원이 플래시를 켜서 건네받은 문서를 빠르게 확인했다.

그러나 그가 받은 문서는 모호하기 짝이 없었다.

문서에 반드시 적혀 있어야 할 이름과 주민번호가 모두 빠져 있었다.

그저 경호본부 3팀장 진이연 외 10명이라 적혀 있을 뿐이었다.

"신원 조회가 필요합니다. 먼저 얼굴을 가린 마스크부터 벗은 다음에 각자 신분증을 제시해 주시기 바랍니다. 제시하지 않으면 명령서가 있다 해도 통과시켜 드릴 수가 없습니다."

진이연이 초조한 표정으로 소리쳤다.

"지금은 이런 일로 허비할 시간이 없어요!"

경호원 역시 물러설 기미가 없었다.

"신원 조회를 하지 않으면 통과시켜 드릴 수 없습니다!"

한숨을 내쉰 진이연이 달래듯 말했다.

"의심스럽거든 실장님에게 전화해 직접 물어봐요."

경호원은 바로 실장에게 전화를 걸어 진위를 확인했다.

다행히 실장이 바로 확인을 해 준 듯 경호원이 차단벽을 해제했다.

검문을 통과한 차량 행렬이 관저 앞에 정차했다.

가장 먼저 차에서 내린 최아영과 수연은 바로 마중 나온 경호원을 따라 관저로 들어갔다.

청와대에는 벙커가 두 개 있었다.

하나는 본관에 다른 하나는 관저 지하에 있었는데, 대통령 부부가 몸을 피한 벙커는 그중 좀 더 안전한 관저의 벙커였다.

관저 지하에 도착한 최아영은 느릿느릿 열리는 벙커 문을 원망스러운 눈으로 쳐다보았다.

그러나 다른 방법이 없었다.

이런 종류의 벙커에 설치하는 방폭문(防爆門)은 원래 엄청나게 무거운 탓에 개폐에 시간이 걸리는 것이 당연했다.

최아영은 문이 열리기 무섭게 벙커에 뛰어들어 대통령 부부를 찾았다.

초조한 표정으로 벙커 내부에 설치한 10여 개의 모니터를 살펴보던 대통령 부부는 누가 먼저랄 거 없이 최아영에게 달려가 딸을 부둥켜안았다.

최민섭은 붉어진 눈으로 말없이 최아영의 머리를 쓰다듬었지만 윤미향은 거의 통곡하듯 오열하며 최아영을 끌어안은 채 놓아주지 않았다.

최민섭이 다시 닫히는 벙커 문을 보며 탄식을 토했다.

"부모가 변변치 못해 너에게까지 이런 고통을 겪게 하는구나."

눈물을 닦은 최아영은 애써 씩씩하게 행동했다.

"그런 말씀 마세요. 제가 이렇게 두 분을 지켜 드리러 왔잖아요."

오열을 멈춘 윤미향이 최아영의 복장을 보며 물었다.

"옷은 왜 이렇게 입었니? 마치 전쟁터에 나가는 군인 같구나."

"방금 말씀드렸잖아요. 제가 두 분을 지켜 드린다고요."

윤미향이 놀라 물었다.

"네가 우리를 지켜 줘?"

최아영이 허리에 착용한 칼집을 탁 치며 자신 있게 대답했다.

"열심히 수련한 덕분에 이젠 두 분을 지켜 드릴 힘이 생겼어요."

그때였다.

"아 참, 내 정신 좀 봐. 언니를 소개해 줘야 하는 것을 깜박했네."

최아영이 수연의 팔을 잡아당겨 자기 부모에게 소개해 주었다.

"여긴 전에 제가 말씀드린 수연 언니예요. 두 분도 인사하세요. 제가 힘들 때마다 수연 언니에게 많이 의지하고 있거든요."

잘 안다는 듯 최민섭이 악수를 청했다.

"만나서 반가워요. 아영이를 통해 얘기 많이 들었어요."

수연이 황급히 인사하며 최민섭이 내민 손을 잡았다.

"처음 뵙겠습니다. 오수연입니다."

윤미향 역시 정중히 인사했다.

"만나서 반가워요. 난 아영이 어미 되는 사람이에요. 아영이와 통화할 때마다 수연 언니란 분이 무척 아름답다는 말을 들었는데 실제로 보니까 오히려 그 말이 부족한 것 같군요."

수연이 쑥스러워하며 대답했다.

"과찬이세요."

윤미향이 수연의 손을 잡으며 부탁했다.

"아영이가 많이 부족할 거예요. 부디 옆에서 잘 지도해 주세요."

"걱정하실 필요 전혀 없으세요. 아영이가 워낙 영특한 덕분에 쾌영문 사부님과 사형제의 사랑을 독차지하고 있으니까요."

수연이 윤미향과 인사를 마쳤을 때였다.

최민섭이 어깨 너머를 살펴보며 물었다.

"사부님은 같이 안 오셨느냐?"

"사부님은 곧장 본관에 있는 경호실 수뇌부를 만나러 가셨어요. 아버지께 인사 먼저 드리는 게 도리일 거라고 계속 말씀하셨지만, 그쪽 돌아가는 분위기가 심상치 않은가 봐요."

"괜찮다. 오히려 인사를 드린다면 내가 먼저 찾아뵙고 인사드리는 게 도리겠지. 내 딸을 가르쳐 주시는 사부님이니까."

윤미향이 대화에 끼어들었다.

"그럼 장 경호원, 아니 우건 씨란 분도 그쪽으로 먼저 가셨니?"

최민섭 부부는 최아영을 통해 경선과 대선 동안 최민섭을 경호한 장건우란 사람이 우건이었단 사실을 얼마 전에서야 알았다.

"같이 가셨어요. 일이 끝나면 만나 보실 수 있을 거예요."

대통령 부부와 최아영이 재회의 기쁨을 나누는 동안, 수연은 안을 둘러보았다.

벙커에는 진이연이 보낸 반정회 출신 경호원 세 명이 눈을 번득이며 모니터를 감시하는 중이었다.

그리고 일반 경호원으로 보이는 세 명은 문가에 서 있었다.

일반 경호원 중 한 명은 나이가 40대 초반으로 보였는데, 햇볕에 그을린 피부와 단단해 보이는 턱, 떡 벌어진 어깨의 소유자였다.

그가 일반 경호원 세 명 중 가장 상급자인 듯했다.

나머지 두 경호원에게 뭔가 지시를 내리는 중이었다.

최아영이 다가와 수연의 귀에 속삭이듯 말했다.

"저분은 아버지가 경기도지사일 때부터 경호를 맡았던 강정훈(姜正勳)이란 분이에요. 원래는 이번 경선과 대선 역시 저분이 경호를 책임질 예정이었는데, 아버지가 주공을 더 좋아하시는 바람에 살짝 마음이 상했다는 풍문이 돌더라고요."

"그렇구나."

고개를 끄덕인 수연은 대통령 부부와 인사하느라 벗었던 마스크를 다시 올려 써서 얼굴을 완전히 가렸다.

그녀는 조용히 왔다가 조용히 빠져나가야 하는 사람이었다.

수연은 벙커 안 10여 대의 모니터가 출력하는 영상의 내용에 집중했다.

모니터 하나가 우건과 원공후의 모습을 포착했다.

마스크를 착용해 얼굴이 보이지 않았지만 체형을 통해 알 수 있었다.

탄탄한 체격을 지닌 우건은 비율까지 아주 좋았다.

그 주변에 있는 경호원 대부분이 그렇지만 우건은 군계일학(群鷄一鶴)과 같은 자태를 뽐냈다.

그리고 원공후는 팔다리가 원숭이처럼 긴 탓에, 모르려야 모를 수가 없는 사람이었다.

최아영이 수연의 옆구리를 살짝 찌르며 웃었다.

"역시 언니는 낭군님에게서 눈을 떼지 못하는군요."

수연이 슬쩍 핀잔을 주었다.

"얘가 못 하는 소리가 없어."

"호호. 그래도 부정은 안 하시네요?"

수연이 진지한 표정으로 당부했다.

"사형은 그런 면에서는 엄격해. 내 앞에서 하는 농담은 괜찮지만 사형 앞에서는 그런 농담 하지 마. 아마 질색할 거야."

최아영이 혀를 쏙 내밀었다.

"알았어요, 알았어. 그런 농담 안 할 테니까 걱정 붙들어 매세요."

한데 갑자기 최아영이 한숨을 푹 내쉬었다.

"그런데 이해가 안 가는 점이 한 가지 있어요."

"뭐가 이해 안 되는데?"

"사부님과 사형들은 두 분을 주공과 주모로 부르잖아요. 그런데 정작 제 눈에 두 분은 일정한 선을 넘지 않기 위해 노력하는 것처럼 보이거든요. 선남선녀가 두 분을 위해 만든 단어인 것처럼 잘 어울리는데, 대체 왜 진도가 없는 거예요?"

수연이 피식 웃었다.

"아영이는 사형과 나의 관계에 대해 관심이 많구나."

"그럴 수밖에요."

"그럴 수밖에라니? 그러는 데에 진지한 이유가 있는 거였어?"

"당연하죠. 전 우건 오빠, 아니 주공을 좋아하니까요."

수연이 당황해 물었다.

"그, 그게 정말이야?"

"언니가 주공 곁에 없었으면 전 진작 고백했을 거예요. 그러니까 빨리 주공과 진도를 나가세요. 안 그러면 제가 빼앗아 버릴지 모르니까요. 남자는 여자 하기 나름 아니겠어요?"

수연은 놀람이 가시지 않은 표정으로 물었다.

"그게 정말이니? 지금까지 한 말 모두 진심이야?"

그때였다.

최아영이 미소를 지었다.

"농담이었어요. 어쨌든 언니는 놀리는 맛이 있다니까요."

한숨을 살짝 내쉰 수연이 고개를 절레절레 저었다.

"넌 이런 위험한 상황에서까지 농담이 다 나오는구나."

"사부님이 그러셨거든요. 싸우기 전에는 가벼운 농담으로 분위기를 바꾸라고요. 긴장하는 게 맞지만 지나치면 그 긴장이 경직으로 이어진다나요? 그래서 농담을 좀 해 본 거예요."

수연이 뭐라 하려 할 때였다.

모니터를 감시하던 경호원이 말했다.

"본관에 움직임이 있는 것 같습니다."

그 말에 사람들의 시선이 본관 모니터에 쏠렸다.

경호원 말대로 사람들이 움직이기 시작했다.

폭풍이 몰아치기 직전의 고요함이 그들의 어깨를 짓눌렀다.

10장. 폭풍전야(暴風前夜)

최아영과 수연이 관저 벙커로 가는 동안, 나머지 일행은 진이연을 따라 본관 경비동을 찾았다.

본관 경비동은 이번 작전의 지휘소와 같은 역할을 하는 곳으로 경호실 수뇌부가 집결해 있었다.

엄중한 검문검색을 통과한 일행은 지하에 있는 회의실 안으로 들어갔다.

회의실에는 세 명이 있었다.

우선 냉미화 당혜란의 모습이 보였다.

경호실 업무가 생각보다 과중한 듯 몇 달 전에 보았을 때보다 조금 피곤해 보이는 모습이었다.

그러나 냉미화라는 별호에서 알 수 있듯이 그녀는 중원 무림에서 열 손가락에 드는 미녀였다.

마치 세월이 옆으로 비껴간 듯, 도도한 그리고 우아한 미모는 여전했다.

당혜란은 특무대 주류의 난행(亂行)을 비판하던 반정회 회주였다.

이곽연합이라 불리는 특무대 주류는 그들이 가진 기득권을 지키기 위해 고위 공무원과 언론사, 재벌 등의 뒤를 봐주었다.

그들이 미는 고위 공무원을 더 요직에 앉히기 위해 경쟁자를 협박하는 일은 거의 일상과 다름없었다.

특무대는 또 언론사 사주와 재벌 회장을 아군으로 끌어들이기 위해, 그리고 그들의 약점을 잡아 협박하기 위해 언론사 사주와 재벌 회장이 원하는 온갖 구린 일을 처리해 주었다.

구린 일들 중에는 임신을 무기로 재벌 회장을 협박하던 정부(情婦)를 살해하거나, 언론사 사주 아들이 친 뺑소니 사망 사건을 수습하기 위해 증인을 납치하는 것과 같은 일이 포함되어 있었다.

심지어 한성그룹 사장 구장훈, 한정당 국회의원 심도진, 전 주미대사 윤치경을 위해 공무원 신분인 특무대 대원을 마치 개인 경호원처럼 빌려준 적까지 있었다.

당혜란이 주도하는 반정회는 특무대 주류를 형성하던 이 곽연합의 이러한 행태를 비판하다가 최민섭이 대통령에 뽑힌 일을 계기로 청와대 경호실로 이동해 이곽연합과 경쟁했다.

오늘 대결은 반정회와 이곽연합의 승부라 할 수 있었다.

여기서 패하는 진영이 역사의 뒤안길로 사라지는 상황인 것이다.

우건과 원공후를 알아본 당혜란이 머리를 숙였다.

"오늘 도와준 은혜는 절대 잊지 않을게요."

원공후가 얼른 포권했다.

"오히려 경호실이 먼저 이번 일에 도와 달라는 요청을 하지 않았으면 우리가 더 섭섭할 뻔했소. 한데 놈들은 아직 이오?"

"외곽에 나가 있는 감시팀에 따르면 곧 쳐들어올 모양이에요."

대답한 당혜란이 다른 두 명을 소개해 주었다.

한 명은 무공을 익히지 않은 일반인이었다.

50대 후반으로 보였는데 배가 전혀 나오지 않은 탄탄한 체구의 소유자였다.

중년 사내가 먼저 손을 내밀어 악수를 청했다.

"만나서 반갑소. 경호실장 이명호(李明護)요."

우건과 원공후는 이명호와 악수했다.

그러나 본인의 이름은 끝까지 밝히지 않았다.

우건 일행은 기록에 남지 않아야 하는 사람들이었다.

지금 역시 마스크와 헬멧을 이용해 정체를 알아보지 못하게 만들었다.

이명호는 본인 소개대로 경호실 실장이었다.

전 정권에서 경호실 차장을 역임한 그는 정권이 바뀐 후에 한 계단 승진해 경호실 실장을 맡았다.

경호실이 대외적으로 드러날 수밖에 없는 상황, 즉 대통령이 다른 나라를 방문하거나 국내 외부행사에 참석할 때는 주로 이명호와 그가 지휘하는 일반 경호원이 대통령과 영부인을 경호했다.

다른 경호원들처럼 이명호 역시 처음엔 현대무림이란 세계를 잘 받아들이지 못했지만, 경호실 훈련장에서 당혜란이 이끄는 반정회 출신 경호원의 시범을 본 후에는 오히려 당혜란을 적극적으로 밀어주었다.

심지어는 젊은 경호원을 당혜란에게 보내 그들이 무공을 배울 수 있게 주선까지 하였다.

이명호는 아주 현실적인 사람이었다.

그리고 그런 성격 덕분에 전 정권에서는 차장을, 이념과 성격이 완전히 바뀐 이번 정권에선 실장을 맡을 수 있었다.

그가 본 반정회 출신 경호원이 대통령을 시해하는 상상을 해 본 이명호는 몸서리를 칠 수밖에 없었다.

일반 경호원으로는 그들을 막는 일이 불가능했다.

그렇다면 반정회 출신 경호원과 비슷한 실력, 아니 더 뛰어난 실력을 가진 킬러가 대통령을 암살하려 한다면 일반 경호원으로는 절대 막을 수 없다는 뜻이었다.

즉, 무인은 무인으로밖에 막을 수 없었다.

그에게 반정회 출신 경호원은 꼭 필요한 동반자에 가까웠다.

반면, 이명호 옆에 있는 세 번째 사람은 우건 일행에게 온몸으로 적개심을 드러내는 중이었다.

그는 두 눈에 신광이 어린 고수로 나이는 40대 후반으로 보였는데, 짧게 자른 턱수염은 반 이상이 이미 하얗게 세어 있었다.

날카로운 눈매와 고집스러워 보이는 입매가 상대하기 만만치 않을 듯했다.

사내는 손을 내밀어 악수를 청하지 않았다.

그 대신, 자존심에 상처 입은 호랑이처럼 으르렁거렸다.

"차장님이 당신들을 부른 이유는 잘 모르겠지만 이번 임무에서 우리 애들 발목을 잡았다가는 결코 용서하지 않을 것이오."

당혜란이 당황해 꾸짖었다.

"경비본부장! 이 무슨 무례한 짓이오!"

당혜란의 질책을 받은 사내가 깍듯한 어조로 사과했다.

"죄송합니다. 그러나 차장님의 결정을 이해하지 못하는 것에는 변함이 없습니다. 그럼 전 부하들을 점검해야 해서 이만."

말을 마친 사내는 회의실 문을 쾅 닫으며 나가 버렸다.

당황한 경호실장 이명호가 그를 달래기 위해 뒤따라 나갔다.

원공후가 휘파람을 불었다.

"성정이 꽤나 거친 사내로군."

당혜란이 본인이 실수한 것처럼 미안해했다.

"경비본부장한테는 여러분이 누구인지 말하지 않았어요. 아니, 이곳에서 두 분의 신분을 정확히 아는 사람은 저와 이연이, 그리고 대통령 부부 정도예요. 그 편이 좋을 것 같아서요."

당혜란의 설명에 따르면 방금 전에 자리를 박차며 나간 경비본부장은 특무대 창설 멤버인 제로신도(齊魯神刀) 나자양(羅子陽)의 대제자 창천신도(震天神刀) 김석(金石)이란 자였다.

특무대 창설 멤버 세 명과 현대무림에 제천회를 다시 조직한 네 명은 공교롭게 같은 날, 같은 시각에 이곳에 도착했다.

그중 당시 정권의 제안을 받아들여 특무대를 조직하는 데 협력한 창설 멤버 세 명은 대막혈랑존자(大漠血狼尊者)

이개심(李開心), 냉미화 당혜란, 그리고 제로신도 나자양이었다.

이개심과 당혜란은 후인을 양성해 특무대 규모를 늘리는데 집중한 반면, 제로신도 나자양은 특무대 중의 특무대라할 수 있는 제로팀을 조직해 정부가 지시하는 임무를 수행했다.

나자양의 별호인 제로신도의 제로(齊魯)는 전국시대 제(齊)나라와 노(魯)나라의 영토였던 중국 산동(山東) 지방과 하남(河南) 지방을 가리키는 말이었다.

나자양이 산동과 하남을 중심으로 활동한 도법의 고수인탓에 그런 별호가 붙었다.

처음에는 제로신도의 제로와 팀이라는 영어단어를 합쳐제로팀으로 불렸지만 나자양이 노환으로 사망한 후에는제로(齊魯)를 영어인 제로(Zero)로 바꾸어 팀을 일신하였다.

이때, 제로팀 이름에서 나자양의 별호가 빠지는 상황에가장 크게 반대한 사람이 바로 나자양의 대제자인 창천신도 김석이었다.

김석은 나자양이 이곳에 도착해 처음 받아들인 제자였다.

나자양은 김석에게 성명절기인 창천낙일도법(蒼天落日刀法)을 전심전력으로 가르쳤다.

김석은 사부의 기대대로 창천낙일도법을 대성해 절정고수의 반열에 올랐다.

김석은 사부인 나자양이 살아 있을 때, 제로팀을 이끌 차기 후계자로 낙점을 받은 상태였다.

나자양이 평생에 걸쳐 만든 제로팀을 이끌 후계자로 나자양의 대제자인 김석이 거론되는 게 그리 이상한 일은 아니었다.

한데 나자양이 노환으로 사망하면서 특무대 내에 권력다툼의 바람이 일었다.

원래 특무대 대장은 이개심, 나자양, 당혜란 세 명 중에서 무공이 가장 고강한 대막혈랑존자 이개심이 맡은 상태였다.

한데 이개심은 권력을 다른 사람과 나눌 생각이 없었다.

이개심은 동료이며 경쟁자이던 나자양이 죽기 무섭게 자기 사람을 요직에 배치했다.

이개심 덕분에 요직에 오른 사람 중에 한 명이 바로 나자양의 두 번째 제자이며, 김석에게는 사제에 해당하는 낙일마도(落日魔刀) 곽윤(郭尹)이었다.

원래 곽윤은 성품이 악독해 나자양 생전에 사부의 신임을 얻지 못했다.

오히려 무공 면에서는 곽윤이 사형인 김석보다 앞섰으나 성품이 좋지 못한 관계로 나자양의 문하에서 파문당한 상태나 마찬가지였다.

나자양에 대한 증오와 김석에 대한 질시로 점점 더 비뚤어진 곽윤은 급기야 사부의 경쟁자라 할 수 있는 이개심을 찾아가 충성을 맹세했다.

이개심은 무공이 무섭게 성장한 곽윤과 함께 이곽연합(李郭聯合)을 구성해 다른 파벌을 찍어 눌렀다.

그리고 곽윤을 비어 있는 제로팀 팀장에 앉혀 특무대를 완전히 장악했다.

이곽연합 행태에 불만이 있거나, 아니면 권력 투쟁 중에 밀려난 대원들은 창설 멤버 중 한 명이며 뭇 대원들의 존경을 받던 냉미화 당혜란의 밑에 모여들어 반정회를 구성하였다.

김석은 이곽연합의 행태에 불만이 쌓일 대로 쌓인 상태였다.

그런 그가 당혜란에게 협력한 건 어쩌면 당연한 일이었다.

당혜란은 김석 등과 청와대 경호실로 옮겨 갈 때, 반정회 이인자라 할 수 있는 그에게 경비본부장이라는 중책을 맡겼다.

우건이 당혜란에게 물었다.

"그보다 작전은 세웠소?"

당혜란은 우건과 원공후에게 청와대 전경을 표시한 위성 지도를 보여 주며 작전을 설명했다.

작전은 꽤 꼼꼼해 보였다.

종심(縱深)을 깊게 파서 적이 관저에 진입하지 못하게 하는 게 작전의 골자였다.

그리고 설령 돌파당하더라도 적이 최대한 많은 손실을 본 상태에서 돌파하도록 만든 작전이었다.

팔짱을 낀 자세로 설명을 듣던 원공후가 고개를 살짝 저었다.

"실력이 떨어지는 자들의 희생이 많을 것 같군."

당혜란이 한숨을 살짝 내쉬었다.

"적을 관저에 진입시키지 않으려면 다른 방법이 없어요."

두 사람의 대화를 듣던 우건이 고개를 저었다.

"방법은 있소."

당혜란이 급히 물었다.

"어떤 방법인가요?"

"고수들이 맨 앞에서 싸우는 거요. 하수들을 희생시키는 작전은 피해가 클 뿐 아니라, 상대의 기세까지 올려 줄 수 있소."

당혜란이 미간을 찌푸렸다.

"그 고수들이 가장 먼저 쓰러지면요? 하수들이 지키는 방어선은 금세 뚫려 버릴 테고 경호실은 전멸을 면치 못할 거예요."

우건은 생각해 둔 방법이 있다는 듯 전혀 개의치 않았다.

"당 여협의 지적이 맞소. 고수가 앞에 나서면 반드시 다수의 적에게 에워싸여 위급한 처지에 직면할 것이오. 그리고 그 고수들이 하나둘 쓰러지기 시작하면 대비책이 없는 탓에 관저는 그야말로 무주공산(無主空山)이나 다름없을 것이오."

당혜란이 답답함을 토로했다.

"그래서 어떻게 한다는 건가요?"

"고수들이 포위당하지 않게 만드는 거요. 즉, 전선을 좁혀 소수의 인원이 다수를 충분히 상대할 수 있게 해 주는 것이오."

당혜란이 급히 물었다.

"적이 쳐들어오는 방향이 곧 전선으로 변할 텐데, 수동적일 수밖에 없는 우리가 대체 어떻게 전선을 좁힌다는 말인가요?"

우건은 작전을 설명했다.

우건의 설명을 듣는 당혜란과 원공후의 눈이 점점 커져 갔다.

당혜란이 믿을 수 없다는 얼굴로 물었다.

"그게 정말 가능한가요?"

"태을문 비전을 쓰면 충분히 가능하오. 태을문은 도문 정종을 계승하는 문파라 그런 방식의 싸움에 제법 익숙한

편이오."

감탄한 당혜란은 바로 작전을 수정했다.

그리고 수정한 작전을 일선 부대에 전달했다.

경비본부장 김석은 동의하지 않는 듯했지만 당혜란의 지시를 거부하지는 못했다.

어쨌든 경비본부장에게 경호실 차장인 그녀는 직속상관에 해당했다.

원공후가 먼저 서둘렀다.

"준비하는 데 시간이 많이 필요하겠습니다. 청와대가 워낙 넓어 지금부터 움직이지 않으면 때를 맞추기 어려울 겁니다."

"같은 생각이에요. 서둘러야겠어요."

당혜란은 청와대 경내를 잘 아는 제자 진이연과 반정회 출신 경호원을 우건에게 붙여 주었다.

진이연과 동행한 경호원은 얼굴이 익숙했다.

그는 바로 전 특무대 3팀 팀장이었다.

우건은 신약개발 문제로 수연을 해치려던 독수괴의 한세동의 거처를 찾아내 그를 제거하려 했다.

그때, 공교롭게도 특무대 3팀 역시 한세동의 거처를 감시하는 중이었는데 우건은 3팀이 거처를 기습하려는 것을 보고 그 안에 숨어들었다.

우건은 마치 3팀 대원인 것처럼 그들 사이에 끼어 한세동의 거처를 습격했다.

그리고 한세동을 제거하는 데 성공했다.

그때, 우건이 도움을 받았던 특무대 3팀 부팀장이 진이연이었다.

그리고 팀장은 방금 진이연과 함께 나타난 30대 사내였다.

그 역시 당혜란, 진이연을 따라 소속을 옮긴 듯했다.

전 3팀 팀장이 우건과 원공후에게 고개를 숙여보였다.

"경호실 안전본부 소속 장대영(張大瀛)이라 합니다."

우건과 원공후가 진이연, 장대영과 함께 회의실을 나왔을 때, 우건을 아는 다른 경호원 하나가 슬쩍 다가와 인사했다.

"오랜만에 뵙습니다."

그는 바로 특무대 1팀 팀장 최무환과 함께 우건을 기습했던 1팀 대원 남영준이었다.

한성그룹 사장 구장훈에게 부탁을 받은 최무환은 당시 한성미디어랩을 해킹하던 우건 일행을 추적해 제거하려 하였다.

그 최무환의 팀과 같이 나타났던 자가 바로 지금 우건에게 인사를 건네는 남영준이었다.

우건은 최무환 등을 제거한 후에 그를 기습했던 특무대 대원들 중에 남영준만 살려 두었다.

그 후에는 남영준에게 특무대에 관한 정보를 빼냈다.

남영준은 원래 최무환의 심복이 아니었다.

최무환의 심복 중 하나에게 일이 생겨 그가 대타로 참여했다가 우건에게 목숨을 잃을 위기에 처한 것이다.

남영준에게서 필요한 정보를 모두 얻어 낸 우건은 그를 당혜란에게 넘겨 청와대 경호실에 들어갈 수 있게 손을 써 주었다.

남영준은 그때의 인사를 하기 위해 찾아온 듯했다.

우건은 남영준에게 전음으로 무언가를 부탁했다.

심각한 표정으로 듣던 남영준이 알았다는 듯 고개를 끄덕이며 돌아갔다.

진이연이 물었다.

"그에게 무슨 지시를 한 거죠?"

"나중에 다 밝혀질 것이오. 그보다 서둘러야겠소."

우건은 밖에서 기다리던 다른 일행과 합류해 작업을 시작했다.

길 안내는 진이연과 장대영이 맡았다.

김 씨 삼형제와 임재민, 이진호는 우건의 지시에 따라 발 빠르게 움직였다.

그러나 문제는 청와대가 너무 넓다는 점이었다.

작업을 다 마치려면 한두 시간으로는 어림없을 것 같았다.

청와대 경호실이 급히 바뀐 작전에 따라 재배치를 서두를 무렵, 적의 동태를 감시하던 감시팀이 마침내 연락을 해왔다.

-적 선봉 부대가 청와대로 움직이기 시작했습니다.

감시팀의 보고는 지휘부 주파수에 채널을 맞춘 모든 경호원이 들을 수 있었다.

물론, 우건 일행 역시 크게 다르지 않았다.

진이연이 당황한 표정으로 물었다.

"저, 적이 도착했다는데 어떻게 하죠? 작업을 계속해야 하나요?"

우건은 긴장을 모르는 사람처럼 평소 같은 말투로 대답했다.

"주요 길목에는 다 설치했으니까 적을 맞으러 갑시다."

진이연이 고개를 끄덕였다.

"알았어요. 바로 준비할게요."

진이연은 장대영과 함께 현재 이곽연합이 쳐들어올 가능성이 가장 높은, 즉 가장 힘든 구역으로 우건 일행을 데려갔다.

원공후가 피식 웃었다.

"당 여협이 우릴 아주 바쁘게 만들 생각인가 보오."

진이연이 얼른 사과했다.

"죄송해요. 두 분만큼 실력이 뛰어난 사람이 없어서 그래요."

원공후가 손을 저었다.

"진 여협이 사과할 필요 없소. 이는 남의 일이 아니오. 나쁜 놈들이 내 제자의 부모를 해치러 온다는데 사부가 어찌 팔짱을 끼고 지켜볼 수 있겠소? 오히려 바쁜 게 내 성미에 맞소."

진이연이 원공후에게 고개를 숙였다.

"그렇게 생각해 주셔서 감사해요."

우건 일행을 안내하던 진이연은 우연히 사람 수를 세다가 깜짝 놀랐다.

수연과 최아영이 관저 벙커에 있다는 사실을 아는 그녀는 원래 있어야 하는 숫자보다 한 명이 부족함을 깨달았다.

그녀가 초등학교 운동장에서 태운 우건 일행은 열 명이었다.

그중 두 명은 관저 벙커에 있었다.

즉, 그녀를 따라오는 우건 일행이 총 여덟 명이어야 숫자가 맞았다.

한데 한 명이 부족했다.

그게 누군지는 모르겠지만 한 명이 비는 것은 분명했다.

진이연이 급히 전음으로 물었다.

-한 명이 왜 안 보이는 거죠?

우건은 딴청을 부렸다.

-서두릅시다. 적이 곧 청와대 담을 넘을 거요.

우건은 진이연이 가려는 방향으로 먼저 몸을 날렸다.

헬멧에 달린 이어셋에서는 감시팀의 보고가 계속 들어왔다.

-적 선봉 30여 명, 남서쪽 2차 검문소를 방금 돌파했습니다.

뒤이어 지시를 내리는 김석의 목소리가 들려왔다.

-경비 1팀은 남서쪽으로 이동하라.

-예!

그로부터 1분쯤 지났을 무렵, 감시팀의 새 보고가 들어왔다.

-적 선봉 부대가 3차 검문소를 통과해 청와대 담을 넘었습니다.

김석이 다시 지시를 내렸다.

-화기는 사용하지 마라. 화기를 쓰면 피해가 더 커질 것이다.

김석의 지시에는 일리가 있었다.

청와대는 보안상의 이유로 시민의 생활공간과 많이 떨어져 있었다.

그러나 그 거리가 몇 킬로미터를 넘어가지는 않았다.

화기를 쓰면 근처에 사는 주민이 총성을 듣고 신고할 것이다.

그리고 신고를 하면 경찰과 소방서, 군부대가 출동할 수밖에 없어 청와대는 그야말로 아수라장으로 변할 것이다.

무공을 익힌 무인은 그런 아수라장에서 제 한 몸 지킬 능력이 있을 테지만 무공을 모르는 일반인들, 즉 시민의 신고를 받고 출동한 경찰관과 소방관, 군인은 허무한 죽음을 맞을 수밖에 없었다.

피해가 기하급수적으로 늘어나는 것이다.

그때, 당혜란이 감시팀에게 묻는 소리가 들렸다.

-적 주력은 아직 나타나지 않았나?

-예. 선봉 30여 명 외에는 개미 새끼 한 마리 보이지 않습니다.

-계속 감시하다가 나타나는 즉시 연락하게.

-알겠습니다.

무전을 들은 원공후가 달리면서 우건에게 물었다.

"주력이 아직까지 보이지 않는 이유를 어떻게 생각하십니까? 선봉 30여 명은 각개격파당하기 딱 적당한 숫자 아닙니까?"

다들 원공후와 같은 의문을 가진 듯했다.

그들은 즉시 우건의 입에 주목했다.

우건은 담담한 표정으로 질문에 대답했다.

"적에게 그렇게 할 수밖에 없는 사정이 생긴 모양이오."

"사정이요?"

"아마 선봉 부대를 희생하는 한이 있어도 우리 쪽의

전력이나 방어 전술을 다시 파악해야 하는 사정이 생겼을지 모르오."

원공후의 표정이 와락 일그러졌다.

"그럼 우리가 방어 전술을 급히 수정한 것처럼 저들 역시 그에 대응해 공격 방법을 바꿨다는 겁니까? 맙소사, 그럼……."

머리가 웬만큼 돌아가는 사람이라면 그게 무슨 뜻을 의미하는지 모를 리가 없었다.

일행의 표정이 급격히 어두워졌다.

오늘 밤이 생각보다 길고 아주 험난할 듯했던 것이다.

"꼭 그렇게 생각할 필요는 없을 것 같은데요……."

장대영이 우건에게 뭐라 반박하려 했지만 진이연의 만류에 그만두었다.

진이연은 우건의 능력을 누구보다 잘 알았다.

우건의 의견에 반박하느라 시간을 허비할 상황이 아니었다.

우건 일행이 청와대 본관 남서쪽 지점에 도착했을 때는 이미 싸움이 벌어진 상태였다.

피아구별은 아주 쉬운 편이었다.

본관으로 들어가려는 적을 막아서는 경호원은 검은색 전투복에 검은색 전술조끼, 검은색 헬멧을 착용한 상태였다.

반면, 그런 경호원을 돌파해 본관으로 가려는 적은 황갈색 전투복을 입었다.

마치 북한 인민군의 복장을 보는 듯했다.

원공후가 혀를 끌끌 차며 탄식했다.

"정말 인민군처럼 입고 쳐들어왔군."

진이연이 급히 물었다.

"그게 무슨 뜻이죠?"

원공후는 김동의 가설을 그녀에게 들려주었다.

진이연이 말도 안 된다는 표정으로 부르짖었다.

"지금이 어느 시대인데 누가 그런 유치한 눈속임에 속겠어요!"

진이연의 의문을 해결해 준 사람은 김동이었다.

"예나 지금이나 대중을 상대로 하는 선동은 의외로 쉬운 편입니다. 각국 정부가 가짜뉴스에 골머리를 앓는 게 그 증거일 겁니다. 그리고 엄청나게 많은 언론사가 난립하고 SNS까지 있는 지금은 오히려 그런 선동을 벌이기가 더 쉽습니다. 퍼져 가는 속도가 과거에 비할 바 아니니까요. 아마 보수언론이 가이드라인을 주면 나머지는 알아서 굴러갈 겁니다."

논쟁은 거기까지였다.

경비 1팀 10여 명으로는 적 30여 명을 막아 내기 어려웠다.

경비 1팀 고수 세 명이 분전하는 중이었지만 숫자가 적었다.

진이연은 바로 비도 세 개를 꺼내 적에게 발출했다.

은사로 조종하는 비도가 춤추듯 허공을 가를 때마다 피가 튀었다.

장대영 역시 전장에 뛰어들어 장력을 발출했다.

묵직해 보이는 장력이 작렬할 때마다, 적이 주춤거리며 뒤로 밀려났다.

그러나 적 또한 그저 그런 자들로 선봉 부대를 구성한 게 아닌 듯했다.

고수 두 명이 달려 나와 진이연과 장대영을 상대했다.

진이연의 상대는 같은 여자였는데 날이 얇은 쌍도를 자유자재로 휘두르며 그녀의 비도에 맞서 왔다.

그리고 장대영은 권법의 고수처럼 보이는 대머리 사내와 맞붙었다.

여자는 진이연을 잘 아는 듯 코웃음을 쳤다.

"흥. 사부와 함께 도망친 데가 고작 청와대였더냐?"

진이연은 입심에서 밀릴 생각이 없는 듯 싸늘하게 대꾸했다.

"선봉 부대에 있는 것을 보니까 수뇌부 눈 밖에 난 모양이지?"

진이연이 약점을 건드린 듯 여자의 공세가 매서워졌다.

쌍도가 허공을 가를 때마다 새파란 광망이 물결치듯 쏟아졌다.

여자는 천면화사(天面華蛇) 옥지민(玉智敏)이었다.

현재는 특무대 1팀 부팀장으로 재직 중이었다.

그녀는 우건의 손에 죽은 전 1팀장 최무환의 애인으로 애인과 함께 이곽연합에 가담했다가 최무환이 죽어 끈 떨어진 연 신세로 전락했다.

옥지민은 당연히 그녀가 처한 상황을 누구보다 잘 알았다.

후방지원 없이 선봉 부대 단독으로 쳐들어가란 말은 죽으라는 말과 다르지 않았다.

이곽연합 수뇌부가 폐기한 카드를 모아 이번 임무를 맡긴 것이다.

이를 잘 아는 옥지민은 질투와 짜증이 뒤섞인 상태에서 미친 듯이 공격을 퍼부었다.

그러나 진이연은 달랐다.

진이연은 우건의 도움을 받아 요 근래 큰 진전을 이루었다.

전이었다면 목숨을 도외시한 채 달려드는 옥지민의 매서운 공격에 당황했을 테지만, 지금은 차분히 바라볼 여유가 생겼다.

진이연은 두 개의 비도로 옥지민의 공세를 차분히 받아

넘기는 한편, 나머지 한 개의 비도로 매서운 반격을 펼쳐 갔다.

비도가 섬전처럼 날아들 때마다 옥지민이 움찔해 물러섰다.

전에는 천면화사 옥지민의 실력이 더 좋았지만 우건에게 지도를 받은 후에는 진이연의 실력이 일취월장해 열 합이 넘어가기 전에 이미 진이연의 우세로 판가름 나는 중이었다.

한편, 장대영이 상대하는 대머리 사내는 독응권(禿鷹拳) 유태성(柳太星)이란 고수로 현재 특무대 3팀 팀장으로 있었다.

즉, 장대영은 자신의 후임자와 대결하는 중이었던 것이다.

장대영 역시 독응권 유태성을 잘 아는 듯했다.

"유 부팀장, 오랜만이군. 그렇지 않은가?"

유태성이 대답 대신, 가래침을 퉤 뱉었다.

장대영은 고개를 틀어 유태성이 뱉은 가래침을 피했다.

"인사가 꽤 거칠군."

유태성이 하얀 이를 드러내며 히죽 웃었다.

"배신자에게 그런 말을 들으니 우습기 짝이 없군. 그리고 이젠 내가 3팀 팀장이니까 부팀장이란 소린 그만두는 게 신상에 좋을 거야. 대갈통이 박살 나고 싶지 않으면 말이야."

장대영이 3팀 팀장일 때, 독응권 유태성은 2팀 부팀장이었다.

장대영이 청와대로 떠나 버린 바람에 공석이 된 자리를 유태성이 이어받은 것이다.

두 사람은 특무대에 함께 있을 때도 앙앙불락하는 사이였다.

성격이 물과 기름처럼 달라 서로 섞일 수가 없었던 것이다.

장대영은 군자의 풍모를 지녔으나 유태성은 어딘지 모르게 음침한 구석이 있었다.

유태성은 팀장으로 승진한 후에 권법을 더 갈고닦은 듯했다.

장대영의 공격에 전혀 물러서지 않았다.

오히려 날카로운 기습을 가해 장대영을 쩔쩔매게 만들었다.

장대영은 청와대로 보직을 옮긴 후에 제대로 수련하지 않은 자신을 자책했지만 자책이 명확한 패배를 승리로 바꾸어 주지는 못했다.

그사이, 우건은 같이 온 일행에게 지시했다.

"넓게 퍼져서 본관으로 들어가려는 적을 저지하게."

"알겠습니다."

대답한 김 씨 삼형제와 임재민, 이진호가 마치 그물을 치

듯 넓게 흩어져 경비 1팀을 돌파해 본관으로 가려는 적을
막았다.

"저쪽을 뚫어라!"

적이 그런 김 씨 삼형제와 임재민, 이진호를 재빨리 덮쳐
갔다.

그들이 경비 1팀 경호원보다 약해 보인 모양이었다.

그러나 그들이 그 사실을 후회하는 데는 10초가 채 걸리
지 않았다.

첫 실전을 치루는 임재민, 이진호는 정신이 없어보였지
만 그들 옆에는 김은과 김동, 김철 삼형제가 있었다.

김 씨 삼형제는 어리숙한 사제를 도와가며 그들이 맡은
임무를 수행했다.

원공후가 허리춤의 칼집에서 묵애도를 뽑았다.

"우리 상대는 저놈들입니까?"

원공후는 아직 싸움에 가담하지 않은 두 명을 지목했다.

한 명은 40대 중반으로 보이는 거한이었는데, 돌아가는
형세가 마음에 들지 않는 듯 미간을 찌푸리며 연신 호통을
쳐 댔다.

반면 거한 옆에는 30대 중반으로 보이는 말쑥한 차림의
사내가 있었는데, 마치 지금 상황에 별로 관심이 없는 듯
정원 조경에 사용한 바위 위에 걸터앉아 껌을 질겅질겅 씹
었다.

둘 다 선봉 부대에서 가장 강한 자들로 보였다.

천면화사 옥지민과 독응권 유성태 역시 강하긴 하지만 그들보단 약했다.

원공후가 슬쩍 물었다.

"어떤 놈으로 하시겠습니까?"

"앉아 있는 자로 하겠소."

우건의 대답을 들은 원공후가 씩 웃었다.

거한과 앉아 있는 자 둘 다 강하지만 풍기는 기세와 그들이 보여 주는 태도로 봐서는 앉아 있는 자가 조금 더 강한 듯했다.

우건이 원공후를 생각해 더 강한 자를 맡은 것이다.

원공후가 자신감이 넘치는 목소리로 대꾸했다.

"그렇게 일일이 사정 봐주실 필요 없습니다."

"오늘 밤은 아주 길 것이오. 힘을 아낄 수 있을 때 아끼시오."

"그렇게까지 말씀하신다면 명을 따르는 수밖에 없지요."

대답한 원공후가 백사보를 밟아 거한을 향해 짓쳐 갔다.

"네놈은 나와 싸우자꾸나!"

"하하! 좋다! 어서 덤벼라!"

거한 역시 기다렸다는 듯 팔짱을 풀기 무섭게 곧장 주먹을 내질렀다.

쇠뭉치 같은 주먹이 원공후의 가슴을 때려 갔다.

쉬익!

마치 뱀이 기어가듯 갈지자(之) 걸음으로 거한의 주먹을 피한 원공후가 묵애도로 거한의 옆구리를 재빨리 베어 갔다.

"이크."

묵애도가 보도(寶刀)란 사실을 알아본 거한이 허리를 젖혀 피했다.

원공후는 재빨리 거리를 좁히며 묵애도로 계속 베어 갔다.

묵애도의 검은색 광채가 마치 어둠을 자르는 듯했다.

묵애도를 피해 뒤로 정신없이 물러서던 거한이 껄껄 웃었다.

"그런 보도를 사용하다니, 반칙 아니오?"

"내 보도가 불만이면 네놈도 하나 장만하지 그러느냐?"

"하하. 그런 소리를 할 줄 알고 나도 하나 장만해 둔 게 있소."

껄껄 웃은 거한이 허리춤에 끼워 둔 장갑을 꺼내 손에 끼웠다.

가죽장갑에 무거운 광채를 발하는 금속이 주먹 뼈 모양대로 붙어 있었다.

원공후는 쓴웃음을 지었다.

정확한 재질은 모르겠지만 강도가 엄청나게 강한 금속임

은 틀림없어 보였다.

실제로 장갑의 금속은 원공후의 묵애도를 거뜬히 받아
냈다.

캉캉캉캉!

원공후가 휘두르는 묵애도와 거한이 주먹을 보호하기 위
해 낀 가죽장갑이 공중에서 격돌할 때마다 불꽃이 팍팍 튀
었다.

원공후는 미간을 살짝 찌푸렸다.

거한의 완력이 워낙 대단한 탓에 손목이 시큰거렸던 것
이다.

거한 역시 놀랍다는 표정으로 원공후를 쳐다보았다.

주먹질 몇 번이면 저 이상한 체형을 지닌 중늙은이를 단
숨에 때려눕힐 수 있을 거라 예상했는데, 상대의 실력이 예
상보다 뛰어나 10여 합이 넘도록 우세를 점하지 못한 것이
다.

거한이 감탄한 얼굴로 물었다.

"난 특무대 제로팀 소속 천중추권(天重錘拳) 서균(徐均)
이오. 하류 잡배처럼 보이지 않는데 존성대명을 알 기회가
있겠소?"

원공후는 서균의 시원시원한 성격이 마음에 들었다.

그러나 이번 싸움은 개인 간에 이뤄지는 대련이 아니었
다.

청와대 경호실과 이곽연합의 물러설 수 없는 한판 대결이었다.

원공후가 어찌할 수 없는 상황이었다.

"하류 잡배는 아니지만 지금은 이름을 밝히기가 좀 곤란하군."

"하하. 이해하오. 다시 제대로 붙어 봅시다."

이어진 원공후와 서균의 대결은 전보다 훨씬 험악해져 있었다.

둘 다 가진 절기를 모두 사용해 상대를 쓰러트리려 했다.

한편, 청성검을 뽑아 든 우건은 껌을 씹으며 돌 위에 앉아 있는 30대 사내에게 걸어갔다.

우건을 힐끔 살펴본 사내는 살짝 긴장한 얼굴로 일어나서는 손을 허리춤에 찬 칼집으로 슬쩍 가져갔다.

우건이 보통 고수가 아님을 눈치 챈 것이다.

우건이 맡은 30대 사내는 특무대 제로팀에서 세 손가락 안에 드는 고수로 교오랑(驕傲郎) 황도진(黃道進)이란 자였다.

진이연이 상대하는 중인 옥지민은 뒤를 보아주던 최무환이 우건에게 죽은 탓에 이곽연합 수뇌부에게 버림을 받았다.

그리고 장대영이 상대하는 중인 독응권 유태성 또한 이곽연합 수뇌부에 돌보아 줄 선배가 없는 탓에 버림을 받았다.

반면, 제로팀 고수 두 명은 그들과는 전혀 다른 이유로 버림을 받았다.

천중추권 서균은 적과 내통할 가능성이 있다는 이유로 버림을 받았다.

성격이 호방한 서균은 공명정대한 일 처리를 좋아하여 다들 반정회를 따라 경호실로 옮겨 갈 거라 예상한 사람이었지만 그는 의외로 특무대에 남았다.

반면, 교오랑 황도진은 남을 무시하는 오만한 성격을 지녔다는 이유로 버림을 받았다.

이곽연합이 만들어진 이유를 생각하면 황도진이 얼마나 오만방자한 인물인지를 알 수 있었다.

오만방자한 인물들이 수두룩하게 모여 있는 이곽연합에서조차 그의 오만방자함을 받아 줄 수가 없었다는 뜻인 것이다.

그러나 그런 황도진도 감히 우건 앞에서는 오만방자하지 못했다.

황도진은 평생의 대적을 만난 사람처럼 잔뜩 긴장했다.

우건은 말없이 천지검법의 인답장도 자세를 취했다.

황도진 역시 그가 익힌 전뢰십삼도법(電雷十三刀法)의 기수식을 취했다.

두 사람은 누가 먼저랄 거 없이 살초를 전개했다.

순식간에 30여 합이 지났지만 승부의 추는 여전히 팽팽했다.

그때였다.

우건이 쓴 이어셋으로 감시팀의 보고가 들어왔다.

―적 주력부대가 청와대 전 방향에서 빠르게 접근 중입니다.

뒤이어 황급히 묻는 당혜란의 목소리가 들려왔다.

―숫자는?

―총 100여 명입니다.

―어떤 식으로 접근하는 중인가?

―다섯 개 부대로 나뉘어 청와대의 담을 넘는 중입니다.

우건은 고개를 들어 황도진을 보았다.

황도진 역시 귀에 찬 이어셋으로 아군 주력이 청와대에 접근 중이라는 보고를 들은 듯했다.

눈빛이 살짝 달라져 있었다.

그러나 다급하거나 초조해하는 눈빛은 아니었다.

마치 앞으로 벌어질 일을 기대하는 듯한 눈빛에 더 가까웠다.

황도진이 히죽 웃으며 물었다.

"이제 제대로 해볼 마음이 생겼소?"

"물론."

대답한 우건은 그대로 곧장 황도진을 짓쳐 갔다.

곧 청성검이 만든 검광이 거대한 운석처럼 황도진의 머리에 떨어졌다.

그야말로 경천동지할 위력이었다.

〈8권에 계속〉